Toine
chef de tribu

Du même auteur, aux Éditions Racine

Toine Culot, obèse ardennais
Toine maïeur de Trignolles
Toine dans la tourmente
Toine retraité
Thanasse et Casimir
Petite Ville
Contes de Pâques et de Noël
Le grand Gusse
La farce des oiseaux et autres contes
Cayauval, gai village
La famille Binauche

ARTHUR MASSON

Toine

chef de tribu

ÉDITIONS
Racine

La première édition de cet ouvrage a été publiée en 1965
à la Librairie Vanderlinden, Bruxelles.
L'illustration de couverture de la présente réédition
est l'œuvre de David Merveille.

Rue de l'Aurore 44, B-1050 Bruxelles

D. 1995, 6852.33
Dépôt légal: décembre 1995
ISBN 2-87386-052-9

Imprimé en Belgique

I

LE JOYEUX OCTOGÉNAIRE

Chaque âge a ses plaisirs, son esprit et ses mœurs.
BOILEAU.

Au printemps de 1948, Toine atteignit ses soixante ans. Cet événement lui donna l'occasion de pousser un profond soupir et de tirer fort étourdiment devant T. Déome, presque nonagénaire — hé, oui ! — cette conclusion assez cruelle :

— *Quand on è-st arrivè à ç'point-là di s'ro-y-on, on n'est pus bé lon di fai l'culbute* [1].

Mais T. Déome connaissait son client et ne se formalisa pas pour si peu. Au contraire, il assura, tout tranquille :

— *C'est vrai, tu n'n'as pus pou lontins. C'est triste, tu n's'ras pus là pou fêtè m'centenaire èt ça gâtera m'plaigi* [2].

Tout de suite vexé, lui, Toine rétorqua que c'était pourtant ainsi que les choses se passeraient vraisemblablement et que l'explication en était toute simple, à savoir que des centenaires, on en faisait couramment avec les malins qui s'étaient ménagé une existence douillette, indifférente à tout ce qui tuait les gens trop sensibles, « *les dgins qu'ont dou cœúr* », et surtout avec ceux qui estimaient qu'une heure de travail modéré méritait au moins trois heures de repos complet.

T. Déome riait, riait si bien que Toine se fâcha pour de bon et commença une description pathétique de son existence que T. Déome connaissait par cœur pour l'avoir entendue cent fois. Il l'arrêta donc dès les premiers mots et se chargea lui-même de la jérémiade. Elle revenait à ceci :

— On m'a fait travailler que je savais à peine marcher. Et depuis lors, je n'ai pas arrêté. J'ai eu tous les malheurs, « *les rouvioules, les*

1. Quand on est arrivé à ce point-là de son sillon, on n'est plus très loin de faire la culbute.

2. C'est vrai, tu n'en as plus pour longtemps. C'est triste, tu ne seras plus là pour fêter mon centenaire et cela gâtera mon plaisir.

poquettes volantes, li fro-y-on, des agaces à mes pîs, des durillons et des crevoches à mes mwains, les maux Saint-Méhen, des balouges dins m'tiesse, des indigestions, del constipation, li chite, des battemints d'cœur, dèl neurasthénie, li cocotte èt l'météorisme[3]. »

Hilda, toujours gaie et optimiste, souriait de la querelle, regardait même T. Déome avec un air de complicité attendrie. Cela acheva de démonter son Toine qui, subjugué, ne parvenait qu'à bafouiller :

— Comme c'est malin !

Mais le vieux drôle continuait :

— *Dj'ai yeu in mwènadge d'enfer, ène commére qui mè n'n'a fait vèye di toutes les couleurs, dj'ai alèvè céq èfants, v'là pus d'vingt-céq ans qui dji sûs maïeur, dj'ai yeu à fai à in sècrètaire communal qu'asteut ène rosse, dji m'ai à mitan tuwè en tcheyant dins l'trô d'à saint Caboulet, dji n'ai jamais ré gangni à l'loterie èt dji vas mori si pôfe qui l'assistance publique divra pa-y-i m'n'atermint !*

— Comme c'est malin ! répétait Toine.

— *À pôrt ça*, concluait T. Déome, *dji mougne et dji ronfèle comme quat'z'autes èt dji s'rai in djou li pus vî èt l'pus grognard di tous les maïeurs di Belgique*[4].

Les scènes de ce genre étaient à peu près quotidiennes depuis que T. Déome, une fois veuf et retraité, prenait ses repas chez Toine qui, pour lors, se prétendait frustré d'une grosse part de son autorité légale. Son T. Déome, il l'aimait, bien sûr, et savait à l'occasion le lui témoigner par de menues attentions, comme une goutte de pèket que le vieux sirotait avec des airs de chanoine sybarite. Ou bien, à son anniversaire, il lui offrait de bons cigares. Hilda et ses filles y ajoutaient des gâteries culinaires comme des gaufres dont le bonhomme raffolait et, l'hiver venu, lui servaient un grand plat de moules qu'il digérait avec une facilité ahurissante.

Mais enfin, Toine voulait être pris au sérieux lorsqu'il parlait de ses labeurs et de ses misères et il n'admettait pas qu'installé sous son

---

3. La rougeole, la petite vérole, l'inflammation du fondement, des cors au pied, des durillons et des crevasses aux mains, l'impétigo, des hannetons dans la tête, des indigestions, de la constipation, la diarrhée, des battements de cœur, de la neurasthénie, la stomatite aphteuse et l'enflure de l'abdomen.

4. J'ai eu un ménage d'enfer, une femme qui m'en a fait voir de toutes les couleurs, j'ai élevé cinq enfants, voilà plus de vingt-cinq ans que je suis maïeur, j'ai eu à faire à un secrétaire communal qui était une rosse, je me suis à demi tué en tombant dans le trou de saint Caboulet, je n'ai jamais rien gagné à la loterie et je vais mourir si pauvre que l'assistance publique devra payer mon enterrement !

À part ça, je mange et je ronfle comme quatre autres et je serai un jour le plus vieux et le plus grognard de tous les maïeurs de Belgique.

propre toit, le vieux chinard, comme il l'appelait, tournât en ridicule ce qu'il tenait, lui, Toine, pour calamité, et non plus que Hilda, sa légitime épouse, prît plaisir à entendre les quolibets qui écaillaient son prestige de chef du foyer. Hilda avait beau lui dire : « Bah, il est trop vieux pour changer, Toineke ! Vous savez bien qu'il serait malade s'il ne disait pas des bêtises. » Toine ronchonnait : « C'est bon qu'il est vieux, ou bien ça n'irait pas comme ça ! »

*
* *

D'ailleurs, T. Déome n'était guère encombrant. On ne le voyait vraiment qu'aux heures des repas, et encore ! Par tous les temps, à peine expédié son petit déjeuner, il attrapait sa vieille casquette et sortait. Où il allait ? Il n'en savait trop rien lui-même. Parfois, il faisait le tour complet du village, mais le plus souvent, inspiré par sa fantaisie, il entrait dans la première maison dont il voyait la porte ouverte et, toujours bien accueilli, s'y installait. Ses préférences allaient naturellement aux vieux, à ceux qu'il avait connus très jeunes et dont le contingent maigrissait chaque année. Alors, interminablement, ils évoquaient des souvenirs qui remontaient presque tous au siècle passé.

Il lui arrivait aussi de survenir un peu avant midi dans telle demeure où l'on se préparait à dresser la table. Le fumet du pot-au-feu qui achevait de mijoter sur le grand poêle de Louvain l'émoustillait tout de suite et il ne se gênait pas pour renifler bruyamment et même soulever d'un air de chef-coq le couvercle de la marmite. Personne ne s'en formalisait. T. Déome avait tous les droits, et ceux qu'il n'avait pas, il se les arrogeait sous l'œil rieur de ses amis. L'instant d'après, il dépêchait le gamin de la maison chez Toine avec ce message :

— Tu diras : « Mossieu le bourmesse, je suis chargé de vous apprendre que Mossieu T. Déome dîne dans le monde et qu'il vous enquiquine. »

Et presque chaque fois, le message était transmis mot pour mot par le gamin, qui rentrait avec cette réponse :

— *L'maïeur a dit que si vos stouffez d'mindgi, li piète ni s'reut né grande èt qui ça f'reut toudis in vauré d'moinsse dins l'commune*[5].

Le mot réjouissait T. Déome. Et tous les autres de la tablée, au

5. Le maïeur a dit que si vous étouffez de manger, la perte ne sera pas grande et que cela fera toujours un vaurien en moins dans la commune.

bout de quelques minutes, connaissaient une liesse de grande ducasse. Le gros prêtait aux vieux et aux vieilles une foule de lointaines et imaginaires prouesses et aventures, racontait des histoires drôles, jouait son petit Don Juan auprès des jeunes filles, leur soupirait : *« Qué malheur qui dji n'ai né seul-mint swessante ans d'moinsse !*[6] » et, pour finir, chantait quelque couplet gaillard dont on était prié de reprendre le refrain en chœur.

Tous ceux qui passaient à ce moment-là devant la porte riaient en disant :

— C'est T. Déome !

Son tour de village, il ne l'eût pas manqué pour une fortune et rien ne l'arrêtait quelle que fût la saison. En sabots le plus souvent, il se munissait, l'été venu, d'un vaste parapluie de pêcheur à la ligne en prévision des averses orageuses, mais il lui arrivait aussi, quand le soleil dardait, de s'en faire une ombrelle. L'hiver, il s'emballait la tête dans un cache-nez et sortait même sur le verglas. Seulement, en ce cas, il quittait ses sabots pour chausser de grosses pantoufles de feutre sur lesquelles il faisait fixer par Hilda des tas de ficelles antidérapantes, et en avant marche ! il s'en allait, aussi sûr de son pas que sur un tapis de laine. Rien qu'à le voir déambuler dans la bise ou la tempête de neige, les âmes sensibles en attrapaient le frisson, ce que, pour sa part, il ignorait.

Et parfaitement indifférent à la circulation des véhicules quels qu'ils fussent, il marchait au milieu de la route. C'était aux chauffeurs et conducteurs de tout poil à tenir compte de sa présence, estimait-il, et non pas à lui à leur céder le terrain. Ceux qui le connaissaient prenaient le plus souvent l'affaire du bon côté. Mais les étrangers enrageaient toujours et même, bloqués sur place, l'interpellaient en termes rogues. Alors, simulant à la fois la surdité et la candeur, le vieux, la main en cornet et l'œil rond, s'approchait du personnage furieux et, avec un accent désarmant, lui servait :

— Faut me scuser, Mossieu, je suis l'innocent du village...

L'autre en restait pantois, le fixait longuement. Alors, T. Déome se redressait soudain et, le regard cette fois pétillant sous ses énormes sourcils, lui enjoignait d'une voix tonnante :

— File, maintenant, espèce de niquedouille !

Et le niquedouille, subjugué, s'empressait de déguerpir.

6. Quel malheur que je n'aie pas seulement soixante ans de moins !

* * *

La maison où il se rendait le plus volontiers, c'était celle de sa grande amie Lalie Lalouette, sa cadette de douze ans seulement, mais qui gardait bon pied et bon œil et surtout un incurable penchant à la gaieté. T. Déome ne manquait pas de répéter, sur un air de confidence, à qui voulait l'entendre, qu'il « fréquentait » avec Lalie, ce qui, dans le vocabulaire du cru, signifiait qu'il lui faisait la cour. Et il ajoutait : « *Dji sais bé qui ça fait jasè les dgins, mais c'est pus fort qui nous. On s'aime bé tous les deux èt quand dj'aurai r'trouvè ène situwation, nos nos marierons.* »

C'était d'ailleurs vrai, qu'ils s'aimaient, ces deux vieux, mais d'un magnifique amour. Toujours, T. Déome avait éprouvé une sincère admiration pour la vaillante petite femme qui, veuve très tôt, on s'en souvient, avait fait front devant le malheur en vendant des fromages qu'elle transportait dans sa hotte par tous les temps. À présent, jouissant d'une modeste pension de vieillesse et de ses petites économies, elle vivait seule dans la maisonnette où elle était née, malgré l'invite que lui avaient faite ses enfants de venir habiter chez eux, car elle aimait son indépendance, avouait-elle, et se reconnaissait gentiment quelques manies auxquelles elle tenait aussi.

La tendresse de T. Déome était donc faite avant tout d'une haute estime pour sa partenaire et portait l'empreinte d'une touchante fraîcheur. Lalie le lui rendait bien. Son affection, à elle, tenait essentiellement dans un mot : la reconnaissance. Depuis qu'elle le connaissait, T. Déome n'avait guère passé de jour sans la dérider, lui offrir de la joie à pleines brassées, surtout en des moments où la lassitude l'accablait et où elle se croyait finie. Même mourante, elle eût ri à l'apparition du gros. Ses gaudrioles et ses déclarations énamourées, ses commentaires affolants sur les petits et les grands événements du landerneau, ses préciosités de godelureau qu'il imitait en perfection, tout cela déclenchait invinciblement le hîî ! éperdu et inimitable de Lalie, que l'on entendait jusqu'aux dernières maisons du village et qui interrompait le curé dans la récitation de son bréviaire, faisait dresser l'oreille aux chiens et sauver les chats, hocher la tête aux vieux et constater par tous les autres :

— *Il y est co !*

— La dette de liesse de Lalie était donc énorme. Et T. Déome, encore et toujours, lui avait rendu au long des années tous les services qu'il avait pu. C'était lui qui s'était chargé — et avec quel cœur !

— de la paperasserie exigée pour qu'elle obtînt son brevet de pension. Il remplissait sa déclaration de revenus, lui expliquait la teneur de ses feuilles d'impôts. Et c'était grâce aux relations du gros qu'un fils de Lalie avait pu entrer dans l'administration des douanes où il faisait carrière très honorable.

Le jeudi, régulièrement, le gros se munissait d'un petit panier et, avant d'entrer chez Lalie, passait chez le boucher. Là, il faisait emplette, en stricte alternance, d'un grand morceau de boudin ou de deux belles côtelettes. De là, il se rendait dans une épicerie où l'on vendait un peu de tout. Il en sortait avec une demi-livre de café moulu, une boîte d'ananas, des biscuits divers, des paquets de bonbons dont il ne manquait jamais de se bourrer les poches pour en offrir, au hasard de ses rencontres, à qui lui plaisait.

Ainsi amunitionné, il déposait le panier sur la table de Lalie. C'était un rite contre lequel elle ne protestait plus. Et aussitôt, elle s'affairait à cuisiner, cependant que le gros, installé dans un vieux fauteuil d'osier, sortait son énorme pipe, l'allumait avec délices et, les mains croisées sur le ventre, commençait à trousser le madrigal du parfait soupirant :

— *Dji vos troufe chaque cô pus belle*, roucoulait-il.

Et Lalie, ayant poussé son hîî ! le plus sonore, pleurait de joie jusque dans ses casseroles.

Parfois, un voisin ou une voisine, qui voulait rire un peu aussi, surgissait dans la pièce. Et le gros, pinçant un français académique, disait gravement :

— Je vous prie de ne pas troubler notre intimité, car nous sommes occupés à former des projets d'avenir.

Une fois ou deux, le curé, passant par là, s'était arrêté pour écouter le rire des deux vieux et, charmé, quand même un peu hésitant, avait fini par frapper à la porte.

Il n'en était sorti qu'assez longtemps après, tout rose de plaisir, l'œil mouillé et sur la promesse formelle de publier bientôt les bans de mariage de Lalie et de T. Déome, car, pouffait-il, « le scandale avait assez duré ! »

*
* *

Ce curé-là, le dernier en date de la galerie de ceux que T. Déome avait connus en sa longue existence, le gros lui vouait une dilection que l'abbé lui rendait bien. C'était un homme de santé délicate et d'esprit remarquable qui, physiquement mieux loti, eût sans doute été employé sur un plan bien supérieur à celui de la petite paroisse qu'il avait eu lui-même l'humilité de solliciter. À la fois ascétique et gai, incarnant une parfaite charité, grand liseur et brasseur d'idées, il pratiquait dans la chaire une éloquence sans tapage, familière même, qui pouvait se caractériser par ces trois mots : conviction, densité, limpidité. Il n'en abusait pas et poussait le respect de son auditoire jusqu'à minuter strictement sa parole. T. Déome, qui avait abandonné le jubé depuis longtemps à cause de l'escalier assez raide qui y conduisait, avait installé son prie-Dieu au pied même de la chaire pour ne pas perdre un mot de ce qu'y disait son curé. Et lorsque celui-ci en descendait, le gros, bien souvent, lui décochait au passage, à mi-voix, un compliment du genre : « *C'est bé causè... Dji sus bièsse, mais dj'ai tout compris*[7]. » Et le bon abbé se mordait les lèvres en remontant à l'autel.

... Un seul reproche. T. Déome ne parvenait pas à admettre que son curé, si fin et si distingué, eût choisi pour ménagère une veuve du genre maritorne, fort laide et de caractère si grognon qu'elle eût pu en remontrer à un sanglier. Au premier regard, T. Déome et elle avaient compris qu'ils ne s'entendraient jamais. Elle n'acceptait aucune plaisanterie et prenait la moindre facétie pour dérision. « *Dji n'n aureus ène pareille* » avait dit le gros à son curé, « *dji vos l'pinds dins m'cèrîgi pou z'è fai in spawèta !*[8] »

Le curé la défendait de son mieux. « Elle est dévouée et n'a pas eu une vie très heureuse. »

— *S'pôvre homme non pus,* rétorquait le gros. *Li preûve, c'est qu'il est mört, et ça n'peut yesse qui d'disbotchance*[9].

Il concluait, très sérieux :

— *Quand dj'arriv'rai en paradis, si elle y est, dji d'mand'rai à saint Pierre ayu c'qu'elle est lodgie, èt si jamais il in fait m'vigène, on atindra dins m'coin aut'chôse qui des cantiques*[10].

— Comme je vous y précéderai sûrement, je préviendrai saint Pierre, disait le bon abbé.

---

7. C'est bien parlé... Je suis bête, mais j'ai tout compris.

8. J'en aurais une pareille, je vous la pends dans mon cerisier pour en faire un épouvantail !

9. Ce ne peut être que de désespoir.

10. Je demanderai où elle est logée et s'il en fait ma voisine, on entendra dans mon coin autre chose que des cantiques.

II

LA BELLE TRIBU

Les enfants des enfants sont la couronne des vieillards et les pères sont la gloire de leurs enfants.

Livre des Proverbes, XVII.

Mais le meilleur moment de la tournée de T. Déome, c'était sa visite aux enfants et petits-enfants de Toine. C'est qu'il était devenu le chef d'une belle tribu, ce gros Toine, et il n'était pas peu fier du titre, sinon des illusoires prérogatives qu'il voulait en tirer.

Peut-être un arbre généalogique s'imposerait-il pour y voir clair. Mais un tel recours donnerait à la chronique antoinesque un air de grimoire à prétentions historiques fort éloigné du dessein du biographe. Que l'on se reporte seulement aux précisions rappelées dans le « Résumé des livres précédents » qui ouvre chaque volume de la chronique et tout deviendra clair. Ajoutons-y que l'âge des enfants et beaux-enfants de Toine, en 1948, s'échelonnait grosso modo de trente à quarante ans. Ne point oublier toutefois que le dénommé Joseph Culot — Molonzef pour son neveu Camille — né en un moment où personne ne l'attendait plus, n'avait qu'une quinzaine d'années à la même date et qu'il restait la grande espérance de son père pour sauver le nom de la dynastie, puisque tous les autres jeunes descendants mâles de Toine s'appelaient respectivement : Dognies, Verluysen, Jeannoël et Evenepoel.

... Pour complément provisoire d'informations, signalons qu'à cette date :

— Godelieve, épouse du docteur Dognies, est mère de quatre enfants, soit deux fils et deux filles.

— Mathilde, épouse Jeannoël a un fils et deux filles, y compris la petite Miette, son enfant adoptive et tendrement aimée. Elle est installée de l'autre côté de la frontière, non loin de Trignolles. Son mari, un artisan très distingué et très gentil, y dirige un important atelier d'ébénisterie dont les produits prennent couramment le chemin de Paris. Toine est aussi fier de son gendre français que s'il l'avait formé. Il lui donne même à l'occasion ce qu'il tient pour bons conseils. Le gendre les accepte sans discuter, mais avec un certain sourire que le gros prend pour acquiescement reconnaissant. Il se rengorge aussi, le gros Toine, lorsqu'il entend ses petits-enfants de France parler avec un accent qu'il estime être celui de la bonne société et même avec une virtuosité qui ne recule pas devant l'argot ni l'irrévérence. « L'pépé Toine, l'est marrant », qu'ils disent à chaque visite. « L'est même tellement qu'y a des fois qu'on se demande si y n'a pas un papillon sous la toiture. Et quand il a ses paturons dans ses sabots, tu parles d'une paire de péniches ! L'a toujours l'air d'attendre le remorqueur. » Toine, qui admire sans bien comprendre, profite de ces occasions pour recommander à ses autres descendants : « Écoutez vos petits cousins de France comme y causent bien le français. Vous deveriez tâcher de les imiter. »

— Ce qui fait bien rire tous les autres gosses, car ceux de Stéphanie, les petits Verluysen — un fils, deux filles — couramment appelés par T. Déome « *les p'tits viers lugeants* » vous parlent, eux, un jargon fort pittoresque. Le fond est authentiquement français. C'est celui de leur mère et de leurs écoles. Mais une fois de plain-pied avec la marmaille du village, ils y vont d'un wallon bien frappé dans lequel, parfois, on découvre un flandricisme qui leur vient de leur papa Aloys. Ils disent, par exemple : « M'popa Loys, potferdek, il est seul'mint trente-quatre ans vî et il a des gazettes qui s'portrait est d'dins habiyi en coureux-cyclisse dissus s'vèlo. »

— Et les trois enfants d'Antoinette, épouse Evenepoel, ne connaissent vraiment bien que le wallon du cru, malgré les efforts de Toine pour leur inculquer la langue de Voltaire. Il leur dit très gravement, par exemple : « V'là core vos souliers qui sont tout man-nets. Je suis sûr que vous avez core été pesteller dans les berdouilles. »

Du coup, T. Déome, témoin de la leçon, éclate d'un rire qui ressemble à un joyeux barrissement. Les yeux clos, la bouche en l'air, il n'en revient pas et une grosse larme lui coule sur chaque joue, cependant que Toine grouine des choses vagues qui redoublent le plaisir du vieux drôle.

T. Déome s'en moque bien, lui, de l'académisme, car les enfants du ménage Evenepoel — deux garçons, une fille — ont à ses yeux deux ou trois qualités qu'il tient pour précellentes. Ils ont tous la figure tendre et rose de leur papa boucher, mordent dans la vie à franches dents et sont farceurs comme des lutins. Leurs vocations avouées ? Les gamins ne se veulent que bouchers. Toutefois, le cadet avoue une préférence pour la charcuterie, parce qu'il raffole du pâté de foie. Quant à la fille, elle aura, jure-t-elle, un grand magasin où l'on vendra surtout des poupées et bien d'autres choses encore s'il reste de la place.

* * *

Il serait étonnant que dans cette volière d'oisillons, ne se fût point trouvé de numéro spécial, celui qui émine par quelque talent remarquable ou quelque originalité inattendue... Eh bien, le plus drôle et le plus amusant de la bande, c'était le petit Henri Verluysen, que son papa appelait Rik et souvent Riquet, imité en cela par toute la tribu Culot. Blond de poil et l'œil bleu, il ressemblait à son père. Remuant et débrouillard comme lui, il ne ratait jamais une occasion de rire un bon coup. Malin comme un jeune macaque, il avait bon cœur et ses tours n'étaient jamais méchants. Tout jeune, il avait jaugé son grand-père Toine et le traitait avec une sorte de condescendance amusée, feignant de le prendre au sérieux pour mieux l'étudier, car c'était un observateur et un imitateur-né. Il l'avait à peine quitté que, rentré chez lui, il improvisait pour sa famille une scène dont le plus malicieux des clowns n'eût pas atteint la perfection. Il mimait Toine mangeant, Toine travaillant, Toine geignant, Toine discourant, Toine se chamaillant avec T. Déome, Toine enseignant la langue française. Cette pantalonnade, T. Déome se la faisait resservir à chaque occasion et, chaque fois, on devait lui administrer une demi-chopine de pèket pour le remettre de son émoi, car ce sacré gamin lui avait secoué cœur et tripes jusqu'au point critique. L'affaire finie, le bon T. Déome gémissait encore de plaisir. Et, rentré chez Toine, il était repris souvent d'un fou rire en regardant le gros qui, n'y comprenant rien et pas content du tout, se frappait le front d'un air faussement inquiet, ce qui redoublait le plaisir du vieux compère.

Toujours indulgente et d'ailleurs habituée au scénario, Hilda riait par contagion. Alors, Toine se retournait sur elle et grognait :

— Si vous l'encouragez, vous, ousqu'on ira ? Gn'a des fois que c'est vraiment une maison de fous, ici !

III

L'ÉCOLE POLYGLOTTE

Quand on se fait entendre, on parle toujours bien.
MOLIÈRE.

L'instituteur de Trignolles, qui s'appelait tout bonnement Monsieur Dardenne, achevait paisiblement une carrière qu'il avait honorée par sa compétence, sa rectitude et son dévouement. Il aimait ses gamins et, aussi bienveillant et compréhensif qu'il était à cheval sur les règles essentielles du métier, savait à l'occasion rire avec eux dans les limites du raisonnable. Ses potaches l'amusaient même beaucoup, mais il ne le montrait pas toujours. Et déjà, il envisageait avec une certaine mélancolie le moment où — dans cinq ou six ans — il devrait les quitter, abandonner le logis qui faisait corps avec l'école et se sentir soudainement vieux, désœuvré et inutile.

Avec le temps, sa classe avait pris une physionomie curieuse. La grosse majorité des gamins, bien sûr, était faite d'authentiques petits Trignollais portant tous des noms que l'on retrouvait sur les plus vieilles tombes du cimetière. Mais depuis quelques années, trois ou quatre ménages franco-belges, dont le chef travaillait dans une grande et prospère usine métallurgique installée tout contre la proche frontière, étaient venus planter leurs pénates à Trignolles. Affaire de commodités et de petits avantages personnels. Si bien que les rejetons de ces ménages-là, nés en Belgique, conféraient à la classe du papa Dardenne un coloris dont il ne songeait pas du tout à se plaindre, parce qu'il n'aimait pas la monotonie et qu'au surplus, il arrivait à ces petits gaillards de donner à leurs condisciples, sans qu'ils le soupçonnassent, l'exemple du terme propre agrémenté d'un accent qui avait son charme. Le malheur, c'est qu'à la longue, ce bel accent de France s'aliénait de tout ce que le dialecte indigène contenait de pittoresque, bien sûr, mais aussi de désolante cacophonie.

Deux familles fort nombreuses de Ouest-Flandriens étaient arrivées aussi à un an d'intervalle pour exploiter les deux grosses fermes de la paroisse. Tous étaient sympathiques et pleins de bonnes dispositions devant l'accueil très gentil qu'on leur avait réservé. Mais chacun de ces bons Flamands et Flamandes, débarquant là, connaissait au total deux ou trois douzaines de mots français qu'il avait laborieusement appris avant le départ. Effort bien méritoire mais plus inutile encore, d'ailleurs, puisqu'ils avaient découvert tout de suite que ce qu'ils appelaient « une ferme » se prononçait « une cinse », comme « un verre » se prononçait « une chope » et qu'un balai, lui, c'était « un ramon » et un bourgmestre, « un maïeur ».

Pourtant, on n'avait pas laissé ces braves gens dans l'embarras. Ils avaient dû prendre contact avec la maison communale pour les formalités administratives et pas mal d'autres questions. Ni le maïeur Toine, ni le secrétaire communal qui avait succédé à T. Déome ne comprenaient goutte à ce qu'ils racontaient à grand renfort de gestes et de soupirs. Mais aussitôt, le maïeur avait dépêché un messager à Hilda, son épouse. Et elle était accourue, heureuse d'assurer les bons offices que l'on attendait d'elle. Et dès les premiers mots, la figure des bons Flamands s'était illuminée tellement que Toine avait cru un moment qu'ils allaient embrasser sa femme. Celle-ci avait répondu à mille questions d'ordre pratique. Lorsqu'elle leur révéla qu'elle était la femme du maïeur, ils contemplèrent le gros, souriant et tout fiérot des talents d'interprète de son épouse légitime, avec une sympathie nuancée d'attendrissement et ils lui serrèrent la main avec une vigueur qu'ils devaient sans doute à l'enthousiasme et à la rude musculature de la paysannerie. Ils sortirent de là vraiment heureux. Leur Flandre natale avait son consulat, affable et fraternel, dans le village où ils se croyaient perdus.

Et leur félicité s'enrichit encore le jour où l'un d'eux, se présentant au garage d'Aloys pour la réparation d'une moto, le découvrit flamand aussi et, de surcroît, ancien champion cycliste. Le dimanche suivant, après la messe, les deux familles de la Flandre défilèrent devant lui pour lui parler et le contempler.

Les trois gamins de cette tribu thioise en âge d'école primaire ne laissèrent pas d'embarrasser d'abord le bon M. Dardenne et l'institutrice du village le fut autant devant les quatre gamines qu'on lui envoyait. Mais gamins et gamines étaient tous passablement délurés. Au bout de six mois, ils en savaient déjà long de la langue française. Il est vrai de dire aussi que le maître et la maîtresse d'école avaient recommandé aux indigènes, comme un aimable devoir, de les aider tous de leur mieux et de ne jamais converser avec eux et elles qu'en un français le plus correct possible. En gros, le précepte fut, dit-on, respecté. N'empêche qu'il fut longtemps difficile à ces petits immigrés à demi assimilés de ne pas tutoyer l'instituteur et l'institutrice et qu'il leur arriva souvent de parler d'« huche » pour désigner une porte et de « chame » pour désigner une chaise, sans compter pas mal d'autres fantaisies dont le curé, au catéchisme, recueillit de remarquables échantillons comme : « Le petit Zesuske, il a comme ça une fois venu au monde dans un stôle et le père saint Zosef qui donnait lui son nourriture, il a dû fouter le camp dans la n'Égyppe dessus la bourrique de lui pour que le petit Zésuske il n'est pas comme ça mouru par le roi Mérode. »

Le bon curé acceptait cette version de la fuite en Égypte avec une indulgence attendrie.

Il resta tout de même un moment ébaubi lorsque, sur une feuille d'examen écrit, il découvrit que le petit Vandendaele attribuait cette parole au Christ :

— Tue Pierre et sur ce Pietje, je bâtirai mon Église !

* * *

Un beau jour, on ouvrit une carrière aux lisières du village. Un mois plus tard deux ménages cousinants d'Italiens piémontais venaient s'installer dans des baraquements provisoires installés à leur intention. Pauvres gens, visiblement. Quelques ballots de hardes et quelques ustensiles qu'ils apportaient avec eux constituaient sans doute leur fortune avec une poignée de paperasses légitimant leur immigration. La marmaille qui les suivait avait le poil noir, l'œil aussi avec des brasillements de malice et ça ne cessait pas de parler et de s'agiter. Quant à se faire comprendre, à première vue, bernique ! Et pourtant, ils y parvinrent par la mimique, du moins pour ce qui concernait l'essentiel. Et ils devinèrent que les gens du village leur voulaient du bien.

Le bon curé s'y était mis aussi. Il possédait quelques notions d'italien fort défraîchies, faute d'emploi. Aussitôt, il se replongea le nez dans une méthode Assimil et, bientôt, fut en état de poser des questions fort utiles aux relations des deux parties. Il sut tout de suite que les hommes se proclamaient communistes. Mais en même temps, il découvrit dans chacun des deux baraquements un crucifix et la Madonna aux places d'honneur. Il ne s'étonna guère. Son doyen, qui avait fait un ou deux ans d'études dans la péninsule, lui remontra qu'un bon Italien est par nature extrémiste et que là-bas, les notions de politique, d'honneur et de piété ne sont pas du tout les nôtres. On y est bandit d'honneur et cela ressemble fort à une exclusivité nationale. Le dimanche des élections, on va voter de grand matin, le plus à gauche possible, après quoi l'on va dévotement à la messe où l'on prie la Madonna de donner la victoire au parti de Lénine, quitte à prier aussi le diable de patafioler le Don Camillo ou Fortunato de curé, qui a la déplorable habitude d'infliger à ses ouailles des sermons cléricaux.

Cinq petits Piémontais s'étaient donc abattus un beau matin, en pleine année scolaire, sur les écoles communales à raison de trois filles chez l'institutrice et deux gamins chez M. Dardenne. Qu'y faire ? Le maître et la maîtresse d'école s'étaient consultés. On avait installé les mioches dans le fond de la classe, division des petits, et on leur avait offert du matériel gratuit, à savoir un livre de lecture, un cahier et un porte-plume. On leur avait fait comprendre — et ç'avait été rapide — qu'ils devaient transcrire dans leur cahier un texte choisi pour sa simplicité élémentaire. Après quoi ils avaient suivi sur le tableau, de tous leurs yeux sombres, un exercice de calcul fait d'additions et de soustractions. Là, ils avaient compris tout de suite, l'arithmétique étant chose internationale.

Miracolo ! Au bout d'un court trimestre, les trois filles et les deux garçons jargonnaient tous un français chantant et ensoleillé qui faisait les délices de qui l'entendait. Il y avait là-dedans, c'était fatal, des termes wallons fort nombreux, mais quelle jolie musique et quelle touchante fantaisie ! L'année suivante, ils étaient à peu près tous parmi les meilleurs élèves de leurs classes. L'accent natal subsistait dans leur parler, mais on leur en était reconnaissant pour ce qu'il apportait de gentil dans le village. Et l'on prenait plaisir à faire bavarder et gesticuler les Pietro, les Dismas, les Giovanna et les Pia dans les magasins où chacun les connaissait et les aimait pour leur drôlerie et leur finesse.

Quant à leurs parents, qui n'avaient guère de contact qu'avec le monde ouvrier dont ils étaient, ils parlaient à peu près couramment le wallon du cru, dans lequel ils découvraient avec un étonnement ravi la filiation romane.

IV

L'ÉMINENT INSPECTEUR

Pour réussir, il ne suffit pas d'être bête, il faut encore connaître les belles manières.

Mot attribué à Voltaire par Chatterton.

Ainsi donc la classe de M. Dardenne était vaguement polyglotte et elle lui valait beaucoup d'agrément professionnel.

Un jour, pourtant, il lui arriva une mésaventure qu'il était à cent lieues de prévoir.

L'inspecteur cantonal, M. Couturiaux, était pour lui un vieil ami pour la bonne raison qu'ils s'étaient connus sur les mêmes bancs à l'école normale et ils s'estimaient beaucoup.

Or, M. Couturiaux fut promu inspecteur principal et remplacé par un monsieur dont on ne savait trop d'où il tombait. C'était un personnage de quarante ans tout au plus, fort agité, plein du zèle brouillon du novateur touche-à-tout et qui, pour prouver son esprit progressiste, ne se déplaçait qu'en auto, ce qui lui permettait de multiplier ses inspections à cadence éberluante pour ses subordonnés, habitués au train-train de la visite tout bonnement annuelle de M. Couturiaux.

Avec Monsieur Chardon — oui, il portait ce nom hérissé — tout ça, tonnerre, allait changer !

Ses titres à une telle promotion ? Après deux insuccès, il avait réussi de justesse l'épreuve requise pour accéder à l'inspection, mais bien d'autres que lui la méritaient par priorité et, régulièrement, il eût pu attendre sa nomination durant des lustres avant de la gagner.

Mais voilà... Il était le cousin germain d'un huissier du Ministère de l'Instruction publique et il avait réussi, durant sa brève carrière d'instituteur, à n'afficher jamais que les couleurs blafardes de l'opportunisme. Tantôt rose, tantôt azuré, il ajoutait à la teinte, lorsqu'il le fallait, les quelques gouttes de vermillon ou de turquoise qu'exigeait le goût du jour pour atteindre l'écarlate ou le bleu de Prusse, quitte à revenir à des tons rompus comme le bordeaux ou la lie de vin quand l'exigeait la conjoncture. Même, fidèle à l'infidélité, on l'avait vu arborer le violet épiscopal et assister parfois à une messe basse qu'il écourtait, il est vrai, par les deux bouts. Ainsi, le personnage parvenait à passer pour ce que certains appellent un modéré, et d'autres, un tolérant. Mais quelques-uns aussi disaient que c'était un malin et les ultras lui décochaient l'épithète d'arriviste, de tourne-casaque et de caméléon. Parfois même, les plus réalistes usaient de gros mots dont les moins violents revenaient à dire qu'il était asexué ou tenait du satyre, tête humaine et pattes de bouc.

Ce qui est sûr, c'est que, promu à l'inspection, le bonhomme chaussait des souliers bien trop vastes pour son pied minuscule. Il eût été bien étonné de l'apprendre, car il avait en lui-même et ses talents une confiance impavide. Tout de suite cependant, il avait fait la preuve qu'il confondait deux notions capitales, à savoir qu'un subalterne n'est pas nécessairement un inférieur et que, parfois même, il est exactement le contraire. Somme toute, il n'était qu'un ébloui et même un sot qui ne voulait pas savoir qu'il est ici-bas, très couramment, une foule de fausses hiérarchies et de subordinations inversées. Pour lui, le galon valait brevet et tout était dit.

Et pourtant, une sourde inquiétude l'obsédait et c'était la hantise de ne pas être pris au sérieux. Dès lors, complexé, fouineur et saugrenu, se proclamant sensible alors qu'il n'était que susceptible, il s'était rendu tout de suite intraitable, voire intolérable. On attendait de lui qu'il fût un conseiller bienveillant, un « primus inter pares » compréhensif et encourageant. Il n'avait révélé qu'une âme banale de garde champêtre traqueur — dans les deux sens du terme — et verbalisant. En un mois, sa réputation s'était établie, définitive, et l'on se méfiait de lui comme il convient de se méfier des gosses armés d'un pistolet et des imbéciles juchés sur leur infaillibilité.

* * *

Malgré tout, le papa Dardenne attendait le monsieur avec un cœur assez tranquille. Cet hurluberlu, pensait-il, ne va tout de même pas venir chercher noise à un homme de mon âge qui a toujours fait son métier consciencieusement et de qui les modestes mérites ont été constamment reconnus et cotés sur rapports dûment motivés. D'ailleurs, il est probable que, parlant de ce Chardon, on exagère. Somme toute, il a peur, oui, peur de ne pas être à la hauteur de sa mission. Quelques années de pratique en feront sans doute un animal raisonnable, bien plus disposé aux arrangements conciliants qu'aux démolitions fracassantes.

*
* *

... Le monsieur surgit un matin d'hiver alors que la classe était à peine commencée et sauta de sa voiture avec l'air du policier qui va procéder à l'arrestation d'un criminel. Et aussitôt, il fut dans la place.

Aimable de nature, le papa Dardenne s'avança vers lui avec un sourire respectueux sans doute, mais qui n'avait rien de contraint, encore moins de flagorneur. Mais ce sourire se figea. L'autre lui offrait un visage qui avait la sévérité d'un mousqueton chargé. Il dit :

— Je suis votre nouvel inspecteur.

Tout de même, il daigna tendre la main au brave Dardenne, mais cela manquait de chaleur, ah, fichtre, oui !

— Mes respects, Monsieur l'inspecteur !

Déjà, l'homme était sur l'estrade, parcourait la classe d'un air de belluaire.

— Que faites-vous pour le moment ?

— La division inférieure est occupée à un exercice de calcul. J'allais préparer avec les grands une composition française.

— Le sujet ?

— *Portrait du bon travailleur.*

— Bon ! Permettez-moi d'abord de poser quelques questions qui me donneront une idée du niveau de la classe.

Et il commença, l'air profond :

— Le travail est-il un devoir pour tous les hommes ? Vous !

Et son index pointa vers un petit malheureux très peu doué qui avait à peine compris la question. On lui souffla : « Oui ! » Il répéta ce « oui » sans conviction, comme il eût dit « non ».

— Faites au moins une phrase complète et polie.

Éperdu, le pauvre gosse bafouilla :

— Le devoir... Le devoir... Le travail pour tous... c'est...

— Asseyez-vous ! Vous n'irez pas loin dans la vie.

— Non, Mossieu, approuva le petit pour lui faire plaisir. Et il se ratatina derrière le dos d'un condisciple, s'anéantit jusqu'à la fin de la séance, terrorisé.

— Un autre ! Je répète la question :

Le travail est-il un devoir pour tous ? Vous !

« Vous », c'était, cette fois, le petit Flamand Vandendaele. Avec un aplomb parfait, il répondit :

— Oui, Mijnheer de inspecteur, ça est tout le monde qu'il devrait une fois travailler, mais ça est pas tout le monde qui le fait.

— Hein ? Que signifie...

— Awel, ça est sûr qu'il en a des ceux qui le fait pas, parce qu'ils ont dézà beaucoup des sous didans son « posse » quand il vient au monde.

Écarquillant des yeux médusés, le grand homme se tourna vers le papa Dardenne.

— Qu'est-ce que cet Iroquois ?

— Cet enfant est flamand. Il est arrivé ici il y a quelques mois seulement et ne connaissait pas dix mots de français. Le progrès est énorme.

— Fameux boulet pour une classe !

M. Dardenne haussa imperceptiblement les épaules, risqua à mi-voix :

— Sa bonne volonté est très méritoire, Monsieur l'inspecteur.

Mais Monsieur l'inspecteur n'aimait pas du tout que l'on discutât ses sentences. La remarque le rendit nerveux, si bien que, s'empêtrant lui-même dans son questionnaire, il vira court et trancha sur un ton saccadé :

— Que l'on ait ou non des sous dans ses poches lorsque l'on vient au monde, comme le dit si élégamment cet élève, le travail est un devoir pour tous et chacun.

... Depuis la première seconde de la scène, le petit Riquet Verluysen, muet et incolore, prenait les mesures du personnage. Il souffla une blague à son voisin, le gros Barbazon, rieur incompressible qui devint écarlate de plaisir. L'inspecteur s'en aperçut, interpella le Riquet d'une voix furieuse :

— Que dites-vous, jeune homme ?

Pas du tout gêné, très simple, le petit drôle se leva et répéta :

— Je dis que l'on n'a pas de poches lorsque l'on vient au monde.

— Remarque impertinente ! Monsieur l'instituteur, vous infligerez de ma part une punition exemplaire à ce morveux effronté.

Le morveux effronté envoya un coup de pied dans les chevilles du gros Barbazon.

— Nous n'avançons pas... Pourquoi l'homme a-t-il le devoir de travailler ?

Et cette fois, l'index désigna le Natole Porignaux, réaliste débonnaire qui louchait et n'avait jamais pensé qu'en wallon. Le Natole sortit d'une seule traite :

— Parce que s'il ne fait rien, il « s'aspèchit » tout de suite et il attrape tellement de la mauvaise graisse qu'il devient « fayé ». Et par-dessus le marché, il « tuse » tout le temps, il « embête » tout le monde et il « s'embête » lui-même.

Cette fois, l'inspecteur sursauta, tourna vers le bon Dardenne un regard affolé. Mais le brave homme restait imperturbable. Il savait l'élégance verbale de son Porignaux qui ne rêvait qu'une chose : finir au plus vite son école primaire et courir aux vaches et aux chevaux de sa ferme paternelle.

— Cet enfant serait-il anormal ? souffla-t-il d'un air inquiet à l'adresse du maître.

— Pas du tout, Monsieur l'inspecteur, mais dans son milieu familial, on ne parle que le wallon. Me permettez-vous de lui faire corriger lui-même sa réponse ? J'en ai l'habitude...

— Soit !

— Voyons, Anatole, vous avez dit que l'homme inoccupé « s'aspèchit ». Ce n'est pas français. Quel est le terme correct ? Il devient...

— ... spè... non, épais.

— Bon. Donc, il s'ép...

— Il s'épaisit... non, il s'épaissit.

— Très bien ! Vous avez dit aussi : Il devient « fayé ». Que voulez-vous dire ?

Là, ça marcha tout seul. Anatole répondit :

— Il attrape toutes les maladies.

— Très bien encore. Mais vous avez dit : Il « tuse » tout le temps. Du wallon une fois de plus. Quel est le verbe français équivalent ? Il ru... Il ru...

— Il rugit, lança Natole à tout hasard.

— Mais non, il ne rugit pas ! Que font vos vaches lorsqu'elles ont mangé ?

La question sembla illuminer Natole...

— Ah, fit-il d'un air heureux et complice, elles « reutient » !

— Vous me ferez mourir ! souffla le père Dardenne devant la classe qui pouffait malgré le regard scandalisé de l'inspecteur.

Plusieurs doigts se levèrent. L'instituteur choisit au hasard. La bonne réponse sortit enfin :

— Elles ruminent.

— Eh bien, l'homme inoccupé en fait autant. Il rumine, c'est-àdire qu'il pense à une foule de choses inutiles et parfois nuisibles. Il se demande ce qu'il va faire pour tuer le temps et toutes ces ruminations peuvent le conduire au mal, comme la boisson, le jeu, le vol et, pour finir, au crime.

— Oui, approuva du chef le bon Natole.

— Enfin, vous avez dit : Il « embête » les autres et il « s'embête » lui-même. Cette fois, je reconnais que le verbe est français, mais le dictionnaire le signale avec la mention : « populaire » ce qui est tout le contraire d'une recommandation. Remplacez-le par un verbe plus correct.

Natole se gratta la tête. Il souffrait visiblement.

Des doigts se levèrent encore. Excédé, l'inspecteur braqua le sien sur un petit noiraud à figure ronde avec des yeux malins. C'était le petit Kléber Bousquet, né de mère française.

Et avec un accent qui ne devait rien à celui de la Butte, le gavroche servit au grand homme :

— Çui-là qu'a les pattes à la retourne, y se râpe, y poisse les autres, et lui y se fait du mouron ! [1]

— Hein ? fit cette fois l'inspecteur. Et il se mit à examiner le gamin comme un phénomène. À la fin, tourné une fois de plus vers l'instituteur :

— D'où tombe celui-là ?

— Ménage franco-belge, souffla le papa Dardenne.

— Et mère serveuse de bistrot, sans doute ! ricana l'inspecteur.

Mais il fallait en finir. Croisant les bras et élevant la voix, il lança sur le ton du défi :

— Assez de temps perdu ! Vous, là-bas, le jeune homme trop spirituel qui riez encore — car c'est la seconde fois que je vous y pince — remplacez le verbe vulgaire par le verbe correct.

Le garçon trop spirituel, c'était le crépitant Riquet Verluisant. Et le pauvre Dardenne fut pris d'une angoisse très visible sur sa bonne figure. C'est qu'il était capable de tout, ce sacré moutard, et les conséquences lui importaient peu du moment qu'il trouvait l'occasion de rire.

Riquet se leva donc, très grave. Mais l'instituteur ne fut pas sans voir le pétillement de ses yeux d'écureuil et une certaine petite grimace du coin de la lèvre qu'il connaissait bien lorsque le gamin allait se livrer à quelque malice. Son regard à lui, papa Dardenne, se fit

1. Celui qui est paresseux, il s'ennuie, il irrite les autres et il se fait de la bile !

si suppliant que le gaillard, qui l'aimait bien, en fut touché. Alors, au lieu de l'énormité cambronnesque qu'il brûlait d'infliger au vilain monsieur, et que devinait le brave homme, il modula suavement et avec un accent de parfaite distinction, cette jolie phrase :

— Monsieur l'inspecteur, l'homme qui vit dans l'oisiveté ennuie les autres et se morfond lui-même.

Devant une telle élégance, la bonne tête du papa Dardenne se rasséréna lentement. Le Riquet lut même de la fierté dans son regard et, lui sembla-t-il, de la reconnaissance aussi. L'inspecteur, lui, resta un instant bouche bée. Revenu de sa surprise, il ne sut que répéter :

« Pas mal... Pas mal... Oui, c'est même bien ! »

Et consultant soudain sa montre, il eut une inspiration.

— Bon... Pendant que je vais m'occuper de la division inférieure, vous allez commencer votre rédaction en tenant compte des observations qui viennent d'être faites. Je reviendrai à vous dans un quart d'heure et verrai à quoi vous en êtes.

Le père Dardenne s'agita un peu, sembla hésiter.

— Excusez-moi, Monsieur l'inspecteur, mais c'est l'heure de la récréation, murmura-t-il.

— Ah bon ! C'est réglementaire. Assurez la surveillance, je vous prie. Pendant ce temps, j'examinerai vos différents registres.

* * *

Il les examinait encore lorsque, un quart d'heure plus tard, les gamins rentrèrent dans la classe.

Et tout de suite, il se dirigea vers les petits de la division inférieure qui avaient eu tout le loisir de terminer leur exercice de calcul : $(4 + 7) - (3 + 8) = 0$. — $(2 \times 7) - (4 + 8) = 2$.

S'il fut satisfait, il ne le témoigna guère. Il envoya un des bambins devant le tableau noir et tomba de son haut lorsqu'il l'entendit jargonner comme un loriot. C'était le petit Dismas Ferraio, un des trois rejetons piémontais qui fréquentaient la classe du papa Dardenne. Dans sa bouche, le chiffre cinq devenait « tchinnqwè » et le huit tournait en son de flûte, un « ouïtt » très mélodieux. À une question que lui posa l'inspecteur, le marmot répondit : « No, signor ! » Patiemment, le papa Dardenne le reprit. Vous devez dire : « Non, Monsieur l'inspecteur. » Et le gamin, docile et sans malice, répéta : « Non, Monsignor inspettore ! » Mais, en gros, tout se passa assez bien de ce côté et le monsignor revint à la division supérieure, circula dans les bancs, prit en main les cahiers de brouillons où les gamins avaient couché les premières lignes de leur composition française.

Il en examina d'abord une ou deux sans grand intérêt, fit quelques remarques et, mine de rien, se dirigea vers le banc du Riquet Verluisant qui, lui, l'intéressait beaucoup. Ce qui l'estomaqua de prime abord, ce fut le titre :

Portrait du fainéant.

Et ce fut une révélation. Il fut forcé de s'avouer que lui, inspecteur, parti du sujet : *Portrait du bon travailleur*, il en était venu tout simplement, par ses questions obliques, à faire dépeindre le paresseux. Il garda la vexante constatation pour lui et lut :

La vie, c'est comme une course cycliste. Seuls, les gens courageux la gagnent. Les autres, les mous, les gémissants, les tocards et les nouilles ne serviront jamais qu'à freiner l'élan des champions volontaires et tenaces. Ils les démoralisent par le tableau de leur découragement. Ce sont des ruminants, bons tout au plus à se coucher dans l'herbe et regarder passer les trains...

Il y en avait toute une page de cette qualité avec chaque trait axé sur le sport cycliste. C'est que s'il avait des lettres, ce pétulant gamin de Verluisant, elles étaient toutes, si l'on peut dire, à sens et coloris uniques. Son papa Aloys restait abonné à un journal de sports et même à deux revues consacrées au cyclisme. Le gamin les dévorait et il en avait acquis un style qui devait tout au guidon, au dérailleur et au braquet. Le plus beau jour de sa jeune vie avait été celui où un ami de son père lui avait offert une petite casquette de toile blanche barrée d'un ruban aux couleurs belges. Et depuis lors, elle ne le quittait plus. Il l'emportait même dans sa chambre à coucher et s'endormait en la contemplant sur sa table de nuit, comme un trésor. Son premier geste, en se levant, était de s'en coiffer. Lorsqu'elle était souillée, il la lavait lui-même. On lui avait promis un équipement complet de coureur pour la prochaine Saint-Nicolas, mais à condition qu'il fût sage. Et cette promesse modérait parfois sa turbulence.

Lorsqu'il eut fini la lecture du morceau, d'ailleurs inachevé, car le Riquet, ce matin-là, se sentait de taille à écrire un traité, l'inspecteur resta un moment rêveur. Et il passa au suivant, le petit franco-belge Kléber Bousquet.

Celui-là encore paraissait inspiré, car sa feuille de brouillon était aux trois quarts couverte d'une écriture nerveuse. De plus en plus ahuri, l'inspecteur lut :

Portrait du feignant.

Y en a qui naissent avec un poil dans la main. Alors, rien que d'entendre parler de turbin, ils deviennent malades et, les mains dans les poches, ils regardent souquer les autres. Ils ruminent comme les vaches qu'ils sont et fichent la pagaille dans le chantier de ceux qui en mettent un coup...

... Cette fois, l'inspecteur enleva ses lunettes, se passa la main sur le front et, d'un pas mal assuré, se dirigea vers le fond de la classe, comme pour y chercher un peu d'oxygène. Occupé avec les petits, le papa Dardenne l'observait du coin de l'œil. Il se demanda un moment s'il ne devait pas offrir au monsieur ses attentions de bon Samaritain, alerter peut-être le service de santé. Mais non, le bonhomme revenait aux brouillons. Et celui qui lui tomba sous les yeux fut celui du petit Giuseppe Uccello, enfant du Piémont. Il lut :

Portrait du pigroseux.

Celui-là che il ne lavora pas, il n'a pas du pain et il vive dans la miseria comme les vaches chi sont des bêtes embêtantes quand elles sont dans la casa des celui chi sont occupés et chi ne veut pas ruminare avec elles.

L'inspecteur tourna vers le père Dardenne un regard d'homme tombé à l'eau. Et l'instituteur, qui devinait, dit simplement :

— C'est un Italien, Monsieur l'inspecteur.

— Décidément, grogna l'autre, c'est la tour de Babel !

— À peu près, Monsieur l'inspecteur.

En même temps, le bon Dardenne pensait :

— Pourvu qu'il n'aille pas à présent tomber sur le factum de mon Natole !

Car, de ce brave Natole, on pouvait tout attendre, sauf du style régulier et des pensées profondes.

Et ça ne manqua pas. Trois secondes plus tard, l'inspecteur avait le papier de Natole sous les yeux. Et cette fois, au bout de trois lignes, il dut s'asseoir sur un banc libre. De la meilleure foi du monde, Natole, lui, avait donné à son œuvre le premier titre annoncé : *Portrait du bon travailleur.*

Suivait le texte, très court, car les corrections et surcharges, à défaut d'orthographe et de ponctuation, y étaient nombreuses :

Le bon travailleur, c'est celui qui ne fait rien pour empêcher les autres de travaillé et comme ça il ne s'engraisse pas il panse tout le temps à ses vaches mais il ne rumine pas comme elles et il n'a pas le temps pour s'ocupé de volé, de joué et de faire de la mauvaise conduite ni même de boire.

Là-dessus, estimant sans doute qu'il avait tout dit, Natole avait croisé les bras et il attendait sereinement la suite des événements de cette matinée exceptionnelle.

*
* *

Il ne l'attendit pas longtemps. Onze heures et demie sonnèrent à la tour de l'église. Et en même temps, le jeune Riquet Verluisant, honoré de la fonction de sonneur de l'école, se leva automatiquement et courut à l'extérieur pour actionner la cloche. Étonné une fois de plus, l'inspecteur crut de son devoir de grommeler :

— On aurait pu attendre mon signal.

Mais le gamin était déjà dehors et carillonnait comme pour une fête.

— Allez-vous-en, fit l'homme avec le geste et le ton de celui qui chasse une basse-cour.

— En rangs et en silence ! ajouta le papa Dardenne qui n'aimait pas le désordre et tenait au moins à donner à l'autre une impression de discipline.

*
* *

Les gamins une fois dehors, l'inspecteur resta un moment silencieux, comme abîmé dans des cogitations géniales. Le menton dans la main, il arpentait la classe. Au bout de quoi :

— Monsieur, vous me voyez fort perplexe.

— Ah ? fit le bon Dardenne. Et il attendit la suite.

— Je ne sais comment m'y prendre pour rédiger mon rapport.

— Il ne vous sera pas difficile de consulter tous ceux — cela fait plus de trente — qui ont précédé, dit doucement M. Dardenne.

— L'opinion de mes prédécesseurs m'est indifférente, répliqua vivement le monsieur piqué au vif. Je juge sur ce que je vois et entends et non pas sur les impressions d'autrui. Or, je constate que le niveau moyen de la classe ressemble très fort à celui de ce que l'on pourrait appeler une classe de sous-développés. Il faudrait absolument vous désintéresser des éléments... comment dirais-je... oui, des éléments hétérogènes qui l'alourdissent et l'encombrent de leur poids mort.

— Vous voulez parler des petits Flamands, des petits Italiens ?

— Oui, et aussi de ce rustre pour qui le français est une langue étrangère et même de ce demi-Belge qui parle et rédige comme un apache.

— Ils sont tous gentils, insista le père Dardenne. La plupart sont remarquablement intelligents et je ne me reconnais pas le droit...

— Ce n'est pas un droit, mais un devoir. Vous oubliez qu'ils vous prennent le temps que vous devez normalement consacrer à ceux qui le méritent.

Déjà, le papa Dardenne était décidé à ne plus répondre. Il n'éprouvait aucune colère devant les propos de l'olibrius, mais une sorte de mépris. Il pensait : « Cet homme n'aime pas les enfants. Il est tout en vanité, prétention, sottise. » Et il concluait aussi : « Va te faire fiche avec ton rapport. Il est des recours. Et tout ce que tu pourras dire et faire ne prévaudra pas contre mon passé, ni contre le bon sens et la justice... »

L'autre terminait d'ailleurs l'entretien sur un mot gonflé d'importance et de sourde menace :

— Je réfléchirai. Au revoir !

Et cette fois, il sortit sans tendre la main au père Dardenne qui l'accompagnait sur le seuil de l'école.

V

L'AUTO SUR LE VERGLAS

Le ridicule, c'est le contraste de la position avec la prétention.

VILLEMAIN.

Au bout de trois pas, il glissa sur la cour de l'école et ne se rattrapa que par une chanceuse gymnastique d'où il ne sortit pas grandi. C'est que, durant les longues heures qu'il venait de passer dans la classe du papa Dardenne, le vent avait tourné et soufflait franchement du nord, convertissant le sol et les pavés tout humides encore des brumes de la nuit en une patinoire aussi luisante qu'un vernis. Et déjà, Toine, maïeur responsable de l'état des routes communales, donnait au cantonnier l'ordre de les sabler au moyen du poussier déposé en réserve, à distances régulières, sur les accotements. Le cantonnier passait tout de suite à l'action, aidé d'ailleurs par les deux chômeurs patentés de la commune qui n'auraient plus jamais une aussi belle occasion de prouver ainsi qu'ils aimaient le travail et n'étaient que des victimes de la fatalité.

Ce zèle et cette promptitude de Toine, il faut le reconnaître aussi en toute impartialité, ne procédaient pas uniquement de l'altruisme. C'est que le gros, se hasardant en sabots sur la route, avait fait un atterrissage si brutal que l'on avait dû l'aider à se replanter et qu'une fois debout, convaincu qu'une grande partie de son squelette était gravement endommagée, il n'avait osé rentrer chez lui, boitillant et geignant, que soutenu par deux gardes du corps, le premier étant le facteur aux semelles bardées de crampons anti-glace, et l'autre tout bonnement la pittoresque Madame Zaza, épouse abandonnée d'une sorte d'aventurier vaguement horloger, mais plus souvent contrebandier et toujours alcoolique. Elle professait depuis lors un mépris vigoureux et braillard à l'égard des hommes dont le meilleur, disait-elle, n'était digestible qu'en pâté de lapin. Avec cela, elle arborait des idées un peu plus que moscoutaires et appelait « sale bourgeois » quiconque possédait un toit, dix ares de terre et une deux-chevaux. À ses yeux, Toine était le type parfait du capitaliste. Il n'avait pas d'auto, mais chacun de ses enfants en possédait une. D'ailleurs, ajoutait Zaza, toujours catégorique en ses opinions, s'il n'en avait pas, c'est qu'il était trop bête pour la conduire.

À son corps défendant, Toine subit donc l'aide de Zaza, une aide solide et sûre, car la drôlesse était musculeuse et elle avait pris la précaution de revêtir ses souliers de grosses chaussettes de laine rouge — encore une façon d'afficher ses convictions — ayant appartenu à son fugitif et latitant compagnon.

Une fois rentré, le gros s'était affalé dans son fauteuil et, d'une voix expirante, avait réclamé une grande goutte en même temps qu'il soufflait : « Faut appeler Ugène ! » Mais Ugène était loin de là, dans une clinique où l'on opérait un de ses clients. Et Toine grogna :

— *C'est chaque cô l'mînme quand dj'ai dandgi d'li. Gn'a pou croire qu'y l'fait exprès* [1].

Un quart d'heure plus tard, Toine était debout, ne boitillait plus que pour la forme et, par téléphone, donnait ses ordres de sablage.

*
* *

Un homme ahuri et furieux devant le verglas, ce fut l'éminent inspecteur Chardon. C'était bien la chose la moins prévue par lui que cet état meurtrier des routes. Il consulta sa montre... Onze heures quarante-trois. Il avait fait le projet de déjeuner dans la villette voisine, après quoi il comptait procéder à une seconde inspection dans une petite commune des environs. Mais il paraissait médusé par le verglas. Alors, il s'enquit auprès d'un passant qui, lui aussi, s'aventurait craintivement sur la patinoire :

— Y a-t-il une auberge convenable dans ce... (il allait dire : « ce trou », mais la prudence lui inspira :) ce patelin ?

Quand même, le mot n'eut pas l'air de plaire beaucoup à l'autre. Il répondit :

— Il ne manque rien dans not'villâche, Mossieu ! T'nez, n'en v'là d'djà yune, d'auberche... On la voit d'ici. Tous les ceux qui y sont passés ne s'ont jamais plaindus.

Et l'homme désignait à quelque distance de là une maison assez imposante et d'aspect confortable qu'une enseigne toute simple

1. C'est chaque fois la même chose lorsque j'ai besoin de lui. Il y a pour croire qu'il le fait exprès.

signalait à l'attention des amateurs : *Auberge des voyageurs*. N'empêche qu'à y regarder de plus près, sa façade s'ornait de panonceaux émaillés dont chacun, délivré par des firmes touristiques ou des clubs gastronomiques, valait un brevet de bonne tenue et une garantie de brave table.

Sur un merci tout formaliste à l'homme qui le renseignait, l'inspecteur remonta dans sa voiture. Il grognonnait : « Auberche, villâche, plaindus ! » Quelle rusticité ! Il y a pour croire qu'ils n'ont jamais parlé qu'avec leurs vaches !

Il pensa : « Ça changera, foi de Chardon ! »

Et là-dessus, il démarra, ou du moins le tenta. Mais le verglas, à ce moment, était vraiment impitoyable. Les pneus patinèrent et la voiture ne bougea pas d'un pouce.

La colère du monsieur monta de plusieurs crans d'un seul coup. Il promena sur les maisons des alentours un regard de dégoût. Et il découvrit une bonne grosse commère qui riait derrière sa fenêtre. Oh, son rire n'avait rien de sadique, ni même de moqueur. Tout au plus pouvait-il traduire un peu de bienveillante gaieté devant une drôlerie inattendue. Elle semblait dire : « Vous ne vous attendiez pas à ça, n'est-ce pas, Mossieu ! » Mais lui, le mossieu, ne le comprit pas ainsi. Il y vit une dérision et fut sur le point de lancer une grosse injure à la commère.

Par chance, à ce moment, un des chômeurs chargés d'assurer le sablage des routes surgit avec une pleine brouette de poussier. Sans même y être invité, il en lança quelques pelletées sous la voiture et, cette fois, le merci du monsieur fut vigoureux. L'autre ne répondit rien. C'était un taiseux et, pour tout dire, à toutes les politesses du monde, il préférait une chique de tabac.

L'instant d'après, l'inspecteur entrait dans l'*Auberge des voyageurs* et s'attablait dans une grande salle au plafond assez bas, avec de grosses solives de chêne noircies par des fumées séculaires. Mais ce qui attirait le regard dès l'entrée, c'était un magnifique brasier de bûches flamboyant sous la hotte d'une énorme cheminée faite de pierres sculptées. La chaleur qui en rayonnait était merveilleuse et le parfum l'était plus encore. C'est que, artiste raffiné, l'hôte avait soin de marier les essences du bois qui s'y consumait. Le noyau de ce feu-là, c'était une grosse souche de merisier et, là-dessus, on avait couché obliquement des bûches de chêne alternant avec du charme, du bouleau, du tremble, quelques branches de résineux aussi. D'instinct, le client alla vers la flamme, lui tendit les mains, aspira le parfum. Mais il dut reculer tout de suite, tant la chaleur était forte. Alors, il examina les cinq ou six tables du mobilier de la salle. Chacune était recouverte d'une nappe immaculée avec des couverts étincelants.

Une jeune femme très jolie et très fraîche, un petit tablier blanc sur sa jupe noire, s'avançait avec un sourire réservé. Charmé, même déconcerté, il éprouva une crainte, et ce fut que le charme ne s'évanouît dès qu'elle ouvrirait la bouche. Il pensa : « Encore une du « villâche », sans doute ! »

Mais elle disait, la belle jeunesse :

— Bonjour, Messieu... Vous désirez déjeuner ?

De la musique. Un chant de fauvette. Une mélodie de claire cascatelle dans une vasque de cristal. Et avec cela, dans le visage, un rayonnement qui semblait émaner d'une âme à la fois gaie et tranquille. Une petite merveille, que cette jeune fille !

Malgré tout, méfiant, il imagina :

— Va-t-en voir... Ce n'est probablement qu'une perruche. Si elle avait de la cervelle, elle ne serait pas ici en tenue de soubrette. Ça connaît quelques phrases commerciales et c'est tout.

Aimable quand même, il hasarda :

— Qu'avez-vous au menu ?

— Vous avez le choix, Monsieur. Aujourd'hui, c'est vendredi. (Elle dit cela d'un certain air où perçait un rien de malice.) Si le cœur vous en dit, il y a un potage aux pois et une sole frite. Si vous n'aimez pas le poisson, on peut vous servir de la saucisse aux choux de Bruxelles.

Il hésita, embarrassé parce que les deux menus lui plaisaient. Finalement, pour qu'on ne le prît pas pour un calotin, il dit : « La saucisse ! » Mais presque aussitôt, ayant ainsi affirmé son libre arbitre, il décida :

— Et puis non, donnez-moi plutôt la sole.

Sole et saucisse eussent fort bien pu figurer sur son blason à condition qu'on ne les peignît pas toutes deux sur la même face, car, on l'a vu, ses armoiries, comme certaines étoffes, étaient réversibles et il savait fort bien jouer des opportunités.

Le potage, agrémenté de croûtons frits dans le beurre, lui parut délicieux. Et la sole, avec une béchamel et des pommes au persil, lui fit l'effet d'un chef-d'œuvre. Il mangeait le dos au feu, la serviette au cou, en pacha gourmand. Tout cela était si inattendu, l'atmosphère était si euphorique qu'il eût donné gros, après le dessert, pour s'offrir une sieste ronflante, gilet déboutonné et pieds sur tabouret. Mais le souci de sa dignité le rappela aux convenances.

— Monsieur ne désire pas un café ?

— Bonne idée, Mademoiselle, et faites-le fort, je vous prie.

Là encore, il fut comblé. Ce café-là, servi dans une petite cafetière de terre cuite, était brûlant et fort à ranimer un homme dans le coma.

Il complimenta l'hôtesse.

— J'ai déjeuné merveilleusement. Je le dirai à d'autres et reviendrai moi-même.

Elle sourit légèrement, murmura :

— Cela va faire plaisir à mon oncle.

— Ah, vous êtes...

— Oui, la nièce de la maison.

Ce fut là tout ce qu'il eut le temps de dire à ce moment, car deux clients survenaient, des habitués, c'était visible. L'un portait l'accoutrement classique du maquignon, feutre cabossé, gros souliers cloutés de cabochons, guêtres fauves, houssine à poignée garnie de cuir. Et avec ça la tête professionnelle : face mafflue et congestionnée, gros yeux un peu bovins. Pour parachever le genre : voix sonore et assurance granitique. L'autre ne pouvait être qu'un voyageur de commerce ou quelque agent d'assurances.

Tout de suite, d'ailleurs, on sut comment ils avaient lié connaissance. Chacun d'eux se dirigeait en voiture vers Trignolles. Mais le verglas avait envoyé l'auto du maquignon dans le fossé. L'autre l'avait pris en charge.

Leurs commentaires firent dresser l'oreille à l'inspecteur...

— Au moins, dans vot'commune, grasseyait le maquignon, v's'êtes bien administrés. Vot'maïeur, le gros Toine, y prend les mesures qu'y faut. Y a du verglas ? Bon, on envoie des hommes aussitôt avec des brouettées d'antidérapant. Mais ça s'arrête aux limites du village voisin qu'est administré par un idiot, un propre-à-rien. J'peux en causer, puisque c'est mon beau-frère.

Et là-dessus, il éclata d'un gros rire amer.

— En attendant, ma bagnole est dans le fossé et sans ce mossieu-ci, vous ne m'auriez pas vu aujourd'hui.

Sortant de sa cuisine, le patron de l'auberge s'avança. C'était un bon gros avec quelque chose de poupin dans sa figure rose et tendre. Et il avait un regard pervenche, un peu naïf et rieur. Grand tablier blanc et petit bonnet, il faisait plutôt chirurgien que chef-coq.

D'abord, il se dirigea vers l'inspecteur, s'enquit, tout débonnaire :

— Alors, c'était bon, Mossieu ?

— Excellent ! J'ai bien déjeuné.

— Ma nièce me l'a dit. Ça me fait plaisir. Je vous remercie.

Et il passa aux deux autres, qu'il connaissait, c'était visible. Le maquignon, qui, décidément, détestait son beau-frère, recommença ses critiques, très acerbes.

— Faut croire que chez nous, on voulait un baudet comme maïeur. Ils l'ont trouvé. Y en a que ça fait rire, mais en rattendant, à cause de ce jean-foutre, les honnêtes gens risquent de se casser la gueule. Ici, au moins, le Toine, avec ses airs bonasses, y pense à ses administrés. N'a p'tête pas beaucoup d'instruction, mais à quoi que ça sert, l'instruction, quand on n'a pas d'avisance ? Mon beau-frère, tiens, il a fait son école moyenne et y vous fignole des fois le français qu'on le prendrait pour quéqu'un de bien. L'a même été sous-officier. Faut l'entendre, aux distributions de prix ! L'instruction, qu'y dit ç't'imbécile, c'est la plus belle des richesses !

Il éclata d'un rire méprisant, conclut :

— Moi, les « intellectuwals » j'aime autant qu'on les conduise tous à l'abattoir.

Le patron souriait sans prendre parti. Le voyageur de commerce avait l'air un peu étonné. L'inspecteur, lui, était outré.

Il régla sa note, qu'il trouva modérée et, sur un bref salut, sortit brusquement.

Le maquignon, bien sûr, l'avait hérissé. Mais il était inquiet plus encore. C'est qu'il se demandait à quelle aventure il allait s'exposer une fois sorti des limites de Trignolles. Et, en ce satané décembre, l'obscurité tombait vite.

Il gelait toujours à pierre fendre.

Tout se passa bien d'abord. Il sortit du village sans encombre et roula durant deux ou trois cents mètres encore sur une route soigneusement sablée. Au loin, il aperçut un homme du village prochain qui poussait, lui aussi, une brouette qu'il estima chargée de poussier et il pensa :

— N'est pas trop tôt !

Et soudain, dans une descente, malgré qu'il roulât très prudemment, il perdit le contrôle de sa voiture qui fit un tête-à-queue parfait, après quoi elle zigzagua encore un peu et se dirigea droit vers un gros sorbier poussé sur l'accotement.

L'arrêt fut brutal. L'homme fut secoué rudement, buta du nez sur son pare-brise, cependant que le volant lui meurtrissait les côtes et que l'on entendait un bruit de ferraille et que le capot s'ouvrait, érigeant ses formes cabossées et chiffonnées comme un vieux papier d'emballage.

D'abord, l'homme resta immobile durant quelques secondes. Puis il ouvrit la portière avec difficulté et sortit. Il pestait, jurait, proférait de terribles menaces à l'adresse du maïeur « intellectuwal » de qui le beau-frère maquignon venait de faire un portrait dégoûté. À ce moment-là, lui aussi, il l'eût volontiers conduit à l'abattoir, le fameux beau-frère !

Que faire ? Les premières maisons du village n'étaient pas très loin. On pourrait l'y renseigner sur les possibilités du lieu. C'était bien le diable si l'on n'y trouvait pas un garage, puisqu'il en était partout.

Ce fut un jeune facteur qui, roulant à vélo avec des précautions d'acrobate, le tira d'affaire. D'abord, il se pencha sur la voiture et, connaisseur apparemment, siffla d'un air désolé :

— Ben, vot'moteur, il en a reçu un coup !

— Y a-t-il un garagiste dans les parages ?

— Non, ici, gn'en a pas. Mais gn'en a un bon à Trignolles, Mossieu. Et si vous voulez, je peux l'y téléphoner de cette maison-là que vous voyez. Ç't'un cabaret et y z'ont le téléphone.

— Vous me rendrez service... Tenez, voici de quoi vous dédommager de la communication et boire un verre à ma santé.

— Oh, ça ne vaut guère la peine, allez, Mossieu, fit le facteur en empochant les dix francs.

Quelques minutes plus tard, du seuil du cabaret, il criait, les mains en porte-voix :

— On va venir avec la dépanneuse.

*
*   *

Cet engin-là, le malheureux Monsieur l'inspecteur le vit bientôt surgir en haut de la route et, de prime abord, le trouva primitif. C'était peut-être du parti-pris. « Enfin », pensa-t-il, « je n'aurais pas osé en espérer autant dans ce pays de Lapons. »

Le chauffeur, un grand diable assez remuant, l'abordait, le saluait de deux doigts à la hauteur de son béret et, tout de suite, se penchait sur la voiture sinistrée.

L'examen fut rapide.

— La carrosserie, naturellement, faudra la confier à un spécialiste. Pour ce qu'est du moteur, à première vue, il a dû prendre quelque chose de sérieux. Mais nous verrons ça de plus près au garage.

Et aussitôt, il s'affaira à accrocher à sa dépanneuse l'avant-train de la voiture qui fut tout de suite soulevée, les roues arrière restant seules collées au sol.

— Si vous voulez bien vous installer près de moi, Monsieur...

L'accent du chauffeur frappa à ce moment seulement le Monsieur...

— Tiens, jugea-t-il, encore un allobroge !

C'était là un terme qu'il employait volontiers. Mais il lui prêtait le sens, strictement personnel, d'« étranger ». Car on peut être un éminent inspecteur et ne pas tout savoir.

En tout cas, allobroge ou non, celui-là s'appelait Aloys Verluysen, dit Verluisant.

*
* *

Une fois au garage, on procéda à un examen plus attentif et le diagnostic ne fut guère rassurant. Il y avait du dégât du côté de la boîte de vitesse, du côté aussi du carburateur et de la génératrice, sans compter quelques misères qui ne se révéleraient sans doute qu'à l'usage.

Aloys se releva et se gratta la nuque. Il dit :

— Un arbre, c'est dur !

Le trait ne plut pas à l'impatient M. Chardon. Il posa la question qui l'obsédait :

— Pouvez-vous me réparer cela de façon que je puisse rentrer aujourd'hui même ?

Aloys regarda son bonhomme qui avait l'air plus malheureux encore que furieux.

— Ça, fit-il, ça ne me paraît guère possible. Tout ce que je peux vous promettre pour vous rendre service, c'est de vous réparer l'essentiel. Mais faudra des heures. Pour que vous puissiez vous remettre en route demain matin, je vais commencer tout de suite et travailler tard.

L'inspecteur souffla, consterné :

— Demain matin ! Alors... alors, je dois loger ici ?

— À moins qu'une occasion ne s'offre à vous. Mais par ce sacré verglas, vous n'avez guère de chances d'en attraper une. La circulation est maigre.

L'inspecteur fit deux ou trois fois le tour du garage avec des airs de fauve piégé dans une cage. Il étouffait de colère et répétait :

— Loger ici ! Loger ici ! C'est complet !

Mais déjà, Aloys ne l'écoutait plus. Il démontait le capot chiffonné, le posait dans un coin du garage, attrapait sa clef anglaise, commençait son travail de réparation.

L'autre se décidait à sortir, inspectait les environs. Une brouillasse froide s'épaississait, déjà crépusculaire, ajoutait sournoisement une couche nouvelle au verglas. C'était désolant, presque sinistre. Avançant de quelques pas, il découvrit que la maison d'Aloys était un café. Il rentra au garage.

— Votre café est chauffé ?

— Chauffage central, Monsieur.

— Peut-on y prendre une boisson chaude ?

— Bien sûr !

Il entra donc dans le café. Phanieke Culot, épouse Aloys Verluysen, s'empressa.

— Une boisson très chaude ? Tout de suite, Monsieur ! Voulez-vous du vin chaud ? Bon, je vous prépare ça. En attendant, pour vous distraire, voici le journal et un illustré.

Un coup d'œil dégoûté au journal, moniteur des bien-pensants et, de surcroît, conservateur.

— J'aurais dû m'en douter. C'est chez les rustauds que l'on trouve le plus couramment ce torchon.

Pourtant, il n'y avait pas tellement longtemps qu'il y était encore abonné, au torchon. Mais voilà, depuis les dernières élections, ça ne se portait plus guère. Alors, il feuilleta l'illustré, foncièrement sportif et d'une absolue neutralité politique : football, cyclisme, moto-cross, hockey sur glace et toute la lyre. Il en eut tout de suite assez et ouvrit une serviette de cuir qui ne le quittait jamais.

Il se prit alors à ruminer le rapport qu'il devait régulièrement rédiger après chaque inspection. Sortant donc de sa serviette une feuille blanche, il commença :

Si j'en juge par ce qu'il m'a été donné de voir et d'entendre ce matin dans l'école communale de Trignolles, ou bien la réputation de l'instituteur Dardenne est surfaite, ou bien son âge commence à amoindrir singulièrement ses moyens. Ce qui m'a frappé le plus dans les deux divisions de sa classe, c'est la rusticité de ton des élèves, comme l'imprécision et la vulgarité de leur langage entaché de barbarismes de tous genres et de laisser-aller. J'estime que...

Mais son vin chaud arrivait, odorant.

— Vous le sucrerez à vot'convenance, fit la bonne Stéphanie déposant devant lui un plein sucrier. Et si la cannelle vous plaît, en voici... Je vous laisse, mes enfants vont rentrer de l'école.

* * *

Elle avait à peine prononcé ce dernier mot que la porte s'ouvrait comme sous la poussée d'un ouragan, et un diablotin coiffé d'une petite casquette blanche de coureur cycliste se ruait dans la pièce en criant :

— Man, paraît que le fameux ins...

L'apostrophe et l'élan furent coupés net. Le petit Riquet Verluisant venait de découvrir dans la place « le fameux inspecteur » qui lui lançait un regard féroce.

— Salue Monsieur, enjoignit Stéphanie à son pétulant gamin.

L'air plus vexé que contrit, le Riquet se décoiffa d'un geste brusque et lança un « ...jour, M'sieur ! » que l'autre jugea encore sévèrement.

Déjà, d'ailleurs, le moutard disparaissait dans la cuisine comme un furet dans un terrier.

Et là, cependant que sa mère, toujours indulgente, le justifiait de son mieux : « C'est un espiègle, Monsieur, mais il a bon cœur », le joyeux marmot partait d'un rire bienheureux. Sa mère le retrouva à demi pâmé. Il gloussait, montrait du doigt la porte du café... « C'est lui ! Hi, hi, hi ! »

— Hein ? fit Stéphanie soudain inquiète. Alors, tu vas aller t'excuser, polisson !

— Quoi ? s'exclama le Riquet se rebéquant aussitôt. Et rattrapant son wallon, il déclara, péremptoire :

— *M'excusè divant ç'apothicaire-là qu'a v'nu fai l'malin à l'iscole et qu'a dit des mèchanç'tès à nos Mossieu Dardenne !*[2] *Et mi, y m'a collè ène « punition exemplaire » qu'il a dit, cré nom di djo, et pourtant, d'javeus bé respondu...*

— Vas-tu parler convenablement, petit malappris ?

— Bon, je la « rattends » encore, sa punition. Quand j'en ai causé à Mossieu l'maît', il m'a tiré un petit coup mon oreille en riant et

2. M'excuser devant cet apothicaire qui est venu faire le malin à l'école et qui a dit des méchancetés à notre M. Dardenne !

c'est tout. Ça, c'est un brave homme, au moins ! Mais l'aut', le Bon Dieu l'a puni, il lui a pèté son auto dessus un arp...

— ... un arbre, corrigea sévèrement Phanie.

— *Arp ou arbre, paraît qui l'cô est rèussi èt qui s'tcherrette è-st au djâle. Mais qwè ç'qu'y fait dins nos môjon, m'n'homme ?*[3]

— Ton papa est occupé à réparer sa charrette, comme tu dis, méchant garnement !

— Pas vrai, hein ? Je vas voir ça !

Et par la porte de la cuisine, il courut au garage.

Comme il filait, ses deux jeunes sœurs rentrèrent aussi de l'école.

*
* *

Une fois devant la malheureuse voiture, le marmot éclata encore d'un rire follement joyeux. Il répétait en se frottant les mains :

— Nom di djo, ça, c'est du beau travail !

Son père le regarda, un peu étonné. Alors, l'espiègle recommença ses explications.

— Bon, conclut Aloys, si l'homme t'a puni, c'est que tu le méritais.

Et aussitôt :

— Dis donc, ça ne t'amuserait pas de débosseler la carrosserie ? Tu me rendrais service et je te paierais bien.

Toute rancune instantanément abolie, le Riquet sauta de joie. C'est qu'il n'aimait rien tant que d'être pris au sérieux par son père et de se servir de ses dix doigts et de sa malicieuse adresse pour jouer à l'apprenti garagiste. Même, on lui avait acheté une combinaison à sa taille, ce que l'on appelle un « bleu » de mécano et, une fois là-dedans, il éprouvait un plaisir et une fierté de lui-même qui lui valaient des heures exaltantes.

— Ça va, pa ! J'avale mon goûter et j'arrive.

Son goûter, il ne mit pas cinq minutes à l'expédier. Il n'en prit qu'une pour revêtir sa combinaison. Et l'instant d'après, l'inspecteur, qui avait fini son vin chaud, le découvrit, manches retroussées, occupé à réparer soigneusement sa carrosserie sur une forme de bois au moyen d'un maillet dont il usait avec délicatesse et précision.

3. Arp ou arbre, paraît que le coup est réussi et que sa charrette est au diable... Mais que fait-il dans notre maison, mon homme ?

Il l'observa un moment et ne put s'empêcher de dire au papa Aloys, avec un sourire encourageant :

— Il a de l'étoffe.

— *Tins,* pensa le gosse, *y s'r'eut tout de mînme capâpe di fai in complimint, ç't'apôte-là !*[4]

*
* *

« L'apôtre » resta un long moment à contempler le père et le fils travaillant de concert. Visiblement, les réparations avançaient. Et sans qu'il en dît rien, la dextérité du gamin surtout l'émerveillait, et sa minutieuse patience aussi.

— Bon, conclut-il *in petto*, je ne connaîtrai pas le ridicule de rentrer avec une épave. Mais en attendant, il me reste à regagner « l'auberche » comme ils disent ici, à prévenir par téléphone mon logeur du chef-lieu et à tuer le temps de mon mieux en attendant la libération promise pour demain matin.

Il partit donc, à pied, vers l'auberge, avec sa serviette et une petite valise qu'il appelait son encas. Il n'éprouva pas trop de difficultés à marcher. La route était généreusement sablée.

---

4. Tiens, il serait tout de même capable de faire un compliment, cet apôtre-là !

VI

LA BONNE AUBERGE

Quoique hôtelier, on peut être chrétien.
CERVANTÈS.

J'avais bien pensé que vous risquiez fort de ne pas aller loin, Monsieur, fit le gros aubergiste en le revoyant. Paraît que vot' voiture est vilainement arrangée. Mais l'essentiel, c'est que vous vous en sortez à bon compte. Des bras cassés et des poitrines défoncées, c'est autrement grave.

— Bien sûr, approuva mélancoliquement l'inspecteur.

Mais, à la fois détaché et très important, il ajouta :

— Ce qui me chiffonne le plus, c'est le temps perdu... Dites-moi, je vais loger chez vous. Ma chambre est-elle chauffée ? Je voudrais travailler.

— Ah, pour ça, non ! fit l'aubergiste que parut contrarier la question. Nos chambres ne le sont pas. Quand il le faut, on branche un radiateur électrique, tout juste le temps qu'il faut pour se déshabiller au soir et faire sa toilette au matin, mais pour travailler, ç't'aut'chose...

— Regrettable, murmura le grand homme.

— Mais faut pas vous gêner, continua sur un ton très avenant le bon aubergiste. Toute la salle à manger est à vot' disposition. Tenez, vous sereriez sûrement bien à vot' aise dans ce coin-là, tout près du feu. Et gn'a personne qui vous dérangera. Et si vous voudreriez par hasard des lifes de lecture, ma nièce en a quéques-uns qui vous plairont peut-être...

— Bon, à la guerre comme à la guerre !

Et il s'assit, résigné, et attrapa sa serviette. Il relut l'introduction du rapport qu'il avait écrite chez Aloys, rêva un moment, dévissa le capuchon de son stylo. Mais il avait beau lire et relire cette fameuse introduction, il avait l'imagination bloquée. Il s'en irrita et, les coudes sur la table, se prit la tête entre les mains. Dix minutes plus tard, brisé par les émotions de la journée, engourdi par la chaleur du foyer, il s'endormait.

* * *

La jeune nièce du patron entra sans bruit, le découvrit en cette attitude, hésita. C'est que, même dans son sommeil, il avait un air tendu et même malheureux qui la frappa. Elle pensa : « À première vue, il ne m'a guère été sympathique, mais sait-on jamais quel drame peut porter en lui un inconnu ? De la peine, hélas, il en est pour tout le monde ! »

Mais le feu, lui aussi, somnolait. Elle se décida à poser dessus, doucement, quelques bûches. Tout de suite, un fragment d'écorce de bouleau crépita, fit jaillir une flammette. Et l'homme ouvrit les yeux, promena autour de lui le regard étonné des gens qui s'éveillent dans un décor insolite et il découvrit la jeune fille.

Il bafouilla une excuse...

— Oh, fit-elle, c'est plutôt à moi de regretter. Mais je craignais que le feu ne s'éteigne...

— ...« ne s'éteignît », fut-il sur le point de rectifier. Car, même à demi conscient, ce monsieur restait grammatical autant que Malherbe.

— Mais quelle idée aussi de vous reposer en pareille attitude ! lui reprocha-t-elle gentiment. Vous avez deux fauteuils à votre disposition. Ils ne sont pas faits pour les chats de la maison.

— C'est que je crains de mal dormir durant la nuit.

À présent bien éveillé, il était tout disposé à bavarder. Au diable le rapport ! Celle qu'il appelait *in petto* « la soubrette » n'était pas du tout déplaisante à regarder, et sa conversation, si elle faisait bon marché des concordances de la conjugaison, ne manquait peut-être pas d'un grain de piquant. Et voici que, ô surprise, elle lui disait d'une voix tranquille :

— Il y a dans la maison quelques livres qui m'appartiennent. S'ils peuvent vous distraire, ils sont à votre disposition.

Il sourit, un peu moqueur, et hasarda :

— Comtesse de Ségur ? Delly ? Rocambole ?

— Oh, il y a beau temps que je ne suis plus une petite fille, Monsieur. J'en suis à Pagnol, à Maurois, même à Mauriac, encore qu'il me paraisse déprimant, à quelques auteurs américains aussi. C'est d'ailleurs tout. Et cela ne fait au total qu'une bonne douzaine de volumes que je lis et relis une fois l'hiver venu.

Ébahi devant cet éclectisme, il se mit à examiner la jeune fille avec plus d'attention. Et du coup, il lui découvrit l'air d'intelligence qu'il lui eût gratuitement refusé l'instant d'avant. Mieux, il la trouva vraiment belle. Et la pose qu'elle prenait pour lui parler, à cent lieues de toute coquetterie, était peut-être celle qui lui seyait le mieux. Son tablier de travail était muni de deux pochettes et elle y gardait les mains, comme une sage petite écolière qui, plutôt que de rester les bras ballants, en fait un refuge pour sa timidité.

Lui était à présent tout sourire, toute bienveillance. Il se décida :

— Pagnol, m'avez-vous dit ? Que possédez-vous de lui ?

— Deux pièces de théâtre : *Topaze* et *Marius*.

— Va pour *Topaze* ! Je n'ai pas encore eu l'occasion de le lire.

— Je vais vous l'apporter. Par la même occasion, puisque vous vous proposez de loger ici cette nuit, je vous apporterai aussi, pour la bonne forme, votre fiche d'hôtel.

* * *

Peut-être l'inspecteur était-il médiocre observateur, peut-être aussi, tracassé qu'il restait par son accident et les contretemps qui en résultaient, n'avait-il accordé que peu d'attention à la jeune fille. Le fait est que ce fut seulement lorsqu'elle revint, l'instant d'après, avec le livre et le formulaire, qu'il découvrit qu'elle portait deux alliances à la main gauche. Une expression d'étonnement, nuancée peut-être de pitié, se lut sur son visage. Il ne put se tenir de remarquer :

— Excusez-moi... Ce n'est pas possible... Vous... vous seriez déjà veuve ?

— Depuis deux ans.

— Un accident ?

— Alors que nous étions fiancés, mon mari a fait partie d'un groupe de résistants armés. Dénoncé à la Gestapo, il a été arrêté en mars 1944 et envoyé dans un camp de concentration, à Mauthausen, un des pires, paraît-il. Il en est revenu quand même, un an plus tard, sur une civière, à l'état de squelette. Seuls, ses yeux immenses vivaient encore. Ils occupaient toute sa face et ses dents étaient toutes déchaussées. Quand même, au bout de quelques mois, il avait retrouvé forme humaine et il avait même repris son service...

— Sa profession ?

— Il avait réussi l'examen des Postes et allait être nommé sous-percepteur. Nous nous sommes mariés un peu après, tous deux pleins de confiance en l'avenir. Mais il était touché à mort. Une grippe banale l'a emporté dix-sept mois plus tard. Un moment, je suis restée désemparée. Le coup était trop terrible. Pendant la guerre, j'avais commencé des études dans une école hôtelière. Mon mariage les avait interrompues. Je n'avais pas le courage de les continuer, malgré l'insistance affectueuse de mes parents, de mes frères et sœurs. Finalement, je me suis décidée, sans enthousiasme. Ces études, je les ai quand même achevées. Et alors, comme le diplôme comportait un stage dans un hôtel, mon oncle et ma tante m'ont invitée à le faire chez eux. En principe, un stage est de courte durée, quelques mois tout au plus. Il y a beau temps qu'il est terminé. Mais me voilà toujours ici, où j'ai retrouvé un équilibre et presque la sérénité. Mes oncle et tante n'ont pas d'enfants. Je suis devenue leur fille adoptive. Et c'est tout.

— Si jeune et tant de souffrance déjà ! murmura-t-il.

Les yeux de la jeune femme étaient près de s'embuer. Pudique, « Excusez-moi », fit-elle. « Mon travail m'appelle. Je vous souhaite beaucoup d'agrément en compagnie de Topaze »

* * *

Un moment, il resta rêveur. Et voilà que son esprit se prit à vaguer loin du gros souci de sa journée, loin de ce qui allait le forcer à passer la nuit dans cette auberge qu'il maudissait encore l'instant d'avant. Et son regard tomba, distrait, sur le brouillon du début de son rapport. Il le plia en deux, le fourra dans sa serviette, rêvassa encore un instant, alluma un cigare, se décida à remplir sa fiche d'hôtel. Enfin, il ouvrit son Topaze et commença sa lecture, d'abord laborieusement, tant était grande sa distraction. Mais bientôt quand même, il se laissa envoûter par l'apparente candeur et la drôlerie de la pièce, et il la dévora.

Il ne fut interrompu que par la femme de l'aubergiste qu'il n'avait pas encore vue et qui venait, à son tour, ranimer le feu de bois. Comme son homme, elle était florissante, même grosse, et sa figure rougeaude était toute pleine de bienveillance un peu narquoise. Elle échangea avec son client quelques propos sur la température et s'enquit :

— Avez-vous l'habitude de souper, Monsieur ? Si vous suivez un régime, ce serait le moment de me l'expliquer. Ici, on fait tout à la bonne franquette.

Il avoua :

— Je soupe assez légèrement.

— Dans ce cas, faut que je vous dise... On est vendredi et, en hiver, le vendredi de chaque semaine, à sept heures précises, nous recevons nos amis, toujours les mêmes, qui viennent passer la soirée avec nous. On est chaque fois une dizaine, plus ou moins.

— Ah ?

— Oui, y a d'abord not'curé, qu'est tout gentil et qui rit volontiers. Après, y a le maïeur, avec sa femme, parfois, et puis Monsieur Dardenne, l'instituteur, et Madame Dardenne. Surtout, y a T. Déome, l'ancien secrétaire communal, l'homme le meilleur et le plus drôle de la terre, quatre-vingt-huit ans quand il n'en a pas vingt-cinq. Il prend toujours en passant celle qu'il appelle sa « bonne amie », la petite Lalie Lalouette, septante-six ans. Il lui sert des compliments, lui fait des mamours qui nous valent un plaisir fou. Enfin, y a mon homme, ma nièce et moi. Si vous avez compté, ça fait dix.

— Vous jouez aux cartes, je suppose ?

— Oui, parfois, au « couyon ». Mais il arrive que l'on rie tellement que l'on ne trouve pas le temps de toucher aux cartes. Et puis, surtout, et c'est là que je voulais en venir, y a le souper aux gaufres et au café-crème.

— Souper aux gaufres ?

— Oui, vous les aimez, les gaufres ?

— Je les adore.

— Eh bien, vous êtes notre invité, Mossieu.

— Je... Je crains... C'est que, bafouilla l'inspecteur, je ne voudrais pas que... vous comprenez... l'intimité...

— Pouh ! s'exclama la bonne Aurélie, à la campagne, vous savez, l'intimité, comme vous dites, on n'y regarde pas de si près ! Je vous promets qu'au bout de dix minutes, la bande vous en aura servi, de l'intimité.

Quelque chose, malgré tout et qu'il n'osait pas avouer, gênait l'homme. Et c'était, en cette petite frairie de l'amitié, la présence du bon Dardenne, l'instituteur. Que devenait là-dedans le prestige de la hiérarchie ? Celle-ci ne pouvait que s'y compromettre, s'y amoindrir, s'y abîmer peut-être jusqu'à une définitive abdication qu'il regretterait toujours. Il exprima donc un dernier scrupule :

— Je ne voudrais pas gêner votre instituteur. Vous l'ignorez peut-être, mais je suis...

— Oui, son inspecteur. Vous l'avez inscrit sur votre fiche. Mais rassurez-vous...

Elle hésita un peu. Après quoi, avec un air de joyeuse finesse, elle ajouta :

— Y vous aura vite mis à l'aise. Y a longtemps que je le connais. Faut plus qu'un inspecteur pour qu'y perde les pédales, vous savez, not' Mossieu Dardenne ! Depuis le temps qu'il en voit, des inspecteurs !

Interloqué, partagé entre l'indulgence et le raidissement, il ne put que dire :

— Bon, merci de l'invitation. Vous avez piqué ma curiosité.

Elle pensa, elle l'avoua plus tard :

— Et peut-être aussi ta vanité, grand benêt !

*
* *

Vers la fin de sa lecture, qui l'avait passionné de bout en bout — il pouvait être six heures et demie et les lumières de l'auberge brillaient depuis un long moment — il perçut du côté de la cuisine tout un branle-bas en même temps que lui parvenait un fumet de beurre fondu et de lait bouillant. Il pensa :

— Ça y est ! Mobilisation générale. Je me demande quelle tête va tirer l'instituteur. Sait-il seulement que je suis toujours ici, bloqué par ce damné accident ? En tout cas, il peut bien se tenir. Si j'aime les gaufres, je tiens plus encore à mon autorité.

En attendant l'heure fatidique, comme son regard, rêveur et tout de même un peu inquiet, se promenait sur des affiches notariales étalées sur les murs de la salle, il découvrit dans un coin un vieux piano recouvert aux trois quarts d'un châle ancien. Quelques leçons, à l'école normale, lui avaient permis d'user du clavier avec une habileté très peu poussée. Mais tout de même, l'instrument lui permettait d'accompagner maigrement quelques chansonnettes qu'il avait retenues de ses jeunes années. Il s'approcha donc de l'instrument, y tapota à deux doigts, recommença un exercice, chantonna l'air d'une chanson qui pouvait passer pour du Béranger, à moins que ce ne fût de l'Offenbach fort sophistiqué.

*
* *

Sept heures sonnèrent bientôt à la vieille horloge de la salle. Et l'écho du dernier coup n'était pas éteint que l'on entendit au dehors un joyeux brouhaha, cependant que la porte d'entrée s'ouvrait avec franchise et qu'une voix volumineuse, qui s'efforçait d'atteindre à la minauderie mondaine, invitait :

— Je vous en prie, ma chère comtesse...

Un hîî ! strident lui répondait. La chère comtesse, c'était Lalie Lalouette, la rieuse dulcinée de T. Déome. Et le gros continuait, s'adressant cette fois sans doute à Mme Dardenne :

— Je vous en prie, Madame la marquise... Je suis enchanté de voir que vous avez toujours le même mari, Madame la marquise. Faut croire que vous avez un bon caractère !

Et pour finir :

— Passez devant, « Messieu le bourmesse », je vous précède.

Déjà un peu ahuri, l'inspecteur le fut plus encore lorsqu'il vit les personnages dans la salle. Trois d'entre eux, à savoir Lalie, T. Déome et le « bourmesse » étaient en sabots. T. Déome lui fit l'effet d'un monument primitif : un ventre énorme, une culotte dont chaque jambe ressemblait à une jupe et, là-dessus, une tête comme taillée dans du merisier, coiffée d'une vieille casquette emballée elle-même dans une écharpe de laine assez vaste pour en faire un camail. Dans tout cela, on devinait deux yeux malins sous d'énormes sourcils broussailleux, de la moustache en chiendent, un gros nez rouge et une pipe, une sorte de tonnelet où crépitait un tabac fort. Le bonhomme n'avait pas de manteau, mais un tricot épais matelassait encore son veston de gros velours roux.

Lalie, elle, ressemblait à une boule. Son gras petit corps s'épaississait d'un manteau du genre houppelande de cuirassier. Et un grand châle lui recouvrait sa tête sculptée en melon.

M. Dardenne et sa femme portaient tous deux un foulard et avaient relevé le col de leur manteau. La chevelure intacte de l'instituteur lui permettait d'ailleurs de circuler tête nue par tous les temps. Et ça le dispensait de répondre par des coups de chapeau aux saluts qui l'attendaient à tous les tournants du village.

Toine fermait la marche, très ému par l'éminente présence, qu'on lui avait annoncée, de l'inspecteur. À la dernière minute, il avait voulu remplacer ses sabots par des souliers en signe de déférence. Mais T. Déome avait pris sa voix la plus terrible pour lui jurer que s'il lâchait ses sabots, lui, T. Déome, le déshéritait. Il lui avait concédé finalement une cravate un peu fanée sur sa chemise de travail, qui était du type cow-boy, carreaux bariolés de rouge et de vert. Et la cravate orange, là-dessus, faisait un effet si harmonieux que T. Déome avait pouffé en la voyant :

— *Si tu creus qu'aveu tes couleûrs d'arc-en-ciel, t'as l'air pus malin, pouh! Tu r'chones à ène tcherrette di martchand d'loques. Aveu ène pia d'lapin à l'coupette, on s'y tromp'reut*[1].

— *Et vous, T. Déome, on pourreut vos prinde pou in ours qu'a mîndgi in homme èt qui s'a co rhabiyi aveu ses foufes*[2].

Toine ronchonnait encore devant la porte de l'auberge :

— Quand vous songez, Mossieu l'maît', qu'y n'a mînme pas voulu que je fasse ma barbe et que je change de chemise. Vous, je sais bien que v's'êtes accommodant, mais l'aut' qu'est là, lui...

— Ne vous tracassez donc pas, maïeur. On n'est pas allé le chercher, n'est-ce pas ? C'est donc à lui de se faire à nos manières.

---

1. Tu ressembles à une charrette de marchand de chiffons. Avec une peau de lapin au sommet, on s'y tromperait.

2. Et vous, T. Déome, on pourrait vous prendre pour un ours qui a mangé un homme et qui s'est encore rhabillé avec ses loques.

VII

LES HUMBLES BONHEURS

Il n'y a de bonnes gens que ceux qui rient.
P.-L. COURIER.

Lorsqu'il vit devant lui cette barbe-là, l'inspecteur eut comme un mouvement de recul. Dans quel carnaval de rustauds le fourrait-on, lui, inspecteur Chardon ? Et voilà que, débarrassés de leurs accoutrements polaires, ils allaient à lui avec une familiarité déplacée et cette sorte de curiosité exorbitée des jocrisses campagnards devant l'animal rare du zoologique.

L'aubergiste, cependant, commençait les présentations. L'autre s'inclinait, froid, méfiant, tendait une main à peine frôlante. L'instituteur dit : « Monsieur l'inspecteur, je vous présente ma femme. »

Sa femme, au papa Dardenne, c'était encore une toute bonne et simple fille des champs, instruite sans doute puisque, diplômée, elle aurait pu, elle aussi, enseigner. Mais elle avait toujours été bien plus absorbée par les joies et les soucis de ses quatre maternités que par les calculs des avantages souvent fallacieux d'un cumul conjugal des professions. Elle aimait son ménage et s'y donnait tout entière. Son fils aîné était prêtre. Ses deux filles, mariées, avaient, elles aussi, des enfants. Mais elles vivaient dans des villes et, en hiver, lui manquaient un peu. Son cadet faisait à l'Université des études de philologie. Sa belle détente, c'était celle des vendredis soirs de novembre à mars où elle trouvait la chaleur de la vraie amitié et l'irrésistible gaieté du merveilleux boute-en-train qu'était T. Déome.

La découvrant, l'inspecteur lui fit grâce. Elle avait un grand air de dignité et le regardait dans les yeux avec cet air de tranquille assurance et de réserve aussi qui est celui de la droiture. Il se courba pour la saluer, froid toujours, mais avec une nuance de respect qui n'échappa point aux autres.

Restaient T. Déome, et Toine et Lalie... L'hôtelier dit :

— Voici le doyen d'âge de la commune, Monsieur Théophile

Déome, quatre-vingt-huit ans, que l'on appelle couramment T. Déome et qui fut notre secrétaire communal durant plus de quarante ans. Il est musicien, chanteur, compositeur et le plus grand menteur du village.

— T'as menti, gargotier ! riposta aussitôt T. Déome. Mes hommages, Monsieur l'inspecteur...

Là-dessus, le gros examina attentivement son homme durant trois secondes, le détailla, l'œil mi-clos et lui décocha ce trait ambigu :

— À la place de vot'papa, je serais quand même un peu inquiet parce que vous me paraissez fort avancé pour votre âge.

Et sans attendre une réaction dont il faisait peu de cas, il poussa Lalie devant lui et dit sans rire :

— Ma fiancée !

Le hîî ! jaillit comme une fusée et l'inspecteur en éprouva un tressaillement. Il ne laissa tomber sur la commère qu'un regard assez hautain. Il est vrai que la taille de Lalie ne lui laissait guère le choix. D'une cime, on ne peut vraiment s'offrir que du tir plongeant.

Lalie s'était déjà esquivée et s'asseyait dans un coin, pour rire à son aise.

Au tour de Toine ! T. Déome se chargea encore de le présenter :

— Et celui-ci, Mossieu, c'est le bœuf gras et le premier magistrat du village.

Le gros Toine, qui, malgré soixante ans de pratique de son T. Déome, ne s'attendait tout de même pas à celle-là, s'avança en chiffonnant nerveusement le chapeau qu'il tenait à deux mains. Il était rouge de confusion et s'efforçait de sourire aimablement. Mais ce sourire ressemblait à une grimace assez niaise et, les yeux comme un peu égarés, il mâchouillait une phrase creuse où revenait de l'« enchanté... heureux de vous recueillir... de vous accueillir... J'espère que not' villâche vous a bien plai... » Si bien que l'autre, durant un court instant, se demanda s'il n'avait pas sous le nez ce qu'il appelait volontiers un « attardé pédagogique ».

L'impayable T. Déome aggravait encore l'affaire. Il disait :

— L'est réussi, n'est-ce pas, Mossieu ?

La bonne Madame Dardenne intervint :

— N'écoutez pas ce gros vaurien, Monsieur l'inspecteur. Vous avez devant vous notre brave bourgmestre, Monsieur Antoine Culot.

Alors, l'inspecteur, qui avait hésité jusqu'alors à tendre la main au pauvre gros, s'y décida, ce qui fit que Toine, s'empêtrant et lâchant son chapeau, le laissa choir sur le sol. Relevé, il encaissa un compliment qui lui parut fort indigeste :

— J'ai souvent entendu parler de vous, Monsieur le bourgmestre. Vous êtes connu dans tout le canton.

Le sourire qui soulignait le compliment ne plut pas du tout à Toine. Il y sentit du sarcasme. Au fond, il était furieux, et ce qui l'exaspérait le plus, c'est qu'il se découvrait impuissant à la parade, ligoté par sa gaucherie, complexé jusqu'à l'inhibition.

Mais déjà, la nièce des aubergistes, qui s'appelait tout bonnement Marie, survenait de la cuisine. Et chacun en oublia tout ce qui n'était pas elle. La délicieuse apparition ! En blouse blanche et jupe sombre, elle portait devant elle une grande volette garnie d'une montagnette de gaufres chaudes, dorées comme des chasubles cardinalices. La chaleur des fourneaux lui avait avivé le teint et ses yeux brillaient de joie mutine. Une mèche s'évadait de sa chevelure opulente et ondulée comme l'herbe haute d'un pré sous la rafale. Jeunesse que l'épreuve avait marquée de sa cruauté, mais jeunesse encore et malgré tout, qui oubliait son épreuve pour se tourner vers l'espérance et le plaisir du moment. Et ce qu'elle portait là, c'était aussi du parfum, l'encens de la gentillesse honorant ceux vers qui il s'élevait, l'hommage de l'honnêteté à ceux que l'on aime et avec qui on partage les humbles trésors de l'aisance.

On n'avait d'yeux que pour la jeune femme, pour toute l'inconsciente beauté qu'elle représentait en ce moment. Et ce fut sans doute pour cette raison que l'on n'accorda pas d'attention à l'attitude de l'inspecteur. On n'en soupçonna rien, mais à ce moment, figé dans une sorte d'extase, il sentit son cœur s'épanouir en une soudaine et ravissante éclosion.

* * *

Un peu fatiguée par une grosse journée, Hilda s'était fait excuser et l'on n'attendait plus que le curé.

Il arriva presque aussitôt, justifia son léger retard dû à un malade. On l'acclama. Transfiguré, sautant allégrement par-dessus toutes les barrières de ses préjugés, de ses méfiances et même de ce qu'il appelait ses principes, l'inspecteur se montra charmant avec lui et ne put s'empêcher de répondre à son chaleureux sourire d'accueil par une expression de sympathie aussi spontanée.

Et aussitôt, on entoura la table, mais on resta debout. Le rite, d'abord. Le curé murmura quelques mots latins, traça une bénédiction sur les gaufres. On y répondit par un amen recueilli et un signe de croix, que l'inspecteur fit aussi d'un air très naturel et l'on s'assit. L'hôtelier et sa femme, retournés un instant à la cuisine, en revenaient portant une énorme cafetière fumante, un pot de lait bouillant aussi et enfin, pour ceux qui redoutaient les effets excitants de la caféine, un grand pot d'eau encore et toujours très chaude.

Durant les dix premières minutes, on ne dit pas grand-chose. Chacun mangeait dans le recueillement. Parfois, on entendait un mot : « Délicieuses ! » Un autre approuvait : « Fameuses ! » Et, noblesse oblige, Monsieur l'inspecteur y alla d'un terme distingué. Il fit, un peu précieux : « Exquises ! » Mais on ne disait rien de plus. Seuls, les yeux parlaient lorsqu'ils ne se fermaient pas dans la dégustation.

Le plus beau à voir, c'était sans doute T. Déome. On lui tolérait tout, à ce joyeux Falstaff. Alors, le gilet déboutonné sur son gros ventre, il mangeait avec des airs de roi nègre dévorant son ennemi. Et le beurre fondu lui ruisselait au coin des lèvres, descendait en deux lentes et fines coulées qui allaient bientôt se rejoindre sous son menton. Toine s'en aperçut. Il n'avait rien dit jusqu'alors parce qu'il avait toujours sur l'estomac l'épithète de « bœuf gras » dont le vieux drôle l'avait gratifié devant un inconnu. Alors, il se vengea et, dans le silence, lui décocha, assez sec :

— Essuyez-vous vot'bouche, Mossieu T. Déome.

Le gros ne fut pas désarçonné pour si peu. Il lança à Toine un regard chargé d'étonnement et d'ironie et il dit :

— *Tins, v'là Mossieu l'bourmesse qui s'disdjale ! Ça fait plaigi à vèye. Dj'ai cru lontins qu'y d'meurreut toudis innocint. Y s'ra toudis en retard, mais quand mînme, gn'a in fameux progrès. Et ç'qu'y gn'a d'pus bya, c'est qu'il attrape des bellès manières. « Essuyez vot' bouche », qu'y dit ! Mais dji n'è f'rai ré du tout. Dj'ai toudis stî l'homme li pus r'lugeant dè l'famiye èt dji té à l'dimeurè !* [1]

Quand même, il y alla d'une politesse expéditive qui amusa encore beaucoup l'assemblée. Il sortit de sa poche un vaste mouchoir rouge à pois noirs, très propre, le déploya, se torchonna le menton et puis se moucha en fanfare.

Mais voilà que la volette se trouvait démunie.

— La pause ! ordonna l'aubergiste.

1. Tiens, voilà Monsieur le bourgmestre qui se dégèle. Cela fait plaisir à voir. J'ai cru longtemps qu'il resterait toujours innocent. Il sera toujours en retard, mais tout de même, il y a un fameux progrès. Et ce qu'il y a de plus beau, c'est qu'il attrape de belles manières. « Essuyez votre bouche », qu'il dit ! Mais je n'en ferai rien. J'ai toujours été le plus reluisant de la famille et je tiens à le rester.

Sa femme et sa nièce se levèrent, suivies par Madame Dardenne et se dirigèrent vers la cuisine, que T. Déome appelait la fabrique. Là, quatre moules à gaufres les attendaient. Il y en avait deux sur la cuisinière à double foyer. Les deux autres marchaient à l'électricité. En un bon quart d'heure, la volette se regarnit. Tout en s'activant, les trois femmes tendaient l'oreille vers la salle à manger, d'où leur venaient des rires magnifiques.

*
*   *

Lorsqu'elles revinrent avec ce qu'elles appelaient le second service, grande fut leur surprise de découvrir que le meneur de jeu, à ce moment, n'était autre que le papa Dardenne jusqu'alors assez réservé, et que l'inspecteur riait, riait au point qu'il en était méconnaissable.

Tout de suite, elles comprirent.

Le point de départ de la saynète, ç'avait été l'accident d'auto du monsieur. De là, on était passé à l'affaire de la réparation. Aloys avait fait grande impression sur le client, et son gamin, le Riquet Verluysen, avait été pour l'inspecteur un sujet d'étonnement et même d'admiration.

— V'là son grand-père, Mossieu l'inspecteur, avait révélé T. Déome en désignant le maïeur.

— Pas possible ! avait fait l'inspecteur sans la moindre intention perverse.

— *Tu wès, Toine,* avait aussitôt relancé T. Déome, *gn'a nellu qui veut l'croire. L'Riquet, c'è-st-in r'naud qui diskin d'ène byesse à deux pattes*[2].

— Je vous félicite, maïeur, vous êtes l'ancêtre d'un fameux petit déluré, continua l'inspecteur, corrigeant ainsi sa gaffe involontaire.

— Et comment ! enchaîna le papa Dardenne. Tenez, vous vous rappelez que, ce matin, les gamins, probablement impressionnés par votre présence — et le hasard a voulu aussi que vous interrogiez les moins malins ou les plus timides de la classe — les gamins, dis-je, ne parvenaient pas à exprimer que l'homme oisif « s'ennuie ». Ce malin singe de Riquet, lui, avait trouvé le terme tout de suite. Mais il est des jours où il semble vraiment possédé par le démon de la malice. Lorsqu'il a levé le doigt, j'avoue que j'en ai attrapé la suette. Et il a reconnu de son côté, l'animal, qu'il avait été jusqu'au bord du scan-

2. Tu vois, personne ne veut le croire. Le Riquet, c'est un renard qui descend d'une bête à deux pattes.

dale et qu'il éprouvait une démangeaison folle de lâcher le gros mot, vous devinez lequel. Mais il a bon cœur et, après la classe, il est venu me trouver et il m'a dit :

— Vous avez été « strindu » [3], n'est-ce pas Monsieur l'maît ! Mais je n'aurais pas voulu vous faire ça devant vot'chef.

Il a senti que je m'attendrissais. Alors, peut-être pour éviter la contagion, il a ajouté avec un regard pétillant :

— Ça sera pour un aut'jour.

Et il s'est sauvé. C'était la bonne solution, car je ne savais pas trop si j'allais l'embrasser ou le fesser.

Toine se rengorgeait...

— V'là ç'que ça donne, Mossieu l'inspecteur, les mariages de nos filles avec des Flamands.

— Comment ? Votre petit-fils est flamand ?

— Oui et non, si vous voulez. Son papa, qu'est mon beau-fils, ç't'un vrai Flamand des Flandres. Il est même un petit peu cousin avec ma femme, qu'est une Flamande aussi.

Il fallut expliquer à l'inspecteur que le nom de Verluisant n'était que la déformation fantaisiste de Verluysen et qu'on la devait à un speaker de la radio française, du temps où Aloys était encore un fringant coureur du Tour de France. L'inspecteur rit de bon cœur.

* * *

— Ce diablotin de Riquet est capable de toutes les malices et de toutes les générosités, intervint le curé. Il a un copain inséparable. Quand vous voyez l'un, l'autre n'est jamais loin. C'est le bon gros Barbazon, envers qui le Saint-Esprit s'est montré assez pingre dans la distribution de ses dons. Lui apprendre son catéchisme a été toute une histoire. J'ai dû vraiment le lui seriner. Heureusement pour lui, j'avais toléré que le Riquet fût toujours à sa portée. C'était pour ainsi dire une charité. Il lui soufflait les réponses, vous comprenez, et je feignais d'être dupe.

Mais un jour, mon Riquet n'y tint plus. Il y avait trop longtemps qu'il était sage, et ce jour-là, son diable le travaillant, il avait une envie folle de se débonder et de retrouver sa vraie nature.

Je pose au gros Barbazon la question : « Quelles sont les quatre vertus cardinales ? »

---

3. serré, angoissé.

— Prudence, justice, force et tempérance, murmura Toine, tout fiérot de la fidélité de sa mémoire.

— Très bien, maïeur ! Mais mon gros, lui, se lève, écarlate, avec toute sa candide et indécrottable ignorance et commence, les yeux au ciel, à faire comme d'habitude « heu... heu... » pendant une longue minute. Ça lui donnait toujours le temps de lancer un S.O.S. à son copain Riquet sous forme d'un coup de pied qu'il lui envoie dans la cheville. À la fin, il commence :

— Les quatre vertus des « cardinals », c'est heu... heu...

Et mon Riquet, vraiment possédé ce jour-là, lui souffle une belle ânerie que l'autre répète à la lettre :

— L'imprudence !

Je ne bronche pas. C'était trop beau. Je tenais à la suite.

— Bon, continuez ! La seconde vertu de vos « cardinals » ?

— L'injustice.

— Parfait ! La troisième ?

Bandit de Riquet ! Cette fois, ce fut ébouriffant :

— La force de frappe.

Impassible, moi :

— Et la quatrième ?

— L'intempérance.

— Entendu ! Elles y sont toutes les quatre. À présent, expliquez-vous. Comment les « cardinals » sont-ils imprudents ?

Et Riquet trouva encore l'explication que l'autre répète sans hésiter :

— Parce qu'ils roulent en auto.

— Et l'injustice ?

— Parce qu'on les nomme quand il sont vieux, (se frappant le front) et qu'ils ne sont plus « tout justes ».

— Bien sûr ! Et la force de frappe ?

— Parce qu'ils ont une grande crosse et qu'ils « tapent » avec.

— L'intempérance ?

— Parce qu'ils ont souvent l'occasion de boire chez les curés.

Tous les autres gosses se tordaient. Et je voyais, à dix pas de là, Mam'zelle Coupette, la dévote. Elle ne riait pas, elle, ah, non ! Elle paraissait horrifiée. Et les petites filles, ces petites cabotines, prenaient, elles aussi, des airs de matrones devant une profanation, croyant ainsi me faire plaisir.

— Monsieur l'inspecteur, il faut bien vous représenter Mam'zelle Coupette, intervint le père Dardenne. Cent et dix kilos et un caractère de dragon. Elle est à l'affût de toutes les occasions de se scandaliser et est très loin d'approuver tout ce que fait ou ne fait pas notre curé.

Rieur, l'abbé haussa les épaules et continua :

— Cette fois, le Riquet avait tout de même poussé la farce au-delà des limites tolérables. Je le regarde sévèrement et lui enjoins : « Sors de ton banc et viens ici ! Je vais te donner une idée de la mienne, moi, de force de frappe ! »

L'oreille basse, pas trop rassuré, il se lève, vient vers moi. Ouais, arrivé à trois pas, il fait un brusque demi-tour et file comme un lapin vers la sortie !

Mais voilà que Mam'zelle Coupette, jouant au gendarme, se mêle de le crocher au passage avec la crosse de son parapluie qui ne la quitte jamais. Nouveau tableau et, cette fois, c'est du cirque ! Mon Riquet s'étale sur le carreau de l'église, mais entraîne dans sa chute la dondon qui ne lâchait pas sa prise et elle s'affale de tout son poids sur lui en criant de colère et de détresse, incapable qu'elle était de se relever seule. Quant au malheureux Riquet, on ne voit plus de lui qu'un bout de soulier qui s'agite et une main qui s'agriffe, avec quelle vigueur désespérée, aux jupons de ma grosse paroissienne.

Et soudain, la voix du gamin perce le tumulte :

— *Au secours ! Dji stouffe* [4], *sacré nom di djo !*

J'avoue que j'étais tellement médusé par le tableau que je ne songeais même pas à intervenir. Je faisais d'ailleurs confiance à ce damné marmot pour qu'il se tire d'affaire à lui seul.

Et c'est bien ce qui est arrivé. Il a réussi à se dégager et l'on a bien vu tout de suite qu'il n'était pas complètement étouffé et qu'il n'avait rien de cassé. Quelle fuite, messeigneurs ! Un chevreuil traqué. Mais pour relever ma Philomène Coupette, toujours gisante, j'ai dû me faire aider par deux ou trois de mes petits gaillards et j'ai cru un moment qu'elle avait, elle, subi un désastre dans son ossature. Nous l'avons assise sur un prie-Dieu. Quels gémissements, mes amis, et quelles malédictions ! Elles m'ont rassuré. On ne met pas une telle énergie à maudire lorsque l'on a l'échine brisée. Elle disait : « Quel scandale ! Dans l'église, en face du tabernacle ! Et il a blasphémé, vous l'avez entendu. Oui, il a employé le mot « sacré » ! Et il m'a traitée de vieille pouliche ! Oui, dans l'église ! C'est un « sacriléche » ! Je ne m'en remettrai jamais ! »

Et elle farfouillait dans son sac pour y trouver je ne sais trop quoi,

4. J'étouffe.

car ce sac-là, à en juger par ce que j'y ai vu, c'était un dépôt pharmaceutique. Que de fioles, de tubes, de petites boîtes de toutes couleurs ! Pour tout arranger, j'ai consulté ma montre, ai fait grâce à la bande des sept ou huit minutes de catéchisme qui me restaient à liquider et tous se sont égaillés. Là-dessus, j'ai invité ma Philomène à m'accompagner au presbytère. « Une bonne tasse de café vous fera du bien », lui ai-je promis. Et je l'ai lâchée dans ma cuisine, en tête-à-tête avec ma gouvernante, qui m'a supplié par la suite de ne plus jamais lui infliger pareille épreuve. Le discours de l'autre, toujours butée sur son « sacriléche », lui avait valu la migraine. Et elle n'était partie que sur invitation, après avoir décidé d'écrire à l'évêché. L'a-t-elle fait ? Je n'en sais rien, mais le souhaite. L'évêché est un endroit sévère où l'on est heureux, je suppose, d'accueillir parfois une occasion de rire.

* * *

Les trois femmes revenaient de la cuisine avec une nouvelle provision de gaufres brûlantes...

— Je ne connais guère l'évêché, avoua l'inspecteur, mais si j'en crois ce que vous me dites, il ne doit guère ressembler à votre auberge. Il y a longtemps que je n'ai ri comme aujourd'hui. Il est vrai, avoua-t-il rêveusement et sur un ton de soudaine mélancolie, que mon enfance et ma jeunesse ne furent guère joyeuses. Ma mère fut malade durant des années avant de mourir à trente-huit ans. Mon père s'est remarié. Si je n'ai pas été maltraité, je n'ai guère connu non plus l'épanouissement que je découvrais chez les compagnons de mon âge.

On resta silencieux durant quelques secondes, chacun méditant sur cet aveu discret, encore que bien lourd de sens et qui, sans doute, expliquait fort bien que l'homme, au seuil de la quarantaine, en fût encore au célibat. Relevant la tête, ce fut le regard de Marie qu'il rencontra. Il y lut une pitié sincère, celle de la compréhension de la souffrance d'autrui, intelligence d'autant plus parfaite qu'elle était acquise sur épreuve personnelle. La gravité rendait la jeune femme plus belle encore. Il baissa les yeux, gêné, crut-on, de l'aveu qui lui avait échappé.

* * *

Mais T. Déome n'était pas homme à laisser ses gens en situation tendue. Et sa finesse paysanne lui inspirait toujours le mot qu'il fallait pour les sauver de la tristesse. On ne sait plus très bien comment il s'y prit, mais l'instant d'après, il renouait la trame de gaieté que la mélancolique évocation avait déchirée et il y allait de ce qu'il appelait la seconde partie du programme. Ce n'était pas la moins drôle.

Il semblait vraiment que le Ciel, lâchant T. Déome dans la circulation, eût fait de lui un messager de joie. Au fil de sa longue vie, le bonhomme, non seulement avait amusé ses contemporains par ses répliques piquantes et sa pittoresque philosophie, mais il avait toujours en réserve, adaptée à chaque circonstance, une collection d'historiettes, d'anecdotes ou de bons mots qu'il appelait des « fôfes » [5] et sa façon de les raconter y ajoutait une saveur, une couleur aussi, qui en faisaient des joyaux du genre.

Ce soir-là, il en raconta une bonne demi-douzaine, toutes des plus hilarantes. Les reproduire entièrement serait abuser du lecteur, qui devra bien se contenter de deux specimens.

... Il y eut d'abord ce que le gros appelait « *l'histoire de l'chorale* ». Il la présentait naturellement comme authentique et l'endossait aux Namurois.

Un de ces bons Namurois — il l'appelait Zante — rencontre un de ses copains, celui-là prénommé Gustin.

Zante a l'air fort soucieux. Gustin s'informe :

— *Qwè c'qui tu m'fais là pou in mouzon ? Tu r'chones à in homme qu'aureut pierdu s'quin-zai-ne* [6].

De son parler lent, Zante explique :

— *Dji fais dè l'dépression.*

— *Dè l'dépression ?*

— *Oyi, dj'ai des noirès idéyes* [7].

— *Tu divreus t'distraîre.*

— *Aveu qwè ?*

— *Bé, tu pourreus d'djà v'ni aveu mi à l'chorale.*

— *Chorale ? Qué chorale ?*

Et voilà le Gustin qui explique l'affaire à son copain Zante. Sa chorale, c'est une société d'amateurs fondée il y a peu. Elle tient ses réunions chez Titine, patronne d'un petit café confortable et bien chauffé où la bière est fraîche. Il lui raconte qu'à chaque séance, le président d'honneur offre à boire aux chanteurs. Après quoi, c'est le tour de chacun des membres du comité qui sont huit. Et presque chaque fois

5. fables.

6. Que me fais-tu là pour un visage ? Tu ressembles à un homme qui aurait perdu sa quinzaine.

7. des idées noires.

aussi, le maïeur, qui est mélomane, vient faire une apparition dans le cabaret de Titine avec deux ou trois conseillers communaux. Et chacun encore y va de sa tournée...

Étonné, peut-être aussi affriolé, le Zante pose l'objection bien naturelle :

— *Mais, nom di djo, quand ç'qu'on tchante, d'abôrd, dins t'chorale ?*

— *Bé, en r'vènant, tins !*

* * *

L'autre « fôfe » de T. Déome, c'était celle de Maximin, le petit charpentier qu'il avait connu dans sa jeunesse. Il la jurait encore vraie, ce qui était d'ordinaire la preuve la plus sûre qu'elle ne l'était pas du tout.

... Le Maximin était déjà père de cinq enfants. Et voilà que s'annonçait une sixième naissance, ce qui n'enthousiasmait pas le petit homme, car il n'était pas riche et il devait peiner dur pour nourrir sa nichée.

Arrive le grand jour de l'événement. On hèle la sage-femme, la vieille Dalie, qui s'amène avec son outillage professionnel, contenu dans un petit cabas d'osier noir. Il comportait essentiellement, cet outillage, une boîte de tabac à priser, car Dalie prétendait qu'il lui clarifiait les idées, et un flacon de cognac en lequel elle puisait courage et inspiration lorsqu'elle devait faire face à ce qu'elle appelait « les cas malôgis »[8].

Son diagnostic, ce matin-là, est inquiétant :

— *Dji n'mi s'barreus né si gn'aveut deux,* qu'elle dit. *Faureut pou bé fai prév'ni l'métcin. C'est pus sûr*[9].

Maximin suit le conseil et va quérir le médecin, un débutant qui, pour impressionner le client, faisait volontiers l'important et se gargarisait de grands mots que personne ne comprenait.

Une demi-heure plus tard, le Maximin avait un garçon de plus, pas bien gros et même maigrichon, mais bien constitué et qui, pour prouver sa vigueur, miaulait à fendre l'âme. Mais le médecin et Dalie étaient d'accord pour annoncer une suite. Et le Maximin avait fort à faire pour répondre aux questions et subir les commentaires de tous ceux et celles que l'écho de l'événement attirait déjà dans sa maison.

---

8. difficiles.

9. Je ne m'étonnerais pas qu'il y en eût deux. Il faudrait, pour bien faire, prévenir le médecin. C'est plus sûr.

Bientôt, d'ailleurs, Dalie descend de l'étage pour annoncer au pauvre homme, sans vaines périphrases :

— *L'deuzyn-me est skèpi. C'è-st ène fiye, né pus grosse qu'ène mazintche, mais bé fertiyante. Choute qué tchanson qu'elle nos siéfe à z'arrivant. Dji vas m'avoyi ène pènèye èt boire in cô pou m'rimette, pasqui dj'ai yeû tchô...* [10]

— *C'est seul'mint mi qu'a t'chô !* [11] fait le Maximin qui avait attrapé la suette et s'était assis, les jambes fauchées et le cœur battant.

Mais, de l'étage, le médecin hélait encore Dalie :

— Montez, je vous prie !

Et les voisins et les voisines, et les cousins et les cousines, et le facteur des postes, et la sœur du curé, et le vieux mendiant Zidore, qui passait par là à ce moment, tout ce monde continuait d'envahir la maison.

Un quart d'heure s'écoula encore. Le petit Maximin en était à bafouiller, tellement il recourait au pèket pour modérer la chamade de son cœur.

Et l'on vit une troisième fois descendre Dalie, une Dalie majestueuse, grave, presque tragique, lourde du message, unique en sa longue carrière, qu'elle allait asséner au pauvre Maximin. Le silence s'établit, angoissé. L'air de Dalie l'exigeait. Et cette fois, elle s'imposa un gros effort pour atteindre à ce que, de bonne foi, elle prenait pour un ménagement délicat :

— *Maximin,* commença-t-elle, *dji vas co prindre ène pènéye èt boire ène goutte, pasqui ène nouvelle parèye, dji n'ai né yeû l'occasion d'l'annonci dissu quarante ans d'pratique* [12].

L'épouvante se lut cette fois sur le visage de Maximin. Blême, il bégaya :

— *Gna... gna... tout d'mînme né trwès, hein, Dalie ?* [13]

Cela ressemblait à une supplication.

Mais Dalie, ouvrant sa tabatière, hochait la tête de haut en bas et, à la fin, laissait tomber ces simples mots :

— *Si fait, m'fi, gn'a trwès. Co ène fiye. Ç't'elle-ci, elle n'est né pus*

---

10. Le deuxième est éclos. C'est une fille, pas plus grosse qu'une mésange, mais bien frétillante. Écoute quelle chanson elle nous sert en arrivant. Je vais m'envoyer une prise de tabac et boire un coup pour me remettre, parce que j'ai eu chaud...

11. C'est seulement moi qui ai chaud !

12. Maximin, je vais encore humer une prise et boire une goutte parce qu'une nouvelle pareille, je n'ai pas eu l'occasion de l'annoncer en quarante ans de pratique.

13. Il n'y en a tout de même pas trois, hein, Dalie ?

grosse qu'ène coupiche, mais c'est quand mînme ène rèussiye... Choute-lu tchipyi [14].

Les larmes aux yeux, le pauvre Maximin répondit dans un souffle :

— *Dj'aurai tout l'tins d'l'atinde, lèye èt co les deux autes !* [15]

Mais une commère disait :

— *Dj'ai bô m'cassè l'tyesse, dji n'wès né commint ène affaire parèye est possipe* [16].

— *Mi non pus,* renchérit une autre. *C'est bé l'premî cô qu'on wèt ça dins nos villâdge èt co pus lon* [17].

— *Y deut pourtant y awè ène explicachion,* chuinta la vieille Cadie, tante de Maximin, et qui n'avait plus une seule dent. *A t'plache, Makchimin, d'j'ireus l'dimandè au métchin* [18].

— *Ç't'ène bonne idéye,* approuvèrent tous les autres. *Faut profitè di ç'qu'il est là. C'est l'mînme prix.*

Et mon Maximin, de qui les jambes ont repris un peu de consistance, monte lentement vers l'étage, commence par embrasser sa femme, car il avait le cœur bien fait, puis il contemple ses trois descendants, qu'il ne parvient pas à trouver beaux, tellement ils sont minuscules et chiffonnés. Mais la fibre paternelle s'émeut quand même et il les aime tout de suite.

Après quoi, tourné vers le médecin qui le félicite, il demande tout confiant l'explication de l'énigme qui le tracasse.

Le médecin toise le petit homme, prend son air le plus doctoral et, grasseyant et précieux, daigne articuler cette belle sentence :

— Dans l'état actuel de nos connaissances, tout ce que l'on peut affirmer, c'est que, dans les phénomènes naturels, il y a de fréquentes anomalies.

— Ah, bon ! Tiens, tiens ! Oui, c'est ça, fait le Maximin qui n'a pas compris un chiquet de cette belle déclaration. Oui, c'est comme vous dites, Monsieur le docteur... Merci, Monsieur le docteur.

— Je vous quitte, annonce le médecin. Je reviendrai demain matin, pour voir si tout va bien.

---

14. Si, mon fils, il y en a trois. Encore une fille ! Celle-ci, elle n'est pas plus grosse qu'une fourmi, mais c'est quand même une réussie. Écoute-la gazouiller.

15. J'aurai tout le temps de l'entendre, elle et encore les deux autres.

16. J'ai beau me casser la tête, je ne vois pas comment une affaire pareille est possible.

17. Moi non plus. C'est bien la première fois que l'on voit ça dans notre village et plus loin encore.

18. Il doit pourtant y avoir une explication. À ta place, Maximin, j'irais la demander au médecin.

Poli, le petit Maximin accompagne l'homme jusque sur le pas de sa porte, le remercie encore. Alors, les questions fusent :

— *Qwè ç'qu'il a dit ?*

— *Pouh !* fait Maximin embarrassé, *y n'a né dit grand-tchôse. Il a causè d'Phélomîn-ne èt d'Amèliye, mais dji n'ai ré compris du tout, èt pou yesse franc, dji creus bé qu'y n'y comprind ré li-mînme.*

— *T'as raison, Maximin, il est trop djône pou yesse au courant* [19].

— *Gn'a né co chî mwès qu'il a fini ses étutes* [20], affirme un cousin.

— *C'è-st-in fouteux d'embarras* [21], déclare une belle-sœur.

— *Ç'qui compte, c'est l'pratique*, tranche le facteur.

— *Mi dji l'dimandreus pus voltiye à Dalie,* conseille une voisine. *Lèye, au moins, elle n'a, dè l'pratique ! Rimonte l'y d'mandè, Maximin !* [22]

Mon Maximin obéit, reprend l'escalier.

Et là-haut, il est tout de suite éclairé.

— *C'est simple,* explique d'emblée la mère Dalie, *c'est dè l'suggestion.*

— *Dè l'qwè ? C'è-st-ène maladiye ?*

— *Né du tout. V's'allouz comprinte, Maximin... Vos coumére, quand elle ratindeut, elle a sûremint stî impressionnée pa ène affaire qu'alleut pa trwès* [23].

— *Ene affaire qu'alleut pa trwès ?* fait Maximim éberlué. *Qwè ç'qui ça pourreut bé yesse. Ça n'est tout de mînme né l'Sainte-Trinitè ?*

— *Bé sûr qui non ! Nos allons l'sawè pa Fifine lèye-mînme* [24].

Et les revoilà au chevet de Fifine auprès de qui ils recommencent l'histoire de la suggestion et de l'affaire « *qu'alleut pa trwès* ».

Fifine réfléchit, s'illumine et, soudain :

— *Dji sûs ! Quand dji ratindeus, dj'ai lî in lîfe, in bya, èt ç'asteut mînme si bya, gn'aveut là-d'dins tellemint dou sintimint qui dj'ai brait à peu près à chaque pâdge. Ç'asteut « Les trois Mousquetaires ». Li nom d'l'homme qu'a scrît ça, c'e-st-in nom comme Zante Thomas, ou*

---

19. Il est trop jeune pour être au courant.

20. Il n'y a pas encore six mois qu'il a fini ses études.

21. C'est un faiseur d'embarras.

22. Moi, je le demanderais plus volontiers à Dalie. Elle, au moins, elle en a, de la pratique ! Remonte lui demander, Maximin !

23. Votre femme, lorsqu'elle attendait famille, elle a dû être impressionnée par une chose qui allait par trois.

24. Qu'est-ce que cela pourrait bien être ? Ce n'est tout de même pas la Sainte-Trinité ? — Bien sûr que non ! Nous allons le savoir par Fifine elle-même.

bé Dumas, dji n'sais pus au jusse, mais en tout cas c'è-stin homme capâpe. Mon djeu, ç'qui dj'ai brait en lijant ça ![25]

— *Et v'là !* fait à la fois triomphalement et modestement la Dalie. *C'est clér.*

Et mon Maximin redévale l'escalier, réédite l'histoire de la suggestion et des « Trois Mousquetaires » à l'usage de l'assemblée, béante de curiosité et avide de science.

Mais au beau milieu de l'exposé, voilà que l'on entend comme un gémissement, et l'on voit pâlir et verdir le cousin Noré, qui s'affale, inerte, dans les bras du cousin Ruffin. On croit qu'il meurt. Mardjo, la gouvernante du presbytère, veut appeler le curé. Mais les plus décidés s'activent. On apporte de l'eau fraîche, de l'éther, du vinaigre, du pèket. Et mon Noré se ranime assez vite. Il ouvre un œil, puis l'autre, promène sur l'entourage un regard terrifié et, enfin, bégaie :

— *Abiye ! Cou... courouz rad'mint à m'môjon. Nos rattindons ossi, èt... èt... èt m'coumére è-st-occupée à lire l'histoire... des... des chî cents Franchimontwès !*[26]

* * *

L'inspecteur suffoquait de plaisir. Mais ce qu'il appréciait surtout dans le récit, c'était la mimique du gros T. Déome, qui vivait vraiment la scène et prenait à de certains moments l'expression de profonde naïveté des personnages qu'il évoquait. C'était du théâtre, et il jouait à lui seul tous les rôles.

La grande horloge, très ancienne et très digne dans sa gaine de chêne ciré, sonna dix heures. Elle avait à peine terminé l'avertissement que le téléphone sonnait de son côté. Ce fut Marie qui décrocha.

— C'est pour vous, Monsieur l'inspecteur.

C'était Aloys qui annonçait :

— Monsieur, votre voiture est réparée. Le moteur tourne rond et

25. J'y suis ! Lorsque j'attendais famille, j'ai lu un livre, un beau, et c'était même si beau, il y avait là-dedans tellement de sentiment que j'ai pleuré à peu près à chaque page. C'était : « Les trois Mousquetaires ». Le nom de l'homme qui a écrit cela, c'est un nom comme Zante Thomas, ou Dumas, je ne sais plus au juste, mais en tout cas, c'est un homme capable. Mon Dieu, ce que j'ai pleuré en lisant ça !

26. Vite ! Courez à ma maison. Nous attendons famille aussi, et ma femme est occupée à lire l'histoire des six cents Franchimontois.

mon gamin vous a si bien débosselé la carrosserie qu'après une simple couche de peinture, il n'y aura plus guère de traces de l'accident.

— Magnifique ! Je vous suis très reconnaissant...

— La voiture sera devant l'auberge demain matin à huit heures, conclut Aloys. Bonne nuit, Monsieur !

Rayonnant, l'inspecteur y alla de commentaires enthousiastes qui firent plaisir à Toine. Décidément, reconnut le monsieur, les gens du pays étaient de braves gens. Il les adoptait en bloc.

* * *

T. Déome n'attendait que la fin de cette ode à la gloire de Trignolles pour frapper dans ses mains et annoncer :

— Troisième partie du programme : le brûlot et les beaux-arts.

— Comment ? fit l'inspecteur intrigué... Troisième partie ?

— Laissez-vous faire et vous comprendrez tout.

Marie, qui s'était dirigée vers la cuisine, en revint avec une sorte de grand saladier, une bouteille et une boîte de sucre scié. Elle déposa le tout au milieu de la table. Et aussitôt, elle fit avec le sucre, sur le fond du saladier une sorte de maisonnette cubique, sur laquelle elle versa un demi-litre au moins de bon cognac. Après quoi :

— Occultation ! commanda l'hôtelier. Et il donna un coup de pouce à l'interrupteur.

Une allumette flamba que le bonhomme approcha du saladier. Et aussitôt il en jaillit une flamme plus belle qu'un arc-en-ciel. Elle était bleue, avec des rougeoiements brefs et des torsades vertes. Et toutes ces couleurs se reflétaient sur les visages des assistants, leur donnaient un aspect de diablerie assez comique. Parfois, le brûlot semblait près de s'éteindre, mais aussitôt se raminait, cependant que s'écroulait la maisonnette de sucre et qu'un parfum merveilleux embaumait toute la salle.

Tous les assistants observaient un silence recueilli, semblaient assister à un rite à la fois auguste et délectable.

Lorsque s'éteignit la dernière flammette du brûlot et que le sucre ne forma plus qu'une pâte affaissée au fond du saladier, on ralluma le lustre, et l'hôtelier mélangea le tout au moyen d'une petite louche, cependant que sa nièce Marie, une fois encore, revenait de la cuisine avec une grande cafetière brûlante. Elle remplit les tasses aux deux tiers d'un moka très noir. Et le brûlot fit le troisième tiers.

— Une boisson de paradis terrestre, murmura l'inspecteur lorsqu'il eut goûté le breuvage.

— J'ai été malade une fois dans ma vie, fit T. Déome. Oui, un refroidissement. On a craint une pneumonie. Le médecin m'ordonnait un tas de pilules, des tisanes, des sirops, des vésicatoires. Je disais : « Bien, docteur, Oui, je prendrai vos pilules, docteur ! Et le sirop aussi, docteur ! C'est bien promis, docteur ! » Il avait l'air content et il disait : « Voilà au moins un malade obéissant. Je crois qu'il sera vite sur pied. » Il était à peine sorti que je disais à ma pauvre Méliye (Dieu ait son âme !) :

— Allez, m'fiye, un brûlot, et pas de la gnognote ! Moitié, moitié !

Une heure plus tard, il a fallu qu'on change mon linge et mes draps. Je transpirais comme un terrassier en juillet et le thermomètre de la chambre avait monté à vingt-huit. Un vrai calorifère que j'étais ! Mais tous mes méchants microbes avaient crevé. Brûlés ou noyés, on ne le saura jamais. Ce qui est sûr, c'est que je chantais et que tout y passait. Il y avait là-dedans du plain-chant, oui, du Gloria et du Veni Creator, mais aussi la romance à Manon et même des choses que les gens convenables ne chantent jamais devant les enfants ni les jeunes filles. J'ai dormi là-dessus pendant près de dix heures. Et le lendemain, quand le docteur est venu, il a failli tomber à la renverse en entrant, parce que celui qui lui ouvrait la porte, c'était moi.

Il restait encore un fond de brûlot dans le saladier. On l'a réchauffé pour le docteur, histoire de le remettre du coup qu'il venait d'encaisser. Pour finir, il a ri. Et il m'a menacé :

— Si un jour tu es bien malade, tu pourras toujours en appeler un autre que moi. Je te laisserais plutôt crever, vieux sorcier !

Et comme il sortait, il est revenu sur ses pas pour me souffler :

— J'espère que tu ne vas pas recommander ta médecine à tout le pays, hein, ou bien c'est moi qui finirais par crever de faim.

* * *

Après deux tasses de ce breuvage-là, ils riaient tous, non pas aux éclats, car le bon ton, là encore, avait sa tradition, non, ils souriaient plutôt avec cet air de tranquillité extasiée que l'on voit sur la face des saints de plâtre qui ornent, si l'on peut dire, les églises rurales. Même, T. Déome, s'amusant aux transpositions, se disait que le papa Dardenne évoquait saint Joseph. L'hôtelière, c'était sainte Rita. Le curé ? Un saint Louis de Gonzague plus âgé que nature. La nièce de ses amis, c'était sainte Thérèse de Lisieux. Dans le gros Toine, il voyait un saint Caboulet engraissé. L'inspecteur, lui, avait tout d'un saint Antoine de Padoue qui eût confié sa chevelure à un coiffeur mondain. Et Lalie n'accusait que vingt ans.

Pour son propre compte, T. Déome, à ce moment, les mains croisées sur son gros ventre, n'était pas loin de se prendre pour un Dieu le Père très satisfait de se savoir assurée une éternité parfumée au brûlot.

* * *

Et soudain, rompant le silence, il annonça encore :

— Dernière partie du programme : séance artistique. Primo : la chanson de Jeannette et François en duo.

Aussitôt, Marie se leva, alla s'installer au piano. Son oncle et sa tante se levèrent aussi. Un prélude d'abord, très doux, et le duo commença. Pour la circonstance, François, c'était l'aubergiste, et Jeannette, c'était sa femme. Jeannette chantait :

Chez nous, ma foi, c'est pas qu'on soit ben riches,
Et l'on se sert, pour beurrer notre miche,
D'un p'tit couteau pas plus grand qu'mon p'tit doigt.
Pas vrai, mon François ?

Et François répondait :

C'est vrai, ma Jeannette,
Mais ça n'fait rien, c'est tout gain pour l'assiette. (bis)

Il y avait onze couplets de cette venue, que le joyeux ménage chantait avec tout son cœur. Pour les lecteurs qu'ils pourraient amuser, ils sont ici retranscrits avec l'espoir qu'on voudra bien leur reconnaître à tout le moins aussi un charme un peu vieillot, fort éloigné en tout cas des incohérences frénétiques et des incantations vociférantes des derviches de ce qu'il est convenu d'appeler « La chanson moderne ».

II

Quant au logis, c'est vraiment qu'un' cahute :
Quatre vieux murs accrochés sur un' butte,
Avec des fleurs qui poussent sur le toit.
Pas vrai, mon François ?
— C'est vrai, ma Jeannette,
Mais ça n'fait rien, j'aim' ben les pâquerettes. (bis)

III

Not' garde-robe, on l'a tout' sur l'échine,
C'est pas du vl'ours ni du machin de Chine,
Y a tant d'pièc's qu'on n'sait vraiment pus quoi.
Pas vrai, mon François ?
— C'est vrai, ma Jeannette,
Mais ça n'fait rien, j'ai pas besoin d'manchettes. (bis)

IV

Nos capitaux, c'est rien que not' vaillance,
Les intérêts, des coupons d'espérance,
Y sont mangés le dix de chaque mois,
Pas vrai, mon François ?
— C'est vrai, ma Jeannette,
Mais ça n'fait rien, on n'a jamais fait d'dettes. (bis)

V

Nos deux gamins ont vraiment fière mine...
Nous attendons maint'nant une gamine :
Si je compt' bien, ça nous en fera trois :
Pas vrai, mon François ?
— C'est vrai, ma Jeannette,
Mais ça n'fait rien, t'as déjà la layette. (bis)

VI

Ça fait deux ans qu'on s'est mis en ménage,
À ce train-là, on remplira la cage.
Ça s'rait bien pis s'il en v'nait deux chaqu' fois.
Pas vrai, mon François ?
— C'est vrai, ma Jeannette,
Mais ça n'fait rien, y s'pass'raient la bavette. (bis)

VII

Quand gn'a pas d'lard à mettre à la cass'role,
Nous nous r'gardons tous les deux d'un air drôle,
Et puis on s'offre un plat de petits pois.

Pas vrai, mon François ?
— C'est vrai, ma Jeannette,
Ou des p'tits choux à la sauc' vinaigrette. (bis)

VIII

Si gn'a pus d'pois, de p'tits choux, ni d'vinaigre,
Belle occasion d'manger un peu plus maigre,
On cass' la croûte avec cinq ou six noix.
Pas vrai, mon François ?
— C'est vrai, ma Jeannette,
Quand gn'a plus d'noix, on s'content' de noisettes. (bis)

IX

Y a des jours qu'on n'a mêm' pus d'noisettes,
C'est pas pour ça qu'on s'met martel en tête,
On rit un coup, puis on s'embrass' deux fois.
Pas vrai, mon François ?
— C'est vrai, ma Jeannette,
Et puis on chant' : « C'est aujourd'hui ma fête. » (bis)

X

Y a des gens qui compliquent leur vie,
Leur faut des sous, des rôtis, d'la ling'rie,
Nous autr's on n'a vraiment que nos dix doigts.
Pas vrai, mon François ?
— C'est vrai, ma Jeannette,
Mais on s'en fich', ça nous sert de fourchettes. (bis)

XI

La bonne humeur, avec de la jeunesse,
C'est ça l'bonheur, et les plus bell's princesses
Jamais n'ont pu apporter mieux au roi.
Pas vrai, mon François ?
— C'est vrai, ma poulette,
Embrassons-nous, embrassons-nous, Jeannette ! (bis)

Et les deux bons gros aubergistes s'embrassèrent tendrement, cependant qu'on les applaudissait et que le papa Dardenne et sa femme et Monsieur le curé aussi criaient :

— L'auteur ! L'auteur !

Alors, T. Déome se leva et, prenant l'air de modestie professionnelle du grand chef d'orchestre ou de l'auteur coté, s'inclina, les yeux baissés et la main sur le cœur, avec une belle courbette mondaine devant chacun des auditeurs. Pour perfectionner la pantomime, il envoya pour finir, à deux mains, des baisers sonores à ce qui était censé représenter la foule.

— Hein, fit l'inspecteur, qui ne revenait pas de sa surprise, c'est donc vous qui...

— Oui, fit M. Dardenne, notre T. Déome est à la fois le parolier et le compositeur de la chanson. Et il en a fait d'autres, vous verrez.

— *C'est mînme tout ç'qu'il a foutu dins s'viye,* lança le gros Toine que ce genre d'inspiration rudoyante visitait parfois. Il est vrai de dire aussi qu'il était toujours en reste devant T. Déome, lequel ne ratait jamais une occasion de le brocarder.

Le vieux rit avec les autres, relança :

— *Y n'm'aura manquè qui d'yesse maïeur pou gangni l'mèdaye des prop' à ré !* [27]

L'inspecteur continuait de regarder T. Déome avec des yeux franchement admiratifs. Et il pensait :

— Décidément, aucune surprise ne m'aura été épargnée. N'était cette maudite collision avec le sorbier de Trignolles, je compterais cette journée parmi les meilleures de ma vie. Et dire que je prenais ce gros T. Déome pour une sorte de poussah sans culture ni finesse ! Mais c'est un phénomène, oui, un authentique phénomène et qui pourrait en remontrer à bien des gens qui se croient malins !

Soudain tourné vers le curé, l'inspecteur lui servit cette drôlerie :

— J'en suis presque à vous envier, Monsieur l'abbé. Être curé d'une paroisse qui compte de tels paroissiens, ça doit être délicieux.

— Tout doux, cher Monsieur, dites plutôt que c'est effrayant de se sentir surveillé à chaque instant par un impitoyable mauvais sujet comme celui-là.

— Ça vous fait du bien, conclut le gros. Les curés, ça se croit tout permis. Faut bien que, de temps en temps, ils entendent un grognement dans leur troupeau. S'il n'y avait que des Mam'zelles Philomène Coupette pour les redresser, où irions-nous ?

Sans transition, il se tourna vers le papa Dardenne :

— Allez, Mossieu l'maît' !

* * *

27. Il ne m'aura manqué que d'être maïeur pour gagner la médaille des propres à rien.

Sans se faire prier, le maître d'école alla chercher, derrière le comptoir de la salle, quelque chose qui fit encore ouvrir des yeux étonnés à l'inspecteur. C'était une boîte longue et noire d'où il tira un violon. Et l'inspecteur pensa : « C'est bien le cas de dire : le violon d'Ingres. »

C'était peut-être mieux encore. Le talent de violoniste du papa Dardenne dépassait de loin celui d'un maniaque du crincrin. Et mieux situé pour fréquenter quelque conservatoire, il est probable que le bonhomme eût fait carrière honorable dans la peau d'un artiste. Heureux de son sort, il n'avait pas vu un drame en l'affaire et ne se tenait pas le moins du monde pour un génie méconnu. Le plaisir qu'il trouvait à offrir un peu d'agrément à son modeste auditoire lui suffisait et, pour tout dire, il avait apporté bien plus d'amour-propre, au cours de sa vie déjà longue, à instruire les gamins du village et à caser honorablement ses propres enfants qu'à se faire une réputation de virtuose.

N'empêche que l'exécution du morceau que ses amis proposèrent pouvait charmer l'oreille la plus délicate. Soutenu par l'accompagnement de Marie de qui le jeu avait quelque chose d'à la fois retenu et perlé, il joua un lied de Schubert, maître qu'il adorait, avec une sûreté et une souplesse qui en rendaient les nuances les plus délicates. Chacun sentit qu'il jouait avec tout son cœur, dans cet enchantement qui est le propre de l'artiste dépassé par lui-même et transporté dans une zone supraterrestre où plus rien ne subsiste, durant un instant, de nos lourds et pénibles prosaïsmes corporels. La vraie musique est une évasion, une élévation, une oraison surtout, un hymne à la beauté, une sublimation de tout ce qu'un homme peut porter en lui de germes divins. Si le sort l'eût fait muet, ce brave homme de papa Dardenne, tout simple et de qui la pensée, parfois, s'exprimait comme à tâtons, eût réussi à la transmettre par son violon.

Le morceau fini, on n'applaudit pas. Même, on resta un moment silencieux, comme envoûté encore par l'écho des dernières notes. Mais l'inspecteur, alors, trouva peut-être le seul mot qu'il fallait dire. Tourné vers les deux musiciens, il fit simplement :

— Merci, Madame, merci, Monsieur Dardenne !

Et sa voix tremblait un peu...

Mais déjà, le papa Dardenne invitait Marie :

— La berceuse de Jocelyn...

C'était rituel sans doute encore, car la jeune femme ne se fit pas prier.

Et ce fut comme un chant de rossignol dans le silence extasié d'une nuit de mai.

* * *

Ce fut alors que le curé, consultant l'horloge parce qu'il tenait à une observance assez stricte de son régime, jugea que le moment était venu de passer à la finale du programme. Un coup d'œil à T. Déome... Le gros comprit tout de suite et Toine, lui aussi, avait vu la mimique, à laquelle il s'attendait d'ailleurs, puisqu'il bougonna :

— *Dji l'aureus bé dit d'avance. Y s'reut malade si y n'tchanteut né ses byestries*[28].

Mais le vieux, debout et s'inclinant devant Toine avec une déférence ironique, annonça :

LA COMPLAINTE DU PAUVRE MAÏEUR TITISSE,

dédiée avec mon profond respect à Monsieur
Antoine Culot,
le plus malheureux, mais aussi le plus gras
des bourgmestres du royaume.

— ... extraite encore des œuvres de Monsieur T. Déome, poète, compositeur et chanteur, souligna Mme Dardenne.

Toine, alors, d'un geste ostensible et dégoûté qui fit bien rire l'assistance, tira de sa poche un journal et, comme indifférent à tout, feignit de s'absorber dans la lecture des annonces.

— Musique, je vous prie, ma petite Marie, demanda T. Déome.

Et il commença de sa voix de basse :

I

Je fus heureux et comblé même,
Jusqu'au beau jour où des malins
Ont décidé qu'un nicodème
Présiderait à leur destin.
Évidemment, pour pareil rôle
C'est moi qu'étais tout indiqué.
Ayant trouvé la farce drôle,
Ils m'ont élu, puis m'ont plaqué.
Refrain (en chœur).

28. Je l'aurais bien dit d'avance... Il serait malade s'il ne chantait pas ses bêtises.

Ah, quel fardeau désagréable,
Messieurs, la popularité !
Ah, quel carcan insupportable
Que la responsabilité !

II

Et me voilà, garçon timide,
Avec l'écharpe et mes dix doigts,
Tourneboulant ma tête vide
Pour y chercher le sens des lois.
Mais je n'y trouve, en ma cervelle,
Qu'une araignée et un grelot
Qui pend au bout d'une ficelle
Et qui sonnaille et tourne sot !
(Refrain.)

III

Avouez-le, pareil bagage
Est bien léger pour un tel cas.
Ainsi muni, je fus peu sage
En acceptant le mayorat.
Mais on m'a dit : « Monsieur Titisse,
C'est vous celui que nous cherchons,
Tout vous appelle à cet office,
Nos vœux, nos veaux et nos cochons. »
(Refrain.)

IV

Mais à présent, je me rends compte
Que les cochons, c'étaient bien eux,
Et que le veau... Ah, quelle honte,
De mon propre oncle est le neveu !
Le tour joué : Pauvre Titisse,
Tire ton plan, débrouille-toi !
Toi que le ciel fit sans malice,
Ponds-nous des œufs, mûris les noix !
(Refrain.)

V

Oh, là, là, là, ma pauvre tête !
N'auraient-ils pu, ces vauriens-là,
Aller poser sur un plus bête,
Leur ventrière à tralalas ?
Paraît que non, c'est introuvable,
On a cherché, sans résultat.
Jusqu'aux baudets dans leurs étables,
M'ont proclamé leur magistrat !
(Refrain.)

VI

Si vous saviez ce qu'on m'engueule !
L'un me voudrait plus diligent,
Un autre dit que je suis veule
Et parfois trop... intelligent.
On va si loin qu'on me reproche,
Quand il pleut trop, le mauvais temps.
Je suis l'auteur des anicroches
Que font l'hiver et le printemps.
(Refrain.)

VII

Qu'ils aillent tous aux mille diables,
Ces cornichons d'administrés !
J'en ai mon compte et plein le râble,
Au premier mot, je partirai.
Bien sûr, j'aurai beaucoup de peine,
Car si l'on dit que l'on s'en fout,
L'écharpe à bas de la bedaine,
On la rattrape à ses genoux.
(Refrain.)

Cette complainte une fois terminée, Toine replia placidement son journal et constata :

— *V'là, il est contint pou huit djous, à ç'heûre !* [29]

Et se tournant vers l'inspecteur :

29. Voilà, il est content pour huit jours, à présent !

— Vous savez, Mossieu l'inspecteur, faudrait pas croire que tous les gens de not' villâche, y sont aussi fous et aussi mal élevés que ce gros sans-cœur-là. Nous aut's, on est fait à ses manières, et on le prend pour ce qu'y vaut.

— Je crois sincèrement qu'il vaut gros, fit gaiement l'inspecteur.

— Au poids, oui, peut-être, concéda Toine. Et encore, y a beaucoup de déchets. On pourrait p'tète aussi en tirer un petit profit dans les foires, comme phénomène, mais c'est tout.

* * *

Plus Toine grognait, et plus le vieux T. Déome riait.

— Mais j'y pense, lui dit l'abbé, vous alliez escamoter un point capital du programme traditionnel...

— C'est vrai, approuva le papa Dardenne. Vite, T. Déome, « une histoire de curé » !

Elle vint tout de suite.

— Ça s'est passé dans un village des environs. Y avait là un sacristain que j'ai bien connu — Polydore, qu'on l'appelait — et qui était bien plus braconnier encore que sacristain. L'un n'empêche d'ailleurs pas l'autre. Ni les commandements de Dieu, ni ceux de l'Église n'interdisent d'étrangler un lapin sauvage ou de fusiller un perdreau sans permis de chasse. Le tout est de ne pas se laisser pincer, parce que les tribunaux, ils comprennent les choses de façon fort différente.

Pâques approchait. Comme chaque année à pareille date, mon Polydore pense à se confesser. Mais au lieu de se rendre directement à l'église, il décide, comme le temps était beau, de s'offrir un tour par la campagne, histoire peut-être aussi de faire sérieusement son examen de conscience dans la solitude et la paix des champs. Ce fut, en tout cas, l'explication qu'il fournit à son curé, une fois dans le confessionnal.

Il venait d'avouer ses mignonnes iniquités de sacristain célibataire et très sage et, déjà, attendait la petite mercuriale, une pénitence bénigne et puis l'absolution. Mais non, voilà mon curé qui aborde un sujet inattendu.

— Plus rien ne vous gêne, mon fils ?

— Je ne vois plus rien, mon père.

— Je me suis pourtant laissé dire que vous braconnez volontiers.

— Il y a du vrai, mais les gens médisants et les jaloux exagèrent toujours. De toute façon, ce n'est pas un péché, n'est-ce pas, mon père ? C'est plutôt une distraction...

— Hum, hum ! Une distraction... Faudrait s'entendre. Le gibier coûte cher au chasseur. Il doit louer sa chasse à gros prix, payer son garde...

— Mais le damné gibier de ces gens-là pousse l'audace jusqu'à venir ronger mes choux dans mon jardin.

— Peu importe. Avouez que vous abusez.

— Je vous ai dit que c'est une simple distraction et que je n'y apporte aucune mauvaise intention. Ainsi, tenez... Avant de venir me confesser, j'ai fait un tour dans les champs. Et qu'est-ce que je vois en bordure de la taillette du Tienne-au-renaud ? Un beau lièvre, étranglé dans un collet...

— ... que, sûrement, vous aviez posé vous-même, mon fils.

— Y a des chances. Mais je n'allais tout de même pas laisser pourrir cette bête, n'est-ce pas, mon père, ou l'abandonner au garde, ce benêt doublé d'un paresseux qui est pourtant bien payé, lui, pour faire son métier.

— Si, au moins, vous faisiez profiter autrui de ce que vous appelez vos distractions... Mais non, je suis sûr que vous dévorez du gibier à longueur d'année, en parfait égoïste. C'est mauvais pour la santé.

— Hé, oui, c'est un peu échauffant, qu'on dit. Et cependant, mon grand-père, mon père, ma mère et mes cinq frères et sœurs qui mangent du lièvre, du faisan, du lapin, du perdreau et même du chevreuil en chaque jour que Dieu fait, se portent à merveille. Et je suis sûr qu'ils me feront fête, tantôt encore, lorsque je leur apporterai le lièvre que j'ai caché dans l'escalier du jubé avant ma confession.

— Comment ? Vous faites de la maison du Seigneur le dépôt clandestin de vos rapines ? Je n'irai pas jusqu'à dire que c'est un sacrilège, mais c'est à tout le moins une grosse irrévérence. Et pour votre pénitence, vous allez me réciter un chapelet entier en méditant, après chaque dizaine, sur la notion du devoir de charité, de justice et de partage.

— Bon sang, pense mon Polydore quittant enfin le confessionnal, il a majoré ses tarifs, mon sacré curé ! Il vieillit, mais ça n'a pas l'air de le porter à l'indulgence.

Et, consciencieux, il s'installe sur un prie-Dieu et tire son chapelet de sa poche. Après sa première dizaine, il s'efforce de méditer un brin. Mais c'est laborieux.

Pendant ce temps, le curé fait à petits pas le tour de son église en marmonnant les patenôtres de son bréviaire. Après le troisième tour, il disparaît.

...Et lorsqu'au bout de trois longs quarts d'heure, expédiées ses dizaines et ses méditations, mon Polydore veut reprendre son lièvre dans l'escalier du jubé, il ne le retrouve pas. Il ne voit dans l'aventure aucun miracle, aucune sanction divine non plus, mais il en tire une morale dont il se jure de tenir compte à l'avenir.

Il n'attend pas bien longtemps. Six mois plus tard, il fait la connaissance, à l'occasion d'une ducasse dans un village voisin, d'une fille à qui il découvre assez de qualités, réelles ou imaginaires, pour en faire une épouse digne de lui.

Et comme il se doit, il s'en va un soir trouver son curé pour lui annoncer la nouvelle et l'inviter à publier ses bans de mariage.

— Très bien ! fait le curé. Et votre promise, est-ce une de mes paroisiennes ?

— Non, elle n'est pas d'ici.

— Alors, passez-moi les papiers nécessaires, certificat de baptême pour commencer.

— Je n'ai pas pensé à me procurer ces papiers-là, avoue le malin sacristain.

— Bon, j'écrirai au curé de la paroisse de la demoiselle. D'où est-elle exactement ?

Alors, mon Polydore, les yeux plissés de malice et l'index en l'air :

— *Non, non, camarade, ça dji n'vos l'dirai né ! Dji n'veux né awè l'mînme farce qu'aveu m'lîfe, savouz, mi !*[30]

* * *

Et voilà, conclut le bon curé de Trignolles, les formes sont respectées. T. Déome ne dort vraiment bien que s'il a mangé des gaufres, un morceau de maïeur et... une tranche de curé comme dessert.

Ce disant, après un nouveau coup d'œil à l'horloge, il se leva et tous en firent autant, cependant que l'aubergiste qui, chauve, était resté jusqu'alors coiffé d'une sorte de calotte de pipelet, se découvrait.

Et aussitôt, accompagné par le piano de Marie et le violon du père Dardenne, l'abbé, s'improvisant coryphée, donnait le signal de

30. Je ne vous le dirai pas ! Je ne veux pas avoir la même farce qu'avec mon lièvre, vous savez, moi !

l'exécution de l'Ave Maria de Gounod. Toine lui-même, cette fois, prit part au chant. Il n'y ajoutait vraiment que sa conviction un peu bêlante et quelques fausses notes, mais il était fort touchant quand même.

L'inspecteur comprit. À voir la gravité des assistants, ce chant était tout simplement la prière qui clôturait la séance inattendue et charmante de bout en bout à laquelle il venait d'assister.

* * *

L'instant d'après, le couple Dardenne, Toine, T. Déome et Lalie lui souhaitaient le bonsoir. Il les remerciait tous et chacun de leur compagnie, multipliait les politesses et, surtout, serrait la main du papa Dardenne avec une chaleur et un sourire où il y avait comme l'expression d'un repentir que le vieux maître ne fut pas sans apprécier. Mieux, l'inspecteur ajouta :

— Demain, à mon départ, je me permettrai d'aller vous dire au revoir et merci encore, à vous et à Madame Dardenne. Je vous le dois bien. Vous me voyez presque heureux de l'accident qui m'a valu le plaisir de cette soirée délicieuse.

Il devenait lyrique, l'inspecteur ! Si bien que T. Déome lui glissa :

— Séance chaque vendredi de l'hiver, je vous le rappelle, Monsieur l'inspecteur, et jusqu'au mardi-gras inclus.

— Je ne vous promets pas d'assister à toutes, fit gaiement l'inspecteur, car le métier ne me le permet pas, mais vous me reverrez sûrement plus d'une fois avant le mardi-gras.

— Et pour le verglas, ne put se tenir de lancer T. Déome, nous ferons une neuvaine à saint Caboulet pour qu'il le fasse fondre. Comme il doit beaucoup au maïeur, il ne lui a jamais rien refusé, sauf un bon caractère et — il se frappa le front — un peu de « comprenure ».

Toine ne répondit que par un haussement d'épaules et un vague grommellement que personne ne comprit.

VIII

LE MIRACLE EST PARTOUT

La femme forte est plus précieuse que tous les joyaux venus des extrémités du monde.

Livre des Proverbes, XXXI.

L'instant d'après, l'aubergiste et sa femme gagnaient leur chambre à coucher. Avant d'en faire autant, leur nièce s'attarda une minute encore à remettre un peu d'ordre dans la salle à manger et à transporter dans la cuisine tout ce qui traînait sur la table.

L'inspecteur, un peu empoté pour une fois, la regardait aller et venir avec une prestesse trottinante qu'il trouvait gracieuse. Il n'osait guère parler. Et soudain, se rappelant sans doute quelque chose d'important, il attrapa le portefeuille de cuir noir qu'il avait abandonné sur le piano, en tira une feuille sur laquelle cinq ou six lignes seulement étaient écrites. Sans hésiter, il la déchira en deux, puis en menus morceaux qu'il serra dans sa main comme une poignée de confettis. Alors, il se dirigea vers le foyer qui se mourait sous la haute cheminée, lâcha d'un seul coup tous les fragments de papier sur les quelques braises qui clignotaient dans la cendre blanche. Quelques secondes plus tard, une petite flamme s'éleva qui dévora tout de suite ce frêle aliment. Il ne resta rien, sauf une impalpable poussière, du rapport que l'inspecteur avait ébauché quelques heures auparavant dans la salle du café d'Aloys Verluisant.

Tourné vers la jeune femme, il lui dit :

— Bonsoir, Madame, et merci de vos attentions.

Il ajouta une banalité rougissante :

— Je... je vous reverrai demain.

— À quelle heure doit-on vous éveiller, Monsieur ?

— Mon Dieu, fit-il, hésitant, est-ce que... voyons... Sept heures vous conviendrait-il ?

— Bien sûr ! Et votre petit déjeuner sera prêt pour sept heures et demie si vous le désirez. Je déposerai aussi un pot d'eau chaude devant la porte de votre chambre.

— C'est parfait. Le matin, j'aime le bon café noir avec quelques tartines.

— Vous aurez votre bon café noir et vos tartines. Bonne nuit, Monsieur... J'allais oublier : pour tiédir l'air de votre chambre, ma tante m'a fait brancher tantôt un radiateur électrique. Voudriez-vous avoir l'obligeance de l'éteindre avant de vous mettre au lit ?

— Je n'y manquerai pas et je remercierai votre tante demain.

Après une hésitation, il tendit la main à Marie, ce qu'elle lui rendit avec une parfaite simplicité.

* * *

Une surprise l'attendait encore dans sa chambre. Non seulement le radiateur y avait répandu une chaleur agréable, mais une fois dans son lit, l'inspecteur découvrit qu'on l'avait bassiné et ses pieds nus rencontrèrent une bouillotte très chaude qui lui valut quelque chose comme de l'attendrissement. C'était peut-être la première fois de sa vie qu'une telle attention lui était offerte.

Il croyait s'endormir comme d'habitude assez vite, car il en était à l'âge encore où le sommeil ne se fait pas longtemps attendre. Et puis, se disait-il, si ma journée se termina fort bien et assez tard, elle fut tout de même fertile en accidents et émotions. Mais le bon café de la soirée lui travaillait les nerfs et son esprit recomposait justement toutes ces péripéties. Toujours aussi, il en revenait à la vision de Marie l'accueillant, de Marie assise devant son piano, de Marie lui accordant quelques confidences. Et il réentendait chacune des paroles, banales peut-être, mais nimbées de tant de naturelle gentillesse qu'elle avait prononcées devant lui. Et il revoyait aussi ses yeux bruns et intelligents, précocement touchés par la mélancolie, mais que la contagieuse gaieté de l'entourage illuminait parfois d'un rire où la jeunesse triomphait encore.

En son insomnie, il évoqua aussi les autres. Le souvenir de T. Déome, de ses folâtres chansons et anecdotes et des coups de boutoir au gros Toine l'amusa un moment.

Et soudain, la nuque au creux des mains, sur son oreiller, il se mit à réfléchir. Des lambeaux de phrase se formulaient en son esprit, s'agençaient, prenaient un peu à la fois figure de construction régulière. D'un geste vif, il ralluma sa lampe de chevet, s'assit dans son lit et, attrapant sa serviette de cuir, en tira ce qu'il fallait pour écrire. Sans une hésitation, il traça ces lignes :

Avec un sûr instinct de la pédagogie, une souple et intelligente interprétation des dernières instructions ministérielles, et surtout un dévouement exceptionnel à son âge ; malgré aussi le caractère composite de sa classe où l'élément étranger tient une large place, M. Dardenne, l'instituteur de Trignolles, obtient des résultats qui peuvent être tenus pour exemplaires. On souhaiterait que de tels maîtres...

Il y en avait une pleine page de cette veine. Une vraie gerbe de roses sans la moindre épine, et si lourde que le bon Dardenne lui-même l'eût certainement jugée excessive. Pour un peu, l'inspecteur eût proposé son homme pour une sorte de béatification laïque, à tout le moins pour une promotion au grade de docteur honoris causa ès sciences primaires, accompagnée du grand cordon de la Légion des bons magisters.

Son papier terminé, il le relut avec un intense plaisir et quelque fierté aussi de son talent de rédacteur. Après quoi, l'esprit allégé, il se recoucha et réfléchit encore un moment. Il se disait que sa vie n'avait guère été heureuse et qu'il avait trop souvent cherché le bonheur là où il ne le trouverait jamais. Il pensa que le papa Dardenne l'avait cherché et trouvé, lui, dans l'humilité souriante de sa condition et que son sort était bien enviable. Quant aux autres, de qui le contact venait à la fois de le divertir si joyeusement et de lui révéler tant de bonté, il se dit qu'ils valaient tous infiniment plus et mieux que l'opinion stupidement préconçue qui était sienne en les abordant. Ils sont bien plus sages et plus fins qu'il n'y paraît, conclut-il. Et là-dessus, il s'endormit enfin. Les ronflements qui suivirent ne pouvaient être que ceux d'un homme qui a la conscience en paix.

* * *

Le lendemain, à sept heures, comme c'était convenu, quelques coups discrets frappés à sa porte l'éveillèrent. Il y répondit par un remerciement empâté, tendit la main vers la lampe de chevet et promena autour de lui le regard un peu tâtonnant de l'homme qui a dormi pour la première fois dans une chambre étrangère. Mais il réagit aussitôt et sauta du lit, allègre. De là-haut, il entendait crépiter les bûches du foyer.

Se rasant et procédant avec soin à sa toilette, il sifflotait.

À sept heures et demie, il descendait tout juste comme rentrait

Marie, la joue un peu rosie par la marche pressée qu'elle venait de s'imposer.

— Comment, Madame, fit-il, vous avez déjà trouvé le moyen de sortir dans le village ? Il fait bien obscur encore.

— J'ai assisté à la messe de sept heures, répondit-elle, toujours très simple.

Et aussitôt :

— Vous avez bien dormi ? Bon, vous n'attendrez guère votre petit déjeuner. J'ai tout préparé avant de partir pour l'église.

— Mais, bonté divine, s'exclama-t-il comme effaré, à quelle heure vous êtes-vous donc levée ?

— À six heures. C'est une habitude.

— Je vous admire. Moi, l'hiver venu, je voudrais être un loir.

— Quelle erreur ! Dormir n'est pas vivre.

— Bien sûr, mais se lever tôt, quel effort pour un paresseux !

— Vous vous dénigrez, j'en suis sûre.

— À peine... Mais j'y songe, peut-être n'avez-vous pas encore déjeuné, vous non plus ? Voulez-vous... voudriez-vous m'accorder le plaisir de le faire à ma table ? Il fait ici tellement bon ! Nous y serions à l'aise pour bavarder. J'ai l'impression que vos oncle et tante, eux, s'offrent la grasse matinée.

— Oh, fit-elle, tout indulgente, ils ne sont guère pressés de quitter leur matelas. Par contre, le soir, je dois souvent les houspiller pour qu'ils se décident à monter... Eh bien, très volontiers, j'accepte votre invitation. Un instant et j'arrive.

* * *

Et l'inspecteur goûta là encore un moment qu'il estime aujourd'hui comme l'un des plus délicieux de sa vie. La conversation aurait pu se broder sur des banalités comme la fonte du verglas, les désagréments de la saison, les frasques des autos, les potins du village. Mais ce furent là autant de sujets qu'elle esquiva et il devina qu'elle se refusait au saugrenu. Il la croyait résignée tout simplement à ce qu'il tenait pour les mornes servitudes de la vie rurale. « Elle fait contre mauvaise fortune bon cœur », jugeait-il, « et donnerait sûrement gros pour vivre en quelque ville où sa jeunesse et sa peine trouveraient les distractions et l'oubli qu'elles méritent. » Mais il fut bientôt détrompé...

— J'aime de vivre ici, lui disait-elle. Mon oncle et ma tante me comblent d'attentions et je vous assure que les plus dures journées de l'hiver n'ont rien de spécialement maussade, malgré l'absence de clients. La radio, sous ce rapport, semble avoir été créée pour le plaisir des ruraux. On ne se sent plus isolé et il est certains soirs où elle nous apporte un concert magnifique, inimaginable en mon enfance. Seule, ces soirs-là, nous éclaire la flamme de l'âtre et nous écoutons en pantoufles, sans dire un mot. Et mon oncle fume un gros cigare qui ajoute son parfum à celui du foyer. C'est délicieux. Les jours où le programme est banal, je lis, cependant que mon oncle et ma tante jouent aux cartes. Ils se chamaillent chaque fois. C'est fort amusant. De temps à autre, il y a un grand branle-bas. C'est que les chasseurs de Bruxelles sont venus faire une battue au gros gibier. Ils sont gentils, mais ils nous mettent sur les dents et j'avoue que je ne pleure pas lorsqu'ils s'en vont.

— Vous avez aussi vos vendredis...

— Ah, ces vendredis-là, s'exclama joyeusement la jeune femme, je ne les donnerais pas pour un empire. Je ne vous les décrirai pas. Vous en avez goûté — et apprécié, je l'espère — un spécimen.

— Je me suis royalement amusé.

— Et pourtant, vous n'avez pas vu T. Déome dans un de ses grands jours. Je crois que votre présence lui a imposé quelque retenue. Les soirs où il se déchaîne, il est affolant. Et il est arrivé que ma tante, qui est une grosse rieuse, ait dû s'enfuir à la cuisine pour échapper à l'étouffement. Le plus souvent, c'est Toine qui est l'objet de ses blagues, ou le héros d'aventures drôlatiques qu'il lui endosse tout gratuitement. Chaque fois, malgré l'habitude qu'il en a, Toine se fâche et se démène et y va de malédictions qui font les délices de l'autre gros. « *Dire* », ne cesse de répéter Toine avec une mine amère, « *dire qui l'Bô Djeu laisse mori tout djônes tant d'bravès dgins, èt qu'ène canaille comme ça, y l'laisse vikè ! Ça n's'reut co qu'in dimèye malheûr si y n'mè l'aveut né mis su m'dos ! Mais, comme y n'a pos d'cœûr, l'est bé capâpe di d'vèni centenaire èt d'm'atterrè, l'gros vauré !* [1] »

— *Dji l'espère bé*, répond le vieux T. Déome.

... Pendant qu'elle parlait, l'inspecteur contemplait la jeune femme. Quelle aimable compagnie ! Quel babil intéressant ! Décidément, il était tout entier conquis. Et soudain, comme elle gardait le

1. Dire que le Bon Dieu laisse mourir tout jeunes tant de braves gens et qu'une grosse canaille comme ça, il la laisse vivre. Ce ne serait encore qu'un demi-malheur s'il ne me l'avait pas mis sur le dos. Mais comme il ,'a pas de cœur, il est bien capable de devenir centenaire et de m'enterrer, le gros vaurien !

silence, faisant fi de toute circonlocution, de toute littérature introductive, il lui posa la question précise :

— Vous si jeune, vous si gaie, pourquoi ne vous remariez-vous pas ?

Il s'attendait à quelque sursaut bien étudié, quelque mimique de coquette effarouchée. Mais non, avec la simplicité qui lui était visiblement foncière, elle dit :

— Je n'ai jamais juré que je ne le ferais pas. Mais je n'y apporte aucune hâte. La réflexion est de mise en telle matière et la décence aussi. Mon malheur est trop frais encore et vous conviendrez que j'ai bien gagné quelque droit à me montrer fort prudente, même difficile.

Elle avait prononcé ces mots les yeux baissés, comme réfléchissant, se parlant, eût-on dit, à elle-même. Mais à la fin, son regard s'éleva et rencontra celui de son commensal qui lui faisait face et elle rougit légèrement car il était impossible de lire en les yeux de l'homme autre chose qu'un aveu fervent. Elle resta interdite, et lui aussi, gêné, ne trouva rien à dire durant quelques instants. Pour se donner une contenance, il feignit de récolter du bout de l'index les miettes du déjeuner éparpillées sur la nappe et il les portait à sa bouche.

— Vous avez l'air d'un oiseau, fit-elle sur un ton taquin.

— Peut-être, fit-il. Oui, un oiseau sans nid, moi aussi.

— Qui vous empêche...

— C'est trop long à vous raconter, du moins aujourd'hui. Mais je reviendrai... J'y pense : un week-end ici, de temps à autre, ne serait pas pour me déplaire.

— Si le cœur vous en dit...

— Acceptez-vous aussi ce que l'on appelle aujourd'hui des vacanciers ? Cette nuit, avant de m'endormir, j'ai réfléchi à beaucoup de choses et me suis dit que je pourrais peut-être modifier de façon très agréable et reposante ma formule de vacances. J'ai beaucoup voyagé jusqu'à présent. Je veux me ranger.

— Je comprends, fit-elle dans un bel éclat de rire. Le poids des ans, n'est-ce pas ? Vous êtes tellement vieux !

Il rit aussi de la boutade et, brusquement grave, la regardant bien en face, il dit :

— Beaucoup plus qu'hier, Madame. En un seul jour, si je n'ai guère vieilli, j'ai mûri, je vous le jure, et vous et vos amis m'y avez magnifiquement aidé.

Comme elle le regardait, surprise et intriguée, il laissa tomber avec une lenteur un peu solennelle :

— Je croyais savoir tout de la vie. Vous m'avez révélé la grandeur de la simplicité et la vertu bienfaisante de certains contacts humains. Oui, à moi, l'enfant d'une mère que j'ai à peine connue et d'un père qui, avec les meilleures intentions du monde, ne parvint à la remplacer que par une marâtre de qui j'ai vainement attendu un peu de tendresse, vous avez appris enfin à aimer les autres. Et je vous en suis profondément reconnaissant, tellement même que ne plus revenir ici me ferait mal.

Elle resta encore un moment silencieuse, un peu pâle soudain, vraiment bouleversée. Il crut qu'elle allait pleurer, car le malheur, à elle aussi, avait appris quelque chose qui s'appelle charité. Mais elle parvint à se maîtriser et elle conclut :

— Si cette maison vous est à ce point chère, revenez-y quand et aussi longtemps que vous voudrez. Vous y serez toujours accueilli en ami.

— Merci encore, murmura-t-il. Et ce fut lui qui, furtivement, dut essuyer une larme qui embuait son regard.

*
* *

Mais voilà qu'enfin débuché, le gros hôtelier descendait l'escalier de l'étage et faisait dans la salle une entrée débonnaire. Sa nièce l'embrassa, lui reprocha, mutine, sa barbe de trois jours. « Un vrai sanglier », disait-elle. « Je me demande comment ma tante peut vous tolérer ça ! » Il répondit, hilare : « Elle m'accorde si peu d'attention qu'elle ne s'en aperçoit même pas. »

Et aussitôt, il s'attabla et, comme il aimait de s'instruire et n'avait à ce moment rien de mieux à faire, amorça avec l'inspecteur une conversation sur l'instruction publique et obligatoire.

— De mon temps, commença-t-il, à l'école on n'y allait guère qu'en hiver, et...

... Mais il n'était pas loin de huit heures et demie. Une auto stoppa devant les fenêtres de l'auberge.

— Ma voiture ! s'exclama l'inspecteur.

C'était bien elle. Et aussitôt, Aloys en jaillit en bleu de travail, en même temps que son Riquet de fils, coiffé de son éternelle petite casquette blanche de champion cycliste.

L'inspecteur sortit. Déjà, il se préparait à remercier le gamin de sa brillante prestation dans le débosselage de sa carrosserie, mais l'autre détalait comme un lapin, sans même un regard pour son homme.

Aloys lui cria :

— Viens donc dire bonjour, sacré petit sauvage !

— La cloche va sonner ! lui lança le petit drôle sans ralentir le moins du monde.

Et il disparut au premier tournant.

L'inspecteur fit comme Aloys. Il rit avec indulgence.

Il parut très satisfait de l'examen de sa voiture, s'extasiant d'abord sur l'adresse que le gamin avait apportée à rendre une forme honorable à ses tôles. Quant au moteur, Aloys expliqua :

— Moins grave que je craignais. Quelques organes faussés, mais rien de cassé. Cependant, il faudra, une fois rentré chez vous, procéder au plus tôt à une revision. En attendant, vous pouvez rouler franchement. Le vent a tourné et le verglas fond.

— Entrez donc un instant que nous réglions notre petit compte, invita l'inspecteur.

— Le temps de saluer mes vieux amis, dit Aloys, car on m'a amené deux ou trois pataches assez vilainement malmenées et, comme toujours, chacun veut la priorité.

L'inspecteur n'est pas encore revenu de la modicité de la facture. Il pensa : « Décidément, le refuge de l'honnêteté, c'est la campagne. »

C'était là, d'ailleurs, une généralisation trop largement bienveillante. Mais l'homme est ainsi fait qu'il prête à l'univers entier les couleurs du moment de son âme. Et cela va du blanc au noir suivant qu'il en profite ou en pâtit.

La bonne impression de M. l'inspecteur s'épanouit encore lorsqu'il eut sous les yeux sa note d'hôtel. Elle était plus qu'honnête. Il sut bientôt qu'elle était pour ainsi dire familiale.

— Mais vous avez oublié de me compter le souper d'hier, fit-il remarquer à l'hôtesse.

— Pouh ! fit-elle avec un geste de parfait désintéressement, nous n'allons tout de même pas vous faire payer un peu d'agrément. Et puis, ma nièce me dit que vous vous proposez de revenir parfois chez nous, même d'y séjourner en vacances. Alors, les gaufres et le café, c'est notre petit cadeau de bienvenue à un client sérieux.

Il remerciait, un peu confus quand même. Mais la bonne femme, assez bavarde, lui expliquait :

— V'là comme on s'est arrangé pour nos soupers du vendredi. Au début de l'hiver, chaque participant et nous comme les autres, verse deux cents francs dans une cagnotte. Du coup, on a un millier de francs pour commencer. Avec ça, on peut déjà garnir quelques volettes de gaufres et s'offrir quelques solides « bistouilles ». Et quand les provisions touchent à leur fin, on réalimente la cagnotte avec nos gains au jeu de cartes. La confiance règne et tout est dit.

— Merci ! Merci encore et à bientôt ! répétait tout ému M. l'inspecteur une fois devant son volant et la main levée en signe d'adieu. Oui, à bientôt !

Et il se redisait encore :

— Je viens de vivre des heures enchantées. Oui, les hommes sont bons.

Il n'avait pas fait vingt tours de roue qu'il découvrit le curé sortant de son presbytère. Il stoppa aussitôt, en douceur quand même, parce qu'il se méfiait de la route noyée dans le verglas fondant. Et la joie de se revoir fut fort démonstrative de part et d'autre. Là aussi, on se promit de se revoir le plus souvent possible. Et cette fois, apportant une nuance restrictive à la généralisation qui lui venait encore à l'esprit, M. l'inspecteur pensa :

— Pas à dire, dans les curés, y en a tout de même quelques-uns qui sont épatants !

Et là-dessus, il se dirigea vers le bâtiment de l'école communale. Et ce fut la bonne Mme Dardenne qui, l'ayant aperçu par la fenêtre de sa cuisine, vint l'accueillir sur le seuil de son habitation.

— Entrez donc, Monsieur l'inspecteur, fit-elle avec un large sourire. Dans dix minutes, c'est la récréation. Mon mari sera enchanté de vous saluer.

La récréation, elle fut bien longue ce jour-là. Lorsque l'inspecteur les quitta, le papa Dardenne et sa femme savaient que M. Chardon aimait beaucoup le curé, mais sûrement pas autant que la jeune Madame Marie, nièce de leurs amis aubergistes. Lorsqu'il fut parti, ils se regardèrent, éclatèrent de rire et, parodiant Henri IV, le papa Dardenne pouffa :

— Marie vaut bien une messe !

IX

MOLONZEF, HUMANISTE

La belle expression embellit la belle pensée et la conserve.

V. HUGO.

Molonzef, fils de Toine et oncle du petit Camille qui avait trouvé amusant de naître quelques semaines avant lui, était entré au collège le même jour que son neveu. Pensionnaires tous deux, ils avaient été inscrits dans la classe de sixième latine. Le papa Dardenne avait fait de son mieux pour qu'ils y fussent bien préparés, mais les moyens leur avaient été dispensés très inégalement. Camille, par ailleurs espiègle fieffé, comprenait à peu près tout sans grand effort. Molonzef, lui, en faisait si peu, se montrait si distrait et si vite découragé qu'il abordait les humanités avec un bagage d'école primaire fort mince. C'était là un handicap qu'il compensait peut-être par une santé florissante et un appétit exceptionnel. Et Toine se montrait assez fier de la comparaison. Il donnait même fréquemment de bons conseils à son gendre médecin : « Vot' Camille, c'est un enfant trop nerveux et qui mange comme un fou, sans prendre la peine de mastiquer. C'est mauvais pour la santé, ça ! Vous qu'est médecin, vous deveriez surveiller ça de plus près. Si y continue comme ça, y ne sera jamais qu'un « crequion » [1] et y n'aura pas de résistance. Regardez mon Joseph. Vous verrez quel homme ça fera dans quéques années ! Lui, au moins, quand il est à table, il a l'esprit à ce qu'y fait et ça lui profite. Et dans la vie, ce qui compte avant tout, c'est la santé ! »

Habitué à de telles tirades, le docteur répondait évasivement. « Affaire de tempérament », faisait-il. « Je crois bien qu'à son âge, je ressemblais fort à mon gaillard. »

Toine s'accrochait à son idée et voulait y aller d'un nouveau dis-

1. Un criquet.

cours. Mais le docteur ne l'écoutait déjà plus et, alléguant du travail urgent, filait.

* * *

On soupçonne bien que, tout de suite, on découvrit au collège une grosse différence de personnalité entre les deux gamins. Assis côte à côte à la même table du réfectoire, ils livrèrent tout de leur nature. Camille mangeait si peu et si vite qu'il avait tout l'air d'un écureuil croquant des noisettes, cependant que Molonzef apportait en l'affaire une si auguste lenteur qu'il évoquait plutôt l'ourson pataud et gourmet devant un plat de friandises. Camille n'attendait que la fin du repas pour s'évader du réfectoire et filer sur la cour avec l'équipe de football où il faisait merveille, cependant que son gros oncle Joseph se réfugiait, lui, dans quelque coin pour y déguster un dessert supplémentaire, du chocolat le plus souvent, prélevé sur les provisions de douceurs qu'il gardait enserrées dans son armoire.

Le professeur de sixième était un petit bonhomme, assez nerveux et fort exigeant. Sans doute, une expérience déjà longue de l'enseignement lui avait appris la patience, comme cette vérité aussi qu'il ne faut jamais parler trop vite de cas désespérés quand il s'agit de potaches débutants. Le temps arrange bien des choses, se disait-il, et certains épanouissements restent toujours possibles avec les années, beaucoup de bonne volonté et plus encore de grâces d'état.

Quand même, au sujet de Molonzef, il ne mit pas longtemps à se faire une opinion. Ce gros-là, se dit-il, ne donnera guère que du lard. Stupide ? Non, mais congénitalement rebelle à l'intellectualité. L'acquis laborieux et flottant de l'école primaire avec lequel il se présentait ne s'enrichirait plus guère. Et les déclinaisons latines et grecques seraient toujours pour lui des choses absconses et déconcertantes dont il ne découvrirait jamais l'intérêt. On ne pourrait vraiment que les lui seriner et il ne parviendrait jamais à les répéter que comme des chinoiseries hermétiques. Ses devoirs étaient écrits soigneusement, mais les fautes y grouillaient comme asticots en charogne. Et le gros se montrait en classe si tranquille qu'il semblait bien n'aspirer qu'à s'y faire oublier. La question la plus simple posée par le professeur lui infligeait visiblement des battements de cœur. Il en devenait écarlate et l'on ne tirait de lui que des bafouillements, ou même un silence torturant.

Avec une candide inconscience, le gros s'était d'ailleurs chargé de faire un portrait complet de lui-même. Les lettres que les élèves du collège envoyaient à leurs parents devaient être déposées sous enveloppe ouverte dans une grande boîte postale accrochée au mur d'un couloir et dont un surveillant faisait chaque jour la levée.

Et la censure s'en donnait à cœur joie, une joie telle, même, que le jour où lui fut soumise la première lettre de Molonzef à ses chers papa et maman, on crut que le bâtiment allait s'écrouler sous les rires. Il eût été difficile de résister au plaisir de la reproduire ici. Même à ceux qui pourraient l'avoir lue déjà, elle ne peut valoir qu'un regain de liesse [2].

* * *

Mes chers parents,

Il n'a pas quinze jours que je suis au collège et j'en ai déjà mon sou. Je n'ai plus du tout l'idée de devenir farmassien, parce que les études c'est embêtant et c'est beaucoup trop long. Le latin je croyais que c'était facile et qu'il n'avait qu'à mettre des a, des o et des us à tout les mots, mais je m'ai trompé et c'est une affaire à se cassé la tête encore plus pire que le flamand. Je me demande pourquoi il faut apprendre tout ça pour faire de la farmasserie. Et puis s'il n'avait que ça mais il faut encore se sticher dans la tête des tas de drolles d'affaires sur les Égypsiens avec des noms comme Sèsostriste, Aiménofisse, Toutoucanon et puis encore de la science naturelle avec de la chimie et de l'idrogène qu'on ne s'y retrouve pas et qu'on en parle jamais à l'école communale.

Pour la nourriture, il a des jours que c'est bon, mais il en a aussi que ça n'est pas fameux et si ça ne vous plaît pas, il a jamais personne qui vous offre autre chose. Comme ça, je reste parfois sans mangé à moitié avec ma faim dans le corps. Mais je me rattrape le jeudi parce que la ma sœur du réfectoir fait des frites mais pas assez et le mercredi j'ai bon aussi parce que le mercredi on nous donne des boulettes, deux grosses à chaque. Alors, à ma table il a trois ou quatre nareux [3] *qui les aiment pas et moi j'en raffole et je leur fait plaisir et je les mange toutes. J'en ai même caché dedans mon armoir au dortoire, à cachette bien entendu parce que c'est défendu. Seulement moi je croyais qu'elles*

2. De fait, cette lettre, comme la réponse paternelle qui suivit, ont déjà paru dans une œuvre précédente de l'auteur, intitulée « Cayauval, gai village » (2 volumes), sous la rubrique générale « Les belles lettres ». Elles ne figureront donc plus dans une réédition éventuelle des volumes précités.

3. Délicats, dégoûtés.

se conserveraient longtemps parce qu'elles sont fort salées mais j'ai eu une farce. J'ai découvru un jour au soir qu'elles commençaient à chamousser[4] *alors je les ai vite caché dedans mon lit et je les ai mangé toutes les quatre en un coup par dessous mes couvertures. Comme il faisait tout noir, je ne sentais pas le goût de chamoussé, mais alors j'ai eu une indigession et j'ai du courrir au debout du dortoire de mon plus vite. Ça fait que je suis disgouster des boulettes pour longtemps moi qui les aimait tant. (Je m'arrête parce qu'on sonne, je rattaquerai t'à l'heure.)*

Mes chers parents, je rattaque ma lettre coupée par le sonnage. Quand vous viendrez me voir, vous pouvez m'apporter si vous plaît un pandelar ou un demijambon ça se conserve mieux et je le cacherai dedans mon pardessus parce que ça aussi c'est défendu par le réglement et puis il ne faut pas se filler à personne et j'ai remarqué qu'il en a ici qui sont forts gourmant.

Pour les études que j'y reviens, c'est fort difficile mais il a quand même des affaires agréables. On a un beau foutebal à la cour et je m'en redonne tant que je peux surtout à la grande récréation de midi. Seulement, quand on sonne pour rentré j'ai déjà faim parce que le foutebal ça creuse. Alors je mange du chocolat en classe toujours à cachette quand le professeur ne me voit pas parce que c'est encore contre le réglement. Tout est défendu d'ailleurs ici, l'autre jour il a un gamin de ma classe qui ne se plait pas et qu'a eu l'envie de racourir à sa maison. Il pleurait tout le temps après sa maman et il disait qu'il aimait beaucoup plus mieux d'aller avec les chevaux que le latin, alors il s'a sauvé mais on l'a vu tout de suite et il a un surveillant le plus méchant de tout le collège qui était à la gare avant lui et il l'a ramené en pleurant tout le long du chemin devant toutes les gens. Ce qu'il a de curieux moi je croyais qu'on allait lui pèté une punition de tous les diales et au lieu de ça, Monsieur le principale a ri avec lui et lui a donné un tas de bonnes affaires pour le consolé et même du chocolat à noisettes. Si je saurais qu'il n'a qu'à se sauver pour avoir du chocolat à noisettes je le ferais t'aussi bien que lui mais je crois que c'est un qui est bien vu parce que son mononque est curé. Moi je suis bien vu aussi mais les professeurs et les autres gamins m'appellent gros et je n'aime pas, c'est des noms qui vous reste toute votre vie comme à papa.

Donc, chers parents, je me plais bien, mais s'il a moyen de faire autre chose que la farmasserie je crois que ça serait plus mieux parce

4. Moisir.

que le latin on a pas l'idée. Camille, lui, il dit que c'est facile, mais c'est un contrariant. Quand vous viendrez me voir apportez-moi mes moufes à peau de lapin et ma casquette pour l'hiver à soreilles parce qu'une toque ça ne réchauffe vraiment que le dessus.

En attendant, mes chers parents je vous embrasse très tendrement.

votre fils dévoué
Joseph Culot fils.

P.S. Apportez-moi aussi des galettes si vous plaît et des biscuits, des ceux de chez Titine parce qu'ils sont plus durs et se conservent sans se spater[5] *dedans les poches. J'oubliais de vous dire qu'on a fait dictée et que le professeur m'a dit que j'avais un assez bon hortografe, plus meilleur en toucas que le celui de Camille. Le café est fort tenne*[6] *et pas bon parce qu'on le fait racabouler dedans des grandes marmites et puis on m'a dit que la sœur du refectoir prend toujours le premier passé pour elle et les professeurs qui sont bien vus.*

* * *

Lorsque, dans le silence de son bureau, le surveillant censeur eut terminé la lecture de cette belle œuvre, il avait mal aux côtes et il éprouvait comme une gêne dans les parages de la rate. Plus d'une fois, il avait dû s'interrompre pour essuyer ses lunettes mouillées par de grosses larmes et, allongé dans son lit, il rit encore avant de s'endormir. Sa dernière pensée avant de sombrer fut une pensée de charité dont les casuistes pourraient d'ailleurs discuter longuement avant d'arriver à une conclusion. D'une part, le surveillant était un fort brave homme à qui répugnait la dérision et il aimait Molonzef pour la naïveté quasi baptismale de son cœur et se refusait donc à mépriser l'indigence de ses moyens cérébraux. A ses yeux, le gamin était le bon enfant dont il fallait se garder de blesser la sensibilité sous peine de l'aigrir et, peut-être, l'amener à la révolte.

D'autre part, il se disait, ce brave surveillant, que garder pour lui seul la fine délectation qu'il avait trouvée en la lecture du morceau ressemblerait fort à un péché d'égoïsme. Il décida donc qu'il lirait la lettre de Molonzef le lendemain à midi après le déjeuner devant Monsieur le principal et ses collègues rassemblés dans la salle à man-

---

5. S'écraser, s'émietter.
6. Clair, mince.

ger que l'on appelait — allez voir pour quelle délicate raison ! — « le chauffoir ».

Le succès fut celui que l'on imagine. Et les commentaires qui suivirent prirent un tour curieux.

— Je me demande, fit un abbé, si nous avons bien le droit de garder ici un garçon qui, visiblement, traînera toujours ses études comme un boulet.

— Bien sûr, à moins d'un miracle, et ce miracle serait éclatant, fit un autre, il n'en sortira jamais.

— Mon Dieu, constata l'économe de la maison, si l'on en vient à ne garder que des éléments de choix, on devra bientôt fermer boutique.

— Ce bon gros est tout le contraire d'un élément insupportable, plaida le chef surveillant. Il est tranquille, soumis et bien élevé. C'est vraiment un bon enfant.

Un jeune professeur de seconde, qui jouissait — un peu trop ! — d'une réputation d'homme spirituel et cultivait facilement le paradoxe en vint à dire :

— Somme toute, cet enfant est aussi bon que peu intelligent. J'en suis même à me demander si... oui... peut-être, bon, ne l'est-on jamais que dans la mesure où l'on est...

D'un regard qui se voulait difficilement sévère, le principal arrêta sur les lèvres du jeune professeur le mot par trop caustique qu'il redoutait et il conclut :

— Nous avons tous compris, mais ce pauvre garçon, soyez-en sûr, n'est pas déplacé ici. De plus en plus, je crois que, même aux moins doués, un séjour de quelques années en nos murs est profitable parce que, tout d'abord, avant d'être des instructeurs, nous sommes des éducateurs et que l'on ne vit pas dans un milieu bien éduqué sans en garder une marque plus profonde souvent qu'il n'y paraît. Ensuite, dites-vous bien qu'un enfant de constitution normale, même s'il est mal loti quant à l'intelligence, possède, à défaut de moyens, ce que l'on pourrait appeler des aptitudes larvées. J'en sais quelques-uns qui ne se sont découverts eux-mêmes qu'après avoir fait la dure expérience de leur incapacité intellectuelle. Je pourrais vous citer des noms. L'un, qui fut régulièrement le dernier de sa classe, aimait le dessin. Il s'est fait un nom dans la peinture. Un autre, qui ne rêvait qu'aviation, est pilote de ligne. Et je me souviens d'un cancre merveilleux qui dirige un garage important.

Que deviendra notre petit Culot ? Je n'en sais rien, mais il est à peu près sûr qu'il devra redoubler sa sixième et que, répugné par le latin, il fera virage vers la section moderne. Il n'y brillera pas plus, mais, cahin-caha, parviendra peut-être, très essoufflé, jusqu'au bout de sa quatrième. Et une fois là, il nous quittera avec quelque maigre certificat attestant tout bonnement qu'il a suivi les cours imposés par le programme. En aura-t-il retenu quelque chose ? Mais bien sûr ! Il en gardera des notions, il aura amélioré son orthographe, appris sans doute à rédiger une lettre plus correcte et surtout moins enfantine que celle-ci, désolante à première vue, mais qui prouve au moins le souci du détail...

— ... alimentaire, murmura l'incorrigible professeur de seconde.

— Et là-dessus, continua le principal, ayant bien réfléchi et brouillé à tout jamais avec l'humanisme, il s'en ira sans doute vers quelque école d'horticulture où il apprendra le métier de son papa. Peut-être vivrons-nous assez pour le voir père de famille nombreuse, conseiller communal, marguillier de sa paroisse et, qui sait, la bedaine finalement sanglée de l'écharpe de maïeur, toujours comme son papa ? Son petit neveu, lui, le frétillant Camille Dognies, sera sûrement médecin. Lequel sera le plus heureux ? Ils peuvent l'être tous deux s'ils apportent tout leur cœur à exercer le métier pour lequel ils sont faits. Et chacun aura son utilité dont Dieu seul peut établir le prix en parfaite équité.

On avait écouté le principal avec beaucoup d'attention. Cet homme aux tempes argentées et qui devait à ses origines rurales un solide bon sens, parlait rarement parce qu'il réfléchissait beaucoup et pesait ses mots. Du coup, cette fois encore, il fit réfléchir aussi ceux qui venaient de l'écouter.

Comme il allait se lever pour quitter la table, il y alla encore d'une brève recommandation :

— Messieurs, dit-il, les bons gros du calibre Joseph Culot sont presque toujours l'objet de taquineries et de quolibets de la part de leurs condisciples. Veillez bien, je vous prie, à ce que, jamais, cela ne dégénère en brimade. La cruauté est un vice.

* * *

Et la belle lettre de Molonzef parvint à destination le lendemain vers onze heures. Toine, qui l'attendait depuis plusieurs jours, accourut, hélé par Hilda, du fond de son jardin, et ne fit plus grand-chose jusqu'à midi. Déjà, il avait lu et relu trois fois l'épître de son héritier et il restait un peu chiffonné. Son impression, qu'il n'osait pas formuler devant sa femme, était dans l'ensemble assez bonne, mais tout de même, il se demandait si ce pauvre petit Joseph était nourri convenablement et si on n'allait pas faire de lui, sous prétexte d'instruction, un malheureux surmené, même un dégénéré, hâve et squelettique, désarmé devant ce que toute existence comporte fatalement de labeurs et d'épreuves. Cette idée-là le tracassait si bien qu'il ne se tint pas d'aller, toute besogne cessante, la lire à son curé pour solliciter son avis. Le curé rit de bon cœur et le rassura :

— On ne vous l'abîmera pas, maïeur. Au contraire, on va vous en faire un homme.

N'empêche, une fois sorti, Toine prit la décision de répondre sur-le-champ, et son jardin ne le revit plus guère ce jour-là. La lettre qu'il écrivit ne passa pas, elle, sous les yeux du censeur. Et c'est bien dommage. On pourra en juger...

* * *

Cher Joseph,

Nous avons tous été rudement contents de recevoir vos nouvelles, ça nous a fait plaisir surtout que votre lettre est grande. Mais il y a dedans des affaires qui nous tourmentent un petit peu. Vous nous disez par exemple que vous ne voulez plus faire la pharmasserie (soit dit à passant, il faut faire attention, vous écrivez ce mot-là : farmasserie. Et vous écrivez aussi hortografe comme horticulture. Retenez bien une fois pour toutes qu'on doit écrire : ortografe). Il n'a jamais personne qu'a prétendu que vous devez absolument vous faire pharmassien. On peut gagner sa vie dans d'autres métiers et au moins aussi honnêtrement, mais faut bien vous dire qu'avec le latin on peut faire n'importe quoi. Si je l'aurais appris, moi, le latin, je ne serais probablement pas obliger de roulé à sabots avec des pièces au fond de ma culotte comme des affiches de notaire et de mener du fumier et du bigau[7] *et de faire du jardinage du matin au soir, et je n'aurais pas mal aux rhins et le sang toujours à la tête et des palpitassions du côté du cœur. Au lieu de ça, j'aurais une belle place avec un faucol et je serais toujours propre et bien chaud. Le latin, ça ne doit pas être si difficile, puisque j'en connais qui étaient mes condissipes à l'école dans le temps et qui n'étaient pas plus malins que moi, que bien du contraire, et qui l'ont tout de même appris. Maintenant, ils sont bien casés. Il en a un qui est commisère de police*

7. Purin.

et un autre qui est vicaire en rattendant mieux. Je suppose que vous vous découragez parce que c'est le commencement, mais c'est toujours comme ça au début. Une fois que vous aurez attrapé le truc, ça ira tout seul. Ne roubliez surtout jamais le proverbe qu'on disait de notre temps : L'étude est ta mère mais les fruits en sont doux. Et puis il n'a jamais de roses sans épines, personne ne le sait aussi bien que moi parce que je les cultive et si faut tout vous dire, le lendemain de votre départ au collège, comme j'étais triste, j'ai été travailler du côté de mes rosiers pour me distraire mais j'ai ridé[8] *dessus un lumeçon et j'ai tombé assis de tout mon pois en plein dessus un rosier de Caroline Testou et j'ai bien sentu que le proverbe était vrai et je le sens encore chaque fois que je m'assis. Mais ça n'est pas pour ça que je m'ai découragé. J'ai continué de travailler en me disant que si les épines me faisaient mal quelque part, ça n'empêcherait pas les roses de sentir bon au printemps prochain. Pour le latin, c'est la même chose. Assidez-vous carrément dessus les épines et quand ça vous chaupie*[9]*, prenez patience en pensant aux roses.*

Pour la nourriture, d'après ce que je vois vous êtes bien soigné. Mais il faut bien vous dire que ça n'est jamais comme à sa maison et la machersœur du réfectoir (encore un mot que vous stropiez) deviendrait sotte si elle devrait faire au goût de tout le monde. Vous comprenez bien que dans un bazar comme ça il faut de la dissipline. Votre maman dit qu'elle la plint cette machersœur-là et qu'elle en a une bonne d'avoir une ménagerie de plus de cent gamins toujours pendus à ses cottes pour réclamer. Tout ce qu'on vous donne à table est saint j'en suis convainqu et il faut faire un petit effort pour manger beaucoup surtout quand ça ne vous goûte pas. Et surtout il ne faut plus faire des bêtises avec les boulettes. Vous comprenez bien que si vous les cachez dans votre lit, ça va donner un mauvais goût à vos draps sans conter que comme vous le disez vous-même c'est contre le réglement et que vous risquez une belle punition.

Il ne faut pas accroire non plus tout ce qu'on raconte par rapport au café. Si la machersœur prend du premier passé, faut bien vous dire que c'est quasiment le vice de toutes les femmes parce qu'elles prétendent qu'elles n'ont que ça comme agrément et vous savez bien que votre maman fait le même et qu'elle dit toujours qu'il lui faut bien ça pour avoir du nerf tandis que les hommes ils ont déjà leur tabac et de la goutte à l'occasion. Et pour les professeurs vous n'avez pas le droit de

---

8. Glissé.
9. Chatouille.

leur reprocher s'ils boivent temps en temps une bonne tasse parce qu'il faut bien réfléchir qu'à force de toujours causer devant vous autres, et de spliquer et de toujours racommencer pour les ceux qui ne comprennent pas, à la fin ils ont le gaviau[10] *qui est tout rasséché et que pendant qu'ils boivent du café ils ne boivent pas autre chose.*

Nous irons vous voir dimanche prochain avec tout ce que vous demandez, vos mouffes, votre casquette à rabattre dessus les oreilles d'hiver et les biscuits de chez Titine mais pour le jambon et le pendelard je n'oserais pas vous le promettre parce que c'est une affaire qui ne me paraît pas d'èquérre.

Je cède la plume à votre maman et je vous embrasse, cher Joseph, de tout mon cœur. Bon courage dans le latin et l'idrogêne et les Egypsiens et manger comme il faut pour vous soutenir.

Votre père éternel
Antoine Culot

* * *

Cette visite promise à son fils, Toine la fit en auto avec Hilda, sa fille Godelieve et son gendre le docteur Ugène, parents du petit Camille. Ce n'est pas la peine d'avoir pour gendre un monsieur qui possède une belle voiture si l'on n'en profite pas.

Il revint au soir partagé entre la satisfaction d'avoir constaté combien la santé de son héritier était florissante et un souci qui lui pinçait un peu le cœur. C'est qu'il avait eu l'occasion de converser avec le professeur de sixième, et celui-ci, malgré quelques euphémismes délicats, lui avait fait comprendre que le Molonzef était à la fois un gentil garçon et un philosophe assez indolent. « Il devra s'imposer un grand effort », avait-il dit. « Je crois qu'il n'est guère bilieux et rêvasse souvent au lieu de s'appliquer. J'aimerais mieux le voir actif et déluré comme son neveu. Ah, celui-là, c'est un numéro ! Un vrai « spirou » ! Il attrape bien, de-ci, de-là, un pensum pour bavardage et turbulence, mais il mord dans la vie et dans la science avec un tel enthousiasme qu'on lui pardonne tout le reste. « Enfin », avait conclu l'abbé, nous n'en sommes qu'au début. Les résultats de fin de trimestre nous indiqueront ce qu'il conviendra de faire. »

Et ces résultats-là furent convaincants, du moins ils auraient pu l'être pour un père autrement objectif que Toine, aveuglé par sa ten-

10. Gosier.

dresse paternelle et une interprétation tendancieuse des chiffres. Lisant et relisant les cotations affligeantes des examens de Molonzef, il soupirait en conclusion :

— *Il a quand mînme des points partout...*

C'était vrai, mais le total de ces points-là donnait quelque chose comme du quarante-trois pour cent, cependant que le neveu Camille, lui, allait vous chercher allégrement du septante-huit pour cent et qu'une note manuscrite du professeur de sixième affirmait : *Est capable de faire beaucoup mieux encore.*

Et là, vraiment partial, Toine ne manquait pas d'interpréter cette note non pas comme un encouragement mais comme un reproche et il soulignait que le bulletin de son fils, lui, ne portait aucune mention de ce genre. Ce commentaire ressemblait tellement à de la mauvaise foi que T. Déome se fâcha et y alla d'une sentence :

— *L'gamin n'est né fait pour ces études-là èt c'est tout.*

Assez peinée, mais loyale, Hilda dut en convenir et entreprit d'amener son homme à la même conclusion. Ce fut laborieux. À la fin, il trancha :

— *Qu'y fèye toudis in an ! Ça n'peut né l'y fai dou mau* [11].

Mais têtu, et se refusant à laisser le dernier mot à T. Déome, il sortit encore cette drôlerie :

— *Après tout, l'Camille, ça n'est né étonnant qu'il est fôrt en latin. S'popa l'conneut, li, l'latin. C'è-st hèrèditaire, ces affaires-là ! Il a ça dins l'sang.*

— *Ah !* rétorqua l'enrageant T. Déome, *pouqwè ç'qui l'Joseph est l'déré* [12] *en flamind, d'abord ? S'moman l'a dins l'sang ossi, pourtant, l'flamind.*

— *L'latin èt l'flamind, ça n'est né l'mînme.*

— *Gn'a des tchances !*

— *Ça n'si r'chone* [13] *né pus qu'vous à in brave homme,* grogna Toine.

Et il bouda le vieux durant près de vingt-quatre heures.

*
* *

Son année, Molonzef l'acheva, si l'on peut dire, sur la même lancée. L'hiver fut assez dur et long. Le garçon se plaignit d'un gros

---

11. Qu'il fasse toujours un an ! Cela ne peut lui faire de mal.
12. Le dernier.
13. Ressemble.

rhume qu'il appela grippe parce qu'il faisait un tantet de température et qui lui vint à point pour escamoter la moitié au moins des examens du second trimestre. Comme on ne lui voulait que du bien, on n'insista pas et on le laissa mitonner et mignoter sa gentille petite grippe dans un lit de l'infirmerie en compagnie de trois ou quatre gaillards qui promettaient tous de faire plus tard de remarquables tire-au-flanc et des embusqués, à moins que ce ne fût des chômeurs professionnels. Et ce furent peut-être ces jours-là que Molonzef évoqua longtemps comme les meilleurs souvenirs de ce qu'il appelait ses « humanités ».

Et le trimestre d'été, cette année-là, fut torride. Molonzef transpira au point qu'il en maigrit et que son papa s'inquiéta. Naturellement, T. Déome, lui, trouva le moyen d'insinuer que Molonzef embellissait parce qu'il ressemblait beaucoup moins à son père, mais que c'était là un bienfait qu'il ne devait sûrement pas au surmenage intellectuel. Toine répliqua :

— *Pour mi, du momint qu'y n'vos r'chone né, dji sûs contint*[14].

En fin d'année, le petit Camille revint avec un résultat encore amélioré et quatre ou cinq prix d'excellence. A Molonzef, par contre, il fut signifié sans ménagements ni condoléances qu'avec ses quatre dixièmes des points soutenus dans presque toutes les branches, il devait inéluctablement recommencer sa sixième.

Toine en fut marri et humilié. C'est que son Molonzef ne voulait plus, à aucun prix, entendre parler de latin. Ce fut son beau-frère, le docteur, qui proposa la solution la plus raisonnable :

— Joseph n'a pas le goût de ce programme-là. Inscrivez-le donc en section moderne. Là, avec les notions qu'il possède déjà, il pourra repartir d'un nouveau pas.

Et Toine, après quelques réticences de pure forme, finit par admettre l'idée. Au fond, elle le soulageait.

14. Pour moi, du moment qu'il ne vous ressemble pas, je suis content.

X

L'IMPAYABLE RIQUET

Riez, le rire est beau dans ce siècle rempli
D'habits noirs solennels et de gravités bêtes !
Ch. GRANDMOUGIN.

Pendant qu'il se débattait avec ses soucis, la chronique villageoise s'enrichissait d'un fait nouveau, mais pas tellement étonnant pour certains, qui l'avaient prévu tout de suite. Si le Molonzef perdait une année d'études, ce qui n'était tout de même pas catastrophique en son cas, Monsieur l'inspecteur Chardon, lui, galopait, si l'on peut dire, pour rattraper toutes celles qui, mine de rien, risquaient de lui gagner le titre de vieux garçon. Bonté divine, ce qu'il mettait d'entrain et d'empressement pour combler ce que les sportifs appellent le handicap ! On ne voyait vraiment plus que lui à l'hostellerie des oncle et tante de Marie. Il ne ratait plus un week-end. Et il le prolongeait chaque fois de façon telle que, pour donner le change à ceux-là qui se demandaient s'il n'anticipait pas un peu sur sa mise à la retraite, il en était venu à apporter avec lui, chaque semaine, une grosse serviette bourrée de papiers officiels sur lesquels, si l'on s'en fiait à son air pénétré, il écrivait des choses de très haute importance. Il était accouru à l'auberge la veille des vacances de Pâques et les y avait passées complètement.

Il n'était plus le même homme, tous ses subordonnés s'accordaient à le reconnaître, et la métamorphose tenait du coup de théâtre. Rien ne subsistait de sa hauteur, de ses exigences tatillonnes, de son inaptitude à la moindre forme d'humour. L'adjudant pédagogique d'hier n'était plus qu'un souvenir. Il en était venu à faire comprendre à ses subalternes qu'il était pour eux une sorte de collègue fraternel qui devait bien, pour sauver les formes, leur rendre de temps à autre une visite officielle. Mais ce n'était là que pur formalisme qui lui pesait et qu'il fallait surtout se garder de prendre pour contrôle soupçonneux et mal intentionné.

Une sorte de miracle, qu'on vous dit ! Tous les bons petits instituteurs du canton, depuis les débutants transis jusqu'aux pépères chevronnés, n'en revenaient pas, du moins au début, car ils ne mirent pas longtemps à deviner ce qui n'avait d'ailleurs rien de tellement mystérieux. Et celui qui se chargea de les éclairer parfaitement, ce fut, on s'en doute, le papa Dardenne.

Il riait, il riait, ce brave Dardenne ! C'est que le retournement du caractère de son inspecteur était bien plus complet encore qu'il n'y paraissait. Voilà-t-il pas qu'il assistait dévotement, chaque dimanche, à la grand-messe de Trignolles et, pour prouver la sincérité de son attitude, il avait tout bonnement fait ses pâques dans la paroisse ! Hé oui, cette petite Marie, qui était tout le contraire d'une éventée, lui avait montré une souriante fermeté devant certaines conditions à un accord qui, laissant large place à l'espérance, n'en restait pas moins de principe encore.

Et il allait, il allait, M. l'inspecteur, pour gagner des points et couronner sa flamme ! Plus Marie se révélait femme de tête, plus il l'aimait, démontrant ainsi que l'homme est un conquérant foncier que stimule l'obstacle et que tiédit la facilité. Avec Marie, il était bien servi : cervelle claire, cœur raisonnable et fermeté veloutée, sans compter un grain de malice qui trouvait son plaisir à faire danser le soupirant sur le gril, elle avait tout pour l'amener à l'état où elle le voulait avant de l'assumer.

Finalement, il avait obtenu son exequatur et l'on avait craint un moment pour sa raison. Il flambait littéralement de bonheur. Hilare et distrait, il commettait des bévues attendrissantes et il accordait à l'humanité entière une bienveillance qui touchait à la candeur.

Il fut décidé que le mariage se célébrerait vers la fin des grandes vacances, lorsque le plus gros de la clientèle touristique de l'auberge, repliant bagages, laisserait à Marie assez de liberté pour s'occuper de ses propres affaires.

* * *

En cette universelle euphorie, il en était un qui ne digérait pas ce mariage et n'y parviendrait jamais. Et c'était tout simplement le Riquet Verluisant. Il aimait beaucoup Marie, à sa façon, s'entend, qui était celle d'un galopin de dix ans pour une grande fille qui lui témoignait une amitié condescendante et amusée et que, il faut bien le dire aussi, il trouvait aussi belle que gentille. Il eût été le garçon à lui dire : « Marie, vous avez tort d'épouser ce vilain oiseau qui a voulu naguère m'infliger une punition imbécile. Attendez plutôt quelques années. Laissez-moi le temps de grandir. Une fois à point, on arrangera quelque chose nous deux et vous verrez que je suis bien capable de faire mieux que ce métier de charlatan qui est celui de votre Monsieur l'inspecteur. »

Non, il ne l'admettrait jamais, lui, Rik, cette alliance incompréhensible. Et il le dit tout crûment à son instituteur et à Madame Dardenne qui, égayés, s'employèrent quand même à corriger l'opinion du pétulant gamin, mais n'y parvinrent guère.

Cette opinion, il tenta de la faire partager aussi par son curé, qu'il honorait de son estime fort éclectique. Et le brave homme finit par rire aussi, mais Riquet garda intacte son aversion pour le sieur Chardon.

Pour changer de sujet, l'abbé en vint à lui proposer :

— Être enfant de chœur, ça te plairait ? Il va m'en manquer un. C'est le petit Gusse Charlier de qui les parents vont quitter le village dans un mois.

— Ça va ! exulta Riquet. Je peux commencer tout de suite ?

— Bien sûr !

Mais soudain, il se rembrunit...

— À une seule condition, articula-t-il en élevant un index sévère, c'est que je ne sois pas obligé de servir la messe de mariage (il y alla d'une grimace dégoûtée), du Mossieu l'inspecteur !

— Bon, concéda l'abbé, je t'en dispense.

La décision était sage. C'est qu'il croyait le gaillard bien capable de troubler la cérémonie par quelque esclandre.

Malgré quoi, son esclandre, le bon curé l'eut bientôt, mais pas du tout sous la forme que sa diplomatie évitait. Il croyait de bonne foi que l'inspecteur était le seul au monde que son Riquet détestât. Grave erreur, et l'espiègle, une fois ensoutané de rouge et coiffé d'un petit calot écarlate qui faisait de lui une miniature de cardinal, se chargea de le lui démontrer bientôt.

* * *

Au second rang des vindicatives inimitiés du Riquet, il y avait la demoiselle Philomène Coupette. Jamais le gamin n'avait digéré le sale tour qu'elle avait voulu lui infliger et le risque d'étouffement qu'il avait encouru lorsqu'elle avait chu sur lui après une manœuvre qu'il tenait pour traîtrise.

Pendant plusieurs semaines, il se montra fort sage et appliqué. En novice sérieux, il apprenait le métier. Et il semblait avoir oublié Mam'zelle Coupette pour la toute simple raison que, suivant son habitude, elle passait la fin de l'hiver sur la Côte d'Azur.

Mais elle revint en mars. Et Riquet, la découvrant à la grand-messe, en eut les sangs remués. Elle était là sur sa chaise garnie de velours, la toute première du second rang, bronzée par le soleil de la plage et plus altière et dédaigneuse que jamais. Pendant que son curé prêchait, Riquet, assis sur son tabouret dans le chœur, observait la demoiselle du coin de l'œil, ruminait de vilaines épithètes et, soudain illuminé, arrêtait son plan de vengeance.

C'est lui qui était chargé de la collecte. Le curé n'était pas encore descendu de la chaire qu'il se précipitait sur le plateau des offrandes et commençait sa tournée par une nef latérale, remontait par la grande nef et arrivait à la hauteur de Mam'zelle Coupette sans que celle-ci, distraite peut-être, l'eût attendu.

Le regard qu'elle lui lança n'était pas encourageant, mais tout de même, elle se mit à farfouiller dans son sac, en tira un porte-monnaie qu'elle ouvrit fébrilement, y chipota du bout de ses doigts gantés, travailla avec une telle maladresse qu'elle n'en sortait pas.

L'abbé avait bien recommandé à son Riquet : « Il ne faut jamais gêner les gens. Si tu vois qu'ils sont embarrassés, soit qu'ils n'aient pas d'argent sur eux, soit qu'ils éprouvent une difficulté à le retrouver et le sortir, tu ne dois pas insister et te planter devant eux avec l'air d'attendre. Ce serait impoli. Tu passes discrètement et c'est tout. »

Règle excellente, mais pas du tout d'application quand il s'agit d'une Mam'zelle Coupette, jubila le marmot.

Au contraire, il profita de la belle occasion pour s'enraciner devant la paroissienne avec un air de résignation si rosse qu'il fit pouffer tous les témoins de la scène.

Cela dura bien une longue minute. Philomène paraissait furieuse. Mais que faire ?

Enfin, elle parvint à extirper de son porte-monnaie une pièce de cinquante centimes qu'elle jeta rageusement sur le plateau.

... Mais le Riquet ne s'en allait pas pour autant. Il rattrapait la pièce, l'élevait avec un air dégoûté à la hauteur de ses yeux et murmurait doucement :

— C'est tout, Mam'zelle ?

Les bajoues de la grosse femme s'étaient mises à trembloter de fureur et ses yeux flamboyaient, cependant que le Riquet, très fier de son coup, s'en allait tranquillement.

Il aurait pu s'en tenir là, mais le jeu, sans doute, lui paraissait trop beau.

Il recommença donc le dimanche suivant et, cette fois, encaissant la piécette, il ricana — et il fut clairement entendu par l'entourage — :

— *Faut croire qui v's'astouz bé strinduwe !* [1]

Outrée, la demoiselle ne put se tenir de grincer une injure à l'adresse du mauvais sujet :

— Sale petit voyou !

L'apostrophe sembla faire plaisir à Riquet. Il s'en alla en riant.

Mais le troisième dimanche, il exagéra.

Une fois la pièce de cinquante centimes déposée sur le plateau, il la prit encore et l'examina sur les deux faces, comme pour en expertiser l'aloi. Tous ceux et celles qui le virent se rappellent le geste qui suivit. Il la déposa sur le prie-Dieu de Philomène avec cette sentence tranchante :

— Elle est fausse !

Et cette fois, la dondon fut si suffoquée qu'elle ne trouva rien à répondre, mais que, les jambes fauchées, elle dut rester assise pendant presque tout l'office.

Et celui-ci terminé, elle attendit un court instant avant de se ruer vers la sacristie où le bon curé l'accueillit avec inquiétude, car elle paraissait animée d'intentions meurtrières. Sans autre préambule, elle brandit son demi-franc et dit pour commencer :

— Voilà !

Le Riquet n'avait pas attendu ce mot-là pour déguerpir, laissant à ses acolytes le soin de ranger sa soutanelle, son surplis et sa calotte.

Il eut le temps d'entendre :

— Cette pièce est-elle fausse, oui ou non ?

La suite du dialogue, il la connut par ses copains. Il paraît que la commère était hors d'elle-même et que le pauvre curé ne parvenait pas à placer un mot. Elle parlait d'écrire à l'Évêché, au Procureur du roi, à la gendarmerie, au juge des enfants. Et dans l'avalanche de phrases dont elle submergeait le brave homme, on entendait aussi : « tribunal... pénitencier... graine de bandit ! »

À la fin, le curé avait réussi à dire sur un ton assez ferme :

1. Faut croire que vous êtes bien serrée.

— Calmez-vous ! Je vais m'occuper moi-même de cette histoire. Cela ne se reproduira pas.

Mais on avait cru deviner qu'il riait, une fois agenouillé dans le chœur sur son prie-Dieu pour faire son action de grâces. Et le résultat final, c'est que le Riquet, dûment tancé le jour même après les vêpres, s'était entendu signifier qu'il ne ferait plus désormais la collecte durant la grand-messe.

*
* *

Un peu plus tard, l'abbé et le papa Dardenne se rencontrèrent.

— Faut que je vous raconte la dernière farce de ce diable de Riquet, annonça l'instituteur. Naturellement, c'est encore son ineffable copain, le gros Barbazon, qui en a été le dindon.

On était au mois de mai. Histoire d'exercer le sens de l'observation chez ses potaches, le maître leur avait proposé comme sujet de composition française non plus une lettre ni une narration, mais la description d'un insecte fort commun à ce moment-là : le hanneton.

— Vous me remettrez vos feuilles après-demain, avait décidé le papa Dardenne.

C'était là un petit travail facile pour le Riquet. Mais pour son inséparable Barbazon, quelle montagne ! Devinant son embarras, le Riquet, magnanime, lui avait promis :

— T'en fais pas... Ta rédaction, je m'en charge, tu l'auras demain.

— Mais si elle ressemble à la tienne, le maître aura de la « doutance », avait objecté le pauvre gros, et on sera peut-être punis tous les deux.

— T'en fais pas, que je te dis ! Je connais ton style et ta rédaction portera ta marque de fabrique.

— ... Cette rédaction, la voici, Monsieur le curé, fit le bon Dardenne tirant de sa poche un papier où l'abbé reconnut aussitôt la lourde écriture de Barbazon. Et le titre déjà le mit en joie :

L'âneton

L'âneton est un insecte fort quadrupète de la famille des escargoléoptères, mais son vrai nom, c'est la balouge. Il ne vit pas longtemps parce que les gamins lui font la chasse et que les autres bêtes comme les oiseaux insectivores nourrissent leur famille avec lui. Avant d'être âneton il reste larve pendant des années dans la terre sous la forme d'un gros moulon tout blanc. C'est un animal fort nuisible parce qu'il est herbivore comme les vaches et il mange tout ce qu'il trouve.

Il a beaucoup de pattes des deux côtés de son ventre et quand on le met sur son dos il les remue, mais il est si bête qu'il ne pense même pas à se servir de ses ailes pour s'envoler. Et pourtant, il en a deux paires. Alors, on a tout le temps de voir que sur son ventre il a des lignes blanches. Sur sa tête, il a encore deux espèces de petites cornes avec des machins comme des petites brosses et son dos est brun comme du chocolat, à part son cou qui est noir on ne sait pas pourquoi.

Au bout de son ventre, il a une petite queue pointue qui sert aux gamins qui sont cruels pour y piquer une aiguille avec du fil de couturière et ainsi ils font tourner l'âneton en l'air et il est obligé d'ouvrir ses ailes comme pour se sauver, mais il ne voit même pas qu'il tourne sur place tellement il n'a pas d'intelligence.

La preuve qu'il est bête, d'ailleurs, c'est que quand quelqu'un est fou, on dit qu'il a une balouge dans sa tête. Et il est encore nuisible autrement. Quand les poules en mangent elles deviennent laides et pondent des mauvais œufs que l'on met à part pour les envoyer dans les villes.

Conclusion. Quand nous rencontrons un âneton, il faut le tuer mais sans le faire souffrir et surtout ne pas le mettre dans l'encrier de son banc à l'école parce qu'alors il en sort tout plein d'encre et il se promène sur les livres et les cahiers du condissipe qui sont tout chauborés[2] *et il est sévèrement puni.*

* * *

— Je me demande, fit l'abbé lorsqu'il eut terminé la lecture de ce morceau-là, lequel des deux gaillards a une balouge dans la tête. Ce ne peut être le pauvre Barbazon parce que lui, positivement et charitablement dit, n'a vraiment rien dans la cervelle. Alors, c'est le Riquet. Si ce n'est une balouge, c'est un pinson, car j'ai rarement vu garçon plus drôle et plus farceur.

— Il a heureusement du cœur aussi, souligna l'instituteur.

— Bien sûr, mais à sens unique. Il n'est pas recommandé d'être son ennemi.

— Un bien grand mot quand il s'agit de lui. Je ne le crois pas capable de haïr. Seulement, il est des gens qui l'agacent, alors sa ros-

2. Mâchurés.

serie s'éveille et il n'y va pas de main morte. Que voulez- vous, il est de l'école de T. Déome et il est peut-être son meilleur élève.

— Tout de même, ces tours qu'il joue à son grand ami...

— Il se ferait tuer pour lui. Mais voilà... Quand on a un gros Barbazon sous la main, dites-moi, Monsieur le curé, peut-on résister au plaisir de l'utiliser pour rire un peu ? Le Créateur sait tout de même bien ce qu'il fait lorsqu'il le lâche dans le circuit, je suppose. Des Barbazon, il en faut. La terre serait bien morne si elle n'était peuplée que de gens raisonnables. Sans la gaieté, elle serait inhabitable.

— Je vous laisse la responsabilité de votre philosophie, cher ami, fit l'abbé pas trop convaincu.

Malicieux, il ajouta :

— Je me demande, en tout cas, ce que penserait votre inspecteur de votre indulgence devant les frasques du Riquet...

Le papa Dardenne éclata de rire :

— Pouh, celui-là, l'indulgence, il ne connaît vraiment plus que cela. Il vit dans l'enchantement de chaque instant. Être amoureux, vous ne savez donc pas ce que c'est, Monsieur le curé ?

— Si j'en juge par ce que vous m'en dites, pouffa l'abbé, être amoureux, c'est promener une « balouge » dans sa tête !

* * *

Lorsque l'instituteur mit cette belle œuvre sous le nez de T. Déome et de Toine, celui-ci se contenta de dire : « Ça n'est pas permis ! On n'a pas tout vu avec ce sacré gamin-là. Non, on n'a pas tout vu... » Mais T. Déome, lui, en pleura et bava sur son gilet. Et Toine, qui le contemplait, ne put se tenir de remarquer avec un air qui se voulait amer :

— *L'Riquet, y s'ra ossi vauré qu'vous et ça s'ra in grand malheur, ène calamitè, oyi, un vrai dèsasse.*

T. Déome riait plus encore. Et il se fit relire le morceau après avoir recommandé à l'instituteur :

— *Né trop rade, pou n'ré z'è piède !* [3]

3. Pas trop vite, pour ne rien en perdre !

XI

BACCHUS AU COLLÈGE

Un âne ne boit que s'il a soif, mais c'est parce qu'il ne boit que de l'eau.

Beroalde de VERVILLE.

Deux ans plus tard, le Riquet, malgré son instinctive répugnance pour la vie encagée, allait rejoindre au collège son oncle Molonzef et son cousin Camille. Il y avait mis deux conditions :

La première, c'était qu'on ne lui infligeât point la section gréco-latine. On lui fit la concession, qu'influença le cas de Molonzef, martyr et transfuge de « rosa, servus et oppidum ».

La seconde, c'est qu'il ne pouvait être considéré, lui, Riquet, que comme un stagiaire, un monsieur qui allait voir de quel bois on se chauffait dans ce qu'il appelait « cette foutue boutique ». Si ne lui plaisait pas le régime, il était bien entendu que, sans préavis ni avertissement, il raccourait chez lui, à pied s'il le fallait, et que le départ était définitif.

Comme il était bien capable de passer à l'exécution, sa maman, pour le faire à la fois réfléchir et fléchir, lui demanda :

— Et si tu reviens, que feras-tu ?

— C'est réglé, trancha le petit diable, je travaille avec papa.

— S'il le veut bien.

— Il n'a pas le droit de me mettre à la porte avant ma majorité.

Devant une telle science juridique s'ajoutant à la fermeté du caractère, on n'était pas trop rassuré le jour où il entra dans la « foutue boutique ». Et le curé, mis au fait des dispositions de Riquet, crut bien faire de profiter d'un petit voyage au chef-lieu du canton pour en instruire le principal de l'établissement. Ce fut utile. Le portrait du gamin parut plaire au principal. Il résuma ses impressions : « Du ressort et de la ressource... Un joyeux marmot, capable d'une belle générosité, mais que l'on devra tenir à l'œil. » Il ajouta :

— J'ai un faible pour ce genre de client. Quand on s'y prend bien, on en tire souvent plus et mieux que des précoces petits vieux.

Tout se passa assez bien durant le premier mois et le Riquet envoya à ses parents une ou deux lettres aussi brèves que rassurantes. Il disait tout simplement :

Je m'amuse bien et j'ai deux bons copains. Je n'ai encore été puni que deux fois parce que je parlais dans la salle d'étude. Il y a un professeur que je n'aime pas parce qu'il ne rit jamais et qu'il parle du nez. Mais les autres sont plus rigolos. La nourriture est bonne, mais on ne fait jamais du macaroni. Je vous embrasse tendrement.

Rik.

* * *

Mais quelques jours plus tard, ça se gâta sérieusement. Il y avait dans la classe de Riquet un grand dadais qui se croyait malin et se montrait beaucoup plus avantageux sur la cour que devant le tableau noir. Il jouait au monsieur qui en sait long sur le sport, par exemple. Et lorsqu'il apprit que le Riquet était le descendant d'un certain Verluisant qui avait eu son heure de gloire au Tour de France, il l'entreprit avec un ton très supérieur et même dédaigneux.

Le nigaud ne soupçonnait pas qu'il mettait le doigt sur le point le plus sensible de l'honneur familial de Riquet qui, tout de suite, serra les dents et les poings, cependant que son regard se durcissait. Mais l'autre, qui avait tout du pachyderme, y compris le poids, ne s'en aperçut pas et continua :

— N'a pas fait long feu dans le Tour, ton père ! L'a bien gagné une étape ou deux par chance, mais après, on n'a plus jamais entendu parler de lui. Y s'est retiré et il a bien fait. Sur le plat, il ne roulait pas trop mal, mais dans la montagne, il ne valait rien...

Le sot avait à peine lâché ce dernier mot qu'il roulait, lui, et fort bien, sur le sol avec un nez ensanglanté. Et le Riquet n'était pas encore satisfait. Acharné comme un jeune fauve, il se précipitait sur l'ennemi déjà vaincu et lui malaxait la figure à coups de poing et le derrière à coups de pied. Il l'eût peut-être massacré sans l'intervention du surveillant qui dut employer toute sa vigueur pour décrocher l'enragé gamin de sa victime.

On voit d'ici les suites... Enquête, explications et sanctions. Pour le grand dadais, on estima qu'il était largement puni et, sans le lui dire, qu'il n'avait pas volé la leçon. Mais on ne pouvait équitablement tenir Riquet pour quitte et libre. Il fut privé d'un après-midi de promenade et condamné à noircir du papier de format écolier durant trois heures d'horloge. Cela comportait entre autres une dissertation sur « La patience entre condisciples ». Après, venaient des exercices sur les fractions. Pour finir, il devait conjuguer complètement trois verbes français, bien choisis pour la difficulté grammaticale et le sens allusif. C'était : assaillir, se battre et ensanglanter. On lui promettait aussi un zéro en conduite sur son prochain bulletin mensuel.

Riquet se moquait éperdument de toutes ces condamnations. L'honneur de sa race était généreusement vengé, il avait gagné l'estime admirative de ses copains et il sentait que le suivrait partout sur son petit crâne blond une auréole de champion qui ne devait rien à celle du Cid.

* * *

Ils étaient plusieurs, ce jeudi-là, à se voir privés de promenade. Comme le pensionnat entier se mettait en route pour gagner les champs et les bois, on vint les installer dans la salle d'étude sous la surveillance d'un professeur, le gros abbé Busiau à qui ce service volontaire ne pesait guère, car c'était un homme tranquille et grand liseur de journaux et de nouveautés littéraires. Du moment qu'il pouvait fumer son cigare en paix, il s'estimait heureux. Sa faiblesse, que lui infligeait sans doute une digestion lente, était de s'endormir souvent le nez dans ses livres. Et cependant que son cigare achevait de se consumer dans le cendrier, le bonhomme ronflait comme un bienheureux.

Le premier soin des punis fut de se compter. Ils étaient cinq de qui l'âge s'échelonnait de onze à seize ans et cela formait un joli peloton de galopins bien faits pour s'entendre et monter un gang s'il le fallait. Le trop spirituel professeur de seconde les appelait « les zéphyrs » [1].

Tout se passa bien pendant la première heure. Au bout de quoi, histoire de se dégourdir les jambes, l'abbé fit à tout petits pas le tour de la salle en fumant son second cigare. Il jeta un coup d'œil sur les feuilles que barbouillaient les cinq gavroches et regagna son fauteuil de placide garde-chiourme.

Cinq minutes plus tard, il partait au pays des rêves.

---

1. En argot militaire, nom des soldats des compagnies disciplinaires.

C'était sans doute ce moment-là qu'attendait le Riquet. Il fit un signe à son copain, un petit roux surnommé pour cette raison Maucuit et qui était bien le plus franc goussepain que le collège eût jamais abrité dans ses murs.

Et les deux compères, sans faire plus de bruit qu'un vol d'hirondelles, ouvrirent la porte du fond de l'étude, la refermèrent et filèrent.

Leur but ? Ils n'en savaient rien. Ils voulaient peut-être et tout bonnement se prouver qu'ils étaient capables de s'évader, mais à présent qu'ils tenaient la liberté, elle les déconcertait un peu.

— Faudrait ouvrir l'œil pour pas se faire agriffer par les profs qui sont dans la boîte, souffla le Maucuit.

— Si on allait faire un tour du côté des caves ? proposa Riquet. Je connais la porte d'entrée. Elle est toujours ouverte.

— Ça va !

Ils furent au bas de l'escalier en quelques secondes.

— Fait noir, constata le Riquet.

Mais l'autre trimbalait toujours avec lui dans ses poches un petit matériel à tous usages et cela comportait des allumettes. Il en fit flamber une.

Cette cave était vaste et contenait des richesses. Divisée en logettes, on y trouvait une véritable mine de flacons divers, couchés sur des étagères en bois ou en métal, que l'on apercevait à travers des portillons à claire-voie. Mais le malheur, c'est qu'ils étaient tous, ces portillons, solidement fermés par des cadenas de types divers. Chaque loge portait une étiquette avec le nom de son usager.

O surprise ! O merveilleuse attention du ciel ! Le cadenas de l'abbé Busiau, brave homme très distrait, n'était pas fermé. Il pendait, béant, inutile, accroché comme un symbole de confiance ou de négligence à l'un de ses pitons.

— Mince ! souffla Maucuit, on va s'offrir quéques échantillons. On n'est pas venus ici pour se faire baver.

— Je prends celle-ci, décida le Riquet, ç't'une belle grosse. Allume, pour voir ! Tiens, tu vois : *Pommard*. Ça doit être du cidre. Ça se fabrique sûrement avec des pommes.

— Moi, je prends celle-là et puis encore celle-ci, pour les copains, dit le Maucuit.

Il fourra les deux bouteilles dans son blouson dont il resserra la ceinture et ils remontèrent aussitôt.

... Un coup d'œil par le trou de la serrure de la salle d'étude. Le bon abbé Busiau dormait toujours, les bras croisés sur sa bedaine. On ne voyait que le sommet de son crâne chauve appuyé sur sa poitrine. Ils rentrèrent.

— Hé, souffla le Maucuit à l'adresse des trois pénitents restés dans la salle, on va pomper. J'ai un tire-bouchon.

— Moi aussi, dit un autre.

* * *

Ce qui suivit est inénarrable.

Cependant que l'abbé voguait dans son rêve de pacha heureux, les cinq joyeux convicts s'offraient une scandaleuse ripopée de pommard, suivie d'une pleine bouteille de chambertin. Ils buvaient au goulot, l'un se plaçant devant l'autre pour le masquer pendant qu'il opérait.

Et cela finit par un flacon qui contenait quelque chose de foudroyant et dont ils avalèrent à peine une gorgée. L'étiquette indiquait : *Vieil Armagnac.*

Le bon abbé Busiau s'agita un peu, mais se rendormit tout de suite.

Ce qui le réveilla, quelques minutes plus tard, ce furent les ronflements des cinq criminels, affalés tous sur leur banc.

D'abord, le pauvre homme ouvrit une grande bouche, se frotta les yeux, plissa ses paupières de myope, se fit un abat-jour de la main et, croyant à une fumisterie, tapota le bord de son pupitre à petits coups de règle et fit, débonnaire :

— Eh bien ?

Pas un ne bougea.

Il répéta sur un ton impatient :

— Eh bien ? On s'amuse ?

Mais comme cela ne donnait rien, sinon un renforcement du concert, il se décida à descendre, pas très content, de l'estrade où il trônait et les planches gémirent sous son poids.

Cette fois, ce fut un autre gémissement qui lui répondit. Le Maucuit fit « Oûwoû » comme s'il souffrait.

Et ce fut vers lui que le pauvre abbé se dirigea d'abord. Ce qu'il dormait bien, ce diabolique Maucuit ! Vaincu, anéanti, il n'avait sûrement plus conscience de l'endroit où il se trouvait et n'en avait cure. Un filet de bave coulait lentement de sa bouche béante sur sa feuille de pensum et, parfois, un sourire fugitif égayait sa face comme celle du bébé repu après le biberon. Il était presque attendrissant et l'abbé, éperdu et en nage, ne savait vraiment que faire.

Il passa au suivant, le grand Pietquin, un loustic encore et cheval de retour si brillant des retenues du jeudi qu'il aurait pu déjà, à quinze ans, écrire « Mes prisons ». Fort en avance aussi pour son âge dans la façon de ronfler, il eût rendu des points à une contrebasse. L'abbé passa outre et se pencha sur Riquet...

Et c'est alors qu'il découvrit, posée sur sa banquette, une bouteille de chambertin proprement exécutée et qu'il comprit tout. Deux pas plus loin, il trébucha sur le cadavre du pommard. Et le cinquième compère, l'illustre Maniquet, qui redoublait toutes ses classes, serrait dans sa main le goulot de la demi-bouteille de vieil armagnac à peine entamée et qui, par miracle, restait en position à peu près verticale. Stupéfait, ahuri, indigné plus encore devant ce qu'il tenait pour profanation avant d'y voir de l'indiscipline, l'abbé sauva d'abord la bouteille et l'opération ne réveilla pas du tout le dormeur. Il mâchouilla « beuh, beuh ! » et, en toute innocence, fit rouler sa tête de droite à gauche sur ses bras croisés.

Alors, le bonhomme Busiau, vraiment furieux et en même temps pris d'épouvante devant sa responsabilité, décida de recourir aux grands moyens. D'abord, il martela de solides coups de poing la table d'un banc et cela produisit un énorme tintamarre. En même temps, il criait : « Debout ! Debout ! Bande de polissons ! »

Mais le procédé ne donna vraiment rien qui valût, si ce n'est quelques grognements de gorets. Cela y ressemblait même si bien que le pauvre homme, excédé, cria cette fois :

— Tas de petits cochons, debout, vous dis-je !

Et en même temps, il entreprit de les secouer, l'un après l'autre. Le Maucuit roula sous son banc et se fit mal, car il gémit, mais sans se relever :

— Où qu'on est ?

Ils se mirent tous à bâiller en chœur et à promener des regards tâtonnants sur la salle, sur le mobilier, sur l'abbé, et le grand Pietquin, pour finir, s'abîma dans un rire convulsif.

Le Riquet, lui, se mit à chanter. Quoi ? On ne sait plus. L'abbé prétend que c'était une romance égrillarde, mais le Riquet, lui, soutient que c'était du plain-chant et qui visait à atteindre le Magnificat, à moins que ce ne fût le Veni Creator.

... Ce fut à ce moment que le professeur de sciences naturelles, qui avait entendu du remue-ménage du côté de la salle d'étude, vint passer la tête dans l'entrebâillement d'une porte et, intrigué par le tableau, rejoignit son malheureux confrère, qui transpirait encore et toujours de honte, de colère et de détresse.

— Je suis déshonoré, haletait le pauvre homme pour toute explication.

Mais le confrère comprenait vite. Trois mots lui suffirent même pour deviner. Et aussitôt, ce chimiste se révéla précieux par sa science et son esprit de décision.

— Je reviens dans une minute, dit-il.

Et il disparut pour rentrer, l'instant d'après, avec une grande éprouvette pleine d'ammoniaque. Il la promena sous le nez des cinq petits pochards qui se débattaient, cependant que le pauvre abbé Busiau les maintenait d'une poigne sans douceur.

— Respirez fort, leur enjoignait le chimiste. Je ne vous lâcherai pas avant que vous ayez respiré à fond.

Bon gré, mal gré, ils durent bien y passer. L'ammoniaque leur faisait l'effet d'un coup de lancette dans le nez et dissolvait instantanément les vapeurs d'alcool qui leur embrumaient la cervelle. Et l'un après l'autre, ahuris, ils se passaient la main devant les yeux, comme revenant d'un monde inconnu et regardaient avec étonnement tout ce qui les entourait, surtout les deux abbés, l'un sévère et toujours affolé, l'autre souriant sardoniquement d'un bon tour qu'il venait de leur jouer. Le Riquet fut probablement l'un des premiers à comprendre, car il éclata de rire, ce qui lui valut une gifle magistrale du gros abbé Busiau. Le pauvre homme était à bout de nerfs et plus malheureux que jamais.

— À présent, ordonna l'abbé chimiste à la bande des fripons, au travail ! Et faites-moi quelque chose de soigné, hein !

— Faudrait... faudrait faire disparaître... les choses... enfin, les... bafouilla l'abbé Busiau.

— Oui, les corps du délit, précisa le chimiste.

Et toujours expéditif, il attrapa un sac d'écolier qui traînait sur un banc, y fourra les flacons et se prépara à remonter chez lui. Son collègue le rattrapa comme il sortait, chuchota :

— Tout cela doit rester entre nous, n'est-ce pas ? Si on l'apprend, ma situation ici n'est plus tenable.

— Pouh ! le rassura l'autre, soyez tranquille, ils ne s'en vanteront pas !

— Savez-vous que je viens de découvrir que c'est mon propre cellier qui a été dévalisé, fit naïvement le gros abbé avec un air de profonde indignation. Oui, j'ai reconnu mes bouteilles. Elles sont toutes marquées.

— Circonstance aggravante, dit le chimiste un peu moqueur.

— Je ne sais ce qui me retient d'étrangler ces cinq bandits, gronda le gros Busiau.

— Un ou deux pourraient suffire, conseilla le chimiste avec un rire très jeune.

* * *

C'est à peine croyable, mais l'affaire mit du temps à s'ébruiter. Il est vrai que les cinq conjurés se tenaient cois, parce que le gros abbé Busiau leur avait promis qu'à la moindre incartade, il les dénoncerait à M. le principal qui, sûrement, n'hésiterait pas à les remballer dans leurs foyers en congé définitif. « Je vous conseille donc le silence », leur avait-il recommandé avec un machiavélisme un peu épais.

Le soir même, le Riquet écrivait à ses parents. Il ne leur dit rien de l'équipée. Mais on pouvait relever dans son épître cette phrase énigmatique : « *Les professeurs, il y en a des bons, mais celui de la science naturelle, je ne l'aime pas parce qu'il est méchant et qu'il connaît des trucs de sorcier. Il y en a encore un autre, un gros qui se met en colère pour des riens et je suis à peu près sûr qu'il boit.* »

Passant sous les yeux du censeur, ce beau texte éveilla la suspicion de l'homme qui sentait d'ailleurs qu'un certain mystère planait dans la maison à propos d'un vol de spiritueux.

Et puis, au bout de quelques semaines, jugeant peut-être qu'il y avait prescription et donc rassurés sur leur sort, les cinq gaillards, se relayant, en vinrent à des bribes de confidences. Il n'est pas exclu non plus que le professeur de chimie se soit libéré auprès d'un collègue du joyeux secret qui l'étouffait. Enfin, il y eut dans les caves de la maison l'intervention d'un serrurier qui vint fixer sur la porte du cellier personnel du gros abbé Busiau une de ces serrures dont seul un cambrioleur bien outillé peut venir à bout. On en taquina l'abbé qui y vit autant d'allusions. On y revint si souvent qu'il finit par se convaincre que chacun était au fait. En conséquence de quoi il se chargea de raconter l'affaire lui-même, mais de façon fort tendancieuse, ce qui n'empêcha pas Riquet de gagner encore beaucoup de sympathie et l'élargissement de son renom de personnage malicieux et débrouillard. Il n'y accorda guère d'attention. Tout entier braqué sur le présent, il tenait de tels événements pour souvenirs assez insignifiants. Et l'avenir aussi l'intéressait, mais il y pensait rarement parce que, depuis toujours, il était bien entendu qu'il serait mécanicien et garagiste.

Monsieur le principal joua toujours à l'homme qui ne sait rien et ne comprend rien aux allusions. Mais il lui arrivait de rire seul, même en lisant son bréviaire.

*
* *

À la fin de cette première année, les résultats de Riquet étaient plus qu'honorables. Premier en gymnastique, il attrapait un prix en mathématiques et un autre en sciences naturelles. À mesure que le temps passait, il avait accordé son estime au professeur qu'il avait longtemps appelé « l'empoisonneur » et, pour finir, l'ayant trouvé vraiment intéressant et compréhensif, il était devenu son ami. Mais le gros abbé Busiau, de qui il ne serait l'élève que beaucoup plus tard, il avait décidé qu'il ne l'aimerait jamais. Et il confiait à ses copains :

— J'ai l'idée qu'il est toujours soûl. La preuve : il a le nez rouge, il dort toujours, il est gros et il est méchant.

Au total, dénué de toute ambition et travaillant comme dans un fauteuil, le Riquet vous cueillait près de septante pour cent des points mais avec des fléchissements déconcertants en certaines matières. C'est ainsi qu'en langue française, classé parmi les premiers pour l'orthographe, il ébahissait son professeur chaque fois que ce malheureux corrigeait une rédaction du personnage. Elles portaient toutes la marque d'une fantaisie si folâtre que l'on se demandait si l'on avait affaire à un humoriste congénital ou bien à quelque drôle mal équilibré. Et c'est ainsi que le professeur ayant proposé à la classe, lors d'un examen de composition française, ce sujet émouvant : *Lettre de condoléances à un ami qui vient de perdre un proche parent*, ce diable de Riquet vous avait d'office intitulé son factum : *Lettre à un ami qui vient de perdre son oncle curé.*

Et le professeur ne sait pas très bien encore de qui le Riquet se moquait lorsqu'il écrivait :

Cher ami,

Je me serais fait un vif plaisir d'assister aux funérailles de ton oncle l'abbé si mes occupations ne m'en avaient empêché, car j'aurais été heureux de te revoir en cette triste circonstance. Je t'aurais aidé à noyer ton chagrin dans le pommard et le chambertin du cher défunt...

Le reste était à l'avenant. Dont coût : la cote deux sur dix et une apostrophe publique qui se voulait vengeresse, mais finit par un rire merveilleux de toute la classe tournée vers un Riquet apparemment impassible, mais heureux inexprimablement.

Si la géographie l'intéressait, l'histoire, par contre, lui semblait fade. C'était toujours la même chose, estimait-il. Des peuples se battaient et, la paix revenue, faisaient des traités qui modifiaient les frontières, détrônaient des potentats et exploitaient si bien le vaincu que celui-ci ne se tenait plus de passer à la revanche. Alors, ça recommençait de plus belle et le Riquet trouvait à ces aventures une monotonie qui répugnait à son tempérament. Il ne se privait pas du plaisir de le dire à qui voulait l'entendre, professeur compris. Et celui-ci, qui réfléchissait peut-être pour la première fois de sa vie à cette philosophie de l'histoire, n'était pas très loin de partager l'opinion du galopin. Seulement, il ne pouvait vraiment pas, en conscience, le lui avouer.

Il eût paru normal qu'il fît des étincelles en langue flamande puisque, selon la théorie de son pépé Toine, d'ailleurs controuvée par T. Déome, il l'avait dans le sang. Ouais ! Il y avait belle lurette que son papa Aloys, flandrien de race pure, n'employait plus que très accidentellement la langue de ses aïeux. Par contre, il usait couramment d'un wallon que chacun s'accordait à trouver délicieux et touchant. Et comme il avait planté ses pénates à deux pas de la frontière, il était devenu beaucoup plus Verluisant que Verluysen, et ses clients français du voisinage l'appelaient tout bonnement « le garagiste belge » avec un accent de très sensible sympathie que le grand Aloys appréciait beaucoup.

En langue thioise, Riquet se contenta donc de suivre le train tout bonnement. Mais lorsqu'il se mêlait de prouver ses connaissances devant son papa, celui-ci paraissait éberlué et se demandait si son rejeton ne souffrait pas de quelque anomalie du côté du gosier, parce que sa prononciation était comme barbouillée d'un coloris hollandais mêlé à de l'afrikander et au wallon de Trignolles. Et si le papa Aloys, rieur, lui demandait si son jargon était de l'anglais ou du suédois, l'impayable gamin lui lançait : « *Taîch'tu*[2], Flamind ! »

C'était leur façon, à ces deux-là, de s'aimer. Et somme toute, si elle n'était pas recommandable en toutes circonstances, elle était bien amusante.

2. Tais-toi !

XII

LA PÊCHE AU HARENG SAUR

La fantaisie est un perpétuel printemps.
SCHILLER.

Aux grandes vacances, le moutard ne manqua pas de rappeler à son papa une promesse qui l'avait soutenu durant toute l'année scolaire. « Si tu travailles bien, je te monterai un beau vélo de course à ta mesure », lui avait-il juré.

La promesse fut honorée. Mais du coup, le cousin Camille, ébloui, harcela ses père et mère pour connaître la même faveur et la contagion s'étendit à Molonzef à qui son tendre père ne pouvait tout de même refuser sans cruauté ce qui était accordé à ses petits-fils. Il y mit cependant une condition formelle, à savoir que Molonzef, au lieu d'un engin de course que lui, Toine, estimait terriblement dangereux, son gros garçon chevaucherait une honnête et bourgeoise bicyclette routière du genre facteur des postes ou gendarmerie nationale. « Avec des machins de course, » bougonnait-il, « on se casse tous les membres et même la figure pour finir. » Et, grave comme un père conciliaire, il multipliait ses recommandations et conseils, que le Molonzef écoutait comme on écoute un sermon ennuyeux : « Quand une côte est trop dure, vous devez mettre pied z'à terre », disait le gros Toine qui n'avait de sa vie touché à un vélo. Et il ajoutait :

— Quand ça descend trop fort, vous devez freiner tout le temps jusqu'au moment que vous êtes sur le plat. Et dans les virages, vous devez encore aller tout doucement en longeant le bord de la route. Et si gn'en a un qui fait le fou en voulant « sprainter », laissez-le passer. Le vélo, c'est fait pour se distraire, mais pas pour se tuwer...

* * *

Tout alla à peu près bien jusqu'au moment où surgit chez ses grands-parents Toine et Hilda le dénommé Pierrot Jeannoël, leur petit-fils de France. Lui aussi possédait un vélo. Ce n'était pas exactement une machine de course, mais il était tout de même léger et, surtout, le Pierrot savait s'en servir. Un paquet de nerfs, que ce gaillard ! Gentil, attentionné et amusant, mais un peu hâbleur, il usait d'un vocabulaire que les trois autres, d'abord assez médusés, adoptèrent très vite. Il avait fait la route à vélo, emportant avec lui son paquetage dans un sac de type alpiniste. Et à peine débarqué, il avait commencé, malgré le regard désapprobateur de Toine :

— J'ai rigolé tout le long de la route. Ce que je m'en suis envoyé, de la pointe de vitesse ! Tu parles d'un poivre ! À un carrefour, y a une espèce de flic qui m'a sifflé parce que j'avais brûlé le feu rouge. Va te faire fiche, j'ai joué au truc du mec qu'est dur de la feuille et j'étais déjà loin que le ballot râlait encore.

— Ça commence mal, confiait Toine, soucieux, à sa Hilda, qui le rassurait de son mieux.

— Il est un peu vantard, disait-elle. Les trois autres se chargeront bien de le calmer.

*
* *

N'empêche, tout de suite, il se révéla incapable de modération, et les trois autres, piqués au vif, crurent qu'il y allait de leur honneur de lui démontrer qu'il ne les éblouissait pas. Résultat : le coup de pédale fut bientôt forcené. Le Riquet, surtout, y mit le paquet, comme disent les journaux sportifs et il ne toléra pas une seule fois que son cousin de France le battît, ne fût-ce que d'une demi-longueur.

— C'est facile, ergotait le Pierrot. Avec ta mécanique de course, faut que tu gagnes à tous les coups.

— Faisons l'échange, proposa le Riquet.

Et le résultat fut le même.

Mais au cours de l'une de ces compétitions, le gros Molonzef, qui ahanait et transpirait toujours très loin derrière le peloton des trois neveux, oublia les conseils paternels et il se mit à dévaler une côte à toute vitesse avec ce beau résultat qu'emporté par son élan il manqua son virage et entra en collision avec une haie qu'il troua de sa tête et dans laquelle, assommé, il ne bougea plus.

Dans sa trajectoire, il avait trouvé le temps de pousser un cri d'épouvante. Alertés, ses trois neveux avaient fait demi-tour et ils étaient accourus, terrifiés aussi. Molonzef gémissait faiblement, appelait sa mère.

Cette haie, heureusement, n'était pas méchante. Elle ne comportait ni vieux têtards de charme, ni broussailles épineuses. Elle était faite essentiellement de légustrum, plante ligneuse et très feuillue d'une grande élasticité. N'empêche, le tonton Joseph, comme l'appelait son neveu français, se croyait mort et n'osait sortir sa tête de la haie. Il se demandait même s'il n'était pas décapité. Les autres s'y mirent tous, écartèrent les branchettes, assirent leur homme toujours terrifié dans l'herbe de l'accotement. Il saignait du nez et, lorsqu'il s'en aperçut, pâlit, près de défaillir. Son premier mot fut pour jurer :

— Le vélo, c'est fini pour toujours.

Il invita les autres à continuer leur promenade si bon leur semblait. Lui, il allait commencer par aller boire un grand verre de bière — pour se remettre, disait-il — dans un petit café installé dans les parages. Après quoi, il ferait demi-tour et rentrerait seul avec son nez en tomate écrasée, ses joues égratignées et sa ferme décision de se mettre le lendemain à la pêche à la ligne.

Devant les dégâts pourtant minimes subis par l'anatomie de son fils, Toine apporta beaucoup d'enthousiasme à approuver son propos. Il vit même dans l'accident une attention providentielle. Il profita aussi de l'occasion pour émettre sur la France et ses habitants une opinion qu'il jugeait remarquable et qui n'était que tendancieuse. Il dit : « Les Français, y sont tous un peu sauvâches. »

Et le Pierrot de France, lui, ne put se tenir de confier à ses deux cousins :

— Mince, en Belgique, faut pas un bien gros pépin pour qu'on en fasse une catastrophe et qu'on attrape les foies.

* * *

Ce que Toine admira le plus en cette circonstance chez son cher Molonzef, ce fut la fermeté de son caractère. Car il tint parole, le tonton Joseph et, le lendemain matin, il rassembla son matériel de pêcheur, se fit préparer de vastes tartines, une grande bouteille de bière et se dirigea vers la rivière. Il n'avait même pas oublié un grand parapluie bleu pour s'abriter du soleil ni son siège pliant avec dossier, s'il vous plaît. Ses trois copains le regardèrent partir avec un peu d'ironique compassion, mais ne firent aucun commentaire. Seulement, deux heures plus tard, ils allèrent gentiment le rejoindre au bord de l'eau. Il était immobile. S'il ne dormait pas, il somnolait sûrement, car il ne les entendit pas venir et parut tomber de son haut lorsqu'il les découvrit.

— Ça mord ? lui demanda Camille.

— Si tu crois que ça va si vite que ça, bougonna Molonzef. Le vent est « mal mis ». J'attends qu'il tourne.

Ils se regardèrent du coin de l'œil, un peu interloqués. Pas un souffle de vent. Les feuilles des plus hauts peupliers étaient comme figées dans une sorte d'accablement.

— Et puis, faudrait vous en aller, conclut le gros sans la moindre aménité. Avec vos bavardages, vous dérangez le poisson.

Ils le quittèrent et regagnèrent la grand-route. Le Pierrot constata :

— Non mais, des fois, quoi qu'on lui a fait ? Faudrait-y pas qu'on lui présente des excuses parce qu'il a le croupion trop lourd et qu'y ne voit les virages qu'après qu'il les a dépassés ?

Mais déjà, le Camille, clignant de l'œil, disait :

— Je parie qu'avant un quart d'heure, il ronfle. Du poisson, il en aura, je le jure, mais pas du tout celui qu'il espère.

Et aussitôt, il leur soumit son plan. Et l'on ne perdit pas une seconde pour passer à l'exécution.

— Toi, le Riquet, qui sais sprinter, file au village et rapporte-nous un hareng saur.

Ce matin-là, le Riquet battit tous les records. Au retour, ils le virent qui, de loin, brandissait joyeusement son soret.

— Je me charge de l'affaire, annonça le Pierrot.

On commença par cacher les vélos dans un boqueteau. Après quoi, le Pierrot, avec des allures de Sioux, se dirigea vers le tonton Joseph toujours immobile sous son grand parapluie. Il avait cette fois posé sa canne à pêche sur la rive et il n'était pas difficile de voir qu'il dormait profondément, les bras croisés et le menton sur la poitrine.

Parvenu à quelques pas, le Pierrot se mit à ramper dans les herbes folles. Molonzef ronflait, insensible aux taquineries des mouches qui voletaient autour de son gros visage.

Un as de prestesse et d'adresse, ce Pierrot ! En cinq secs, il vous avait accroché sans bruit le soret à l'hameçon et le mettait à l'eau. Et l'instant d'après, il rejoignait ses copains, palpitants de joyeuse émotion.

Le problème après cela ? Éveiller le gros tonton. Attendre ? Ça pouvait être long. Lancer des pierres dans l'eau ? Ils risquaient d'être découverts.

— Il y a un train qui doit passer vers ce moment-ci, remarqua Riquet consultant sa montre. Il siffle toujours avant d'entrer en gare.

— Je ne suis pas sûr que ça l'éveillera, dit gravement Camille.

De fait, le train passa et siffla. Le gros remua un peu, sembla relever la tête, mais elle retomba tout de suite.

Ce fut un taon, ou quelque autre méchant insecte, qui se chargea de le réveiller en sursaut. Ils le virent s'envoyer brusquement une tape vigoureuse sur la joue, se dresser furieux et contempler dans sa paume l'insecte écrasé. Ils l'entendirent même qui grognait :

— *Man-nette byesse di mille milliards di noms di djâle !*

L'émotion des trois cousins grandit. Mais le tonton Joseph ne semblait plus s'intéresser à sa canne à pêche. Ils le virent qui, penché sur la rivière, en relevait la bouteille de bière qu'il y tenait au frais au bout d'une ficelle. Et il se désaltéra longuement au goulot, la remit à l'eau et s'essuya le front d'un revers de manche. Il tourna un moment sur place, comme indécis. Enfin, il en revint à sa ligne. On devina qu'il cherchait son flotteur et ne le voyait pas. Il se courba, releva sa gaule, sentit une résistance et s'agita. Il écarta les jambes pour prendre son aplomb comme s'il s'attendait à pêcher quelque monstre et, lentement, ramena à la surface un gros poisson mordoré qui ne se débattait pas mais ouvrait une gueule toute ronde et semblait fixer le pêcheur de deux gros yeux étonnés.

Molonzef le jeta sur l'herbe. Le poisson n'eut pas le moindre sursaut.

Alors, le gros se frotta les yeux, se pencha sur sa capture, la toucha d'un index précautionneux, se releva, et promena sur les environs un regard où ne pouvait se lire qu'une profonde incompréhension, mais aussi une colère grandissante.

Il ne vit rien de suspect. Les trois compères étaient trop bien cachés. Mais tous étaient malades de rire. Et ce qui suivit acheva de les édifier sur le caractère du tonton Joseph.

Ayant finalement décroché son soret, il l'examina de près, le tourna et le retourna, le soupesa, le flaira, recommença vingt fois le manège. Enfin, il se rassit, écorcha le poisson, déballa ses tartines beurrées et... dévora tartines et soret avec un visible plaisir.

Les trois cousins en restèrent pantois. Ils ne savaient plus très bien de quel côté il fallait chercher la farce ni s'ils avaient encore le droit de rire.

Le Pierrot souffla :

— Avec lui, on peut toujours s'attendre à du pas courant, mais ç'te fois, quand même, il m'en bouche un coin ! Et quoi qu'on va faire à présent ? On n'a pas l'air bien mariolles. Ce qui est sûr c'est qu'on lui a offert de la bectance et qu'il l'a appréciée. Et dire que ma première idée, c'était de lui en accrocher deux, de gendarmes, à son hameçon ! Non mais, visez-le boire au goulot de sa bouteille !

— Il n'ira pas loin avec celle-là, constata le Camille. Elle est déjà aux trois quarts vide. Y va crever de soif. La vraie farce, ce sera ça. On a gagné la partie.

— N'empêche, on n'est pas fiers, conclut le Riquet, et l'on dit ce qu'on peut pour se consoler.

Ils s'en allèrent sans bruit, délibérèrent un moment un peu plus loin et puis revinrent avec un air tout naturel auprès du gros.

— Ça mord, mon vieux ?

— Je vous ai déjà dit que le vent est « mal mis », répliqua-t-il assez rogue... Quand il est au nord, le vent, y a rien à faire.

— Pourquoi t'obstines-tu ?

— Parce que je me plais bien ici.

Mais il n'était pas le garçon à jouer jusqu'au bout la petite comédie et il se trahit presque aussitôt.

— Je vais quand même rentrer. J'ai mangé une tartine de beurre terriblement salé et je n'ai plus de bière.

— Ce qui te fiche la pépie, lui lança le Pierrot, c'est pas le beurre salé, c'est le vent du nord.

* * *

Les trois drôles ne purent longtemps se tenir, on s'en doute, de raconter l'affaire à T. Déome, qui en jubila. Tout d'abord, il y alla de subtiles allusions devant le Molonzef qui en resta perplexe. Chaque fois, le bonhomme en remit un peu. Mais un jour, ce fut tellement transparent que le gros garçon se sentit nettement visé et plus encore offensé. Que l'on se mette à sa place. T. Déome disait d'un air perfidement débonnaire :

— *Paraît que dispus quéques timps, on wèt des drôles di pèchons dins nos euwes* [1].

1. Paraît que depuis quelque temps, on voit de drôles de poissons dans nos eaux.

Molonzef rougit. Son regard se durcit, mais il ne broncha pas.

T. Déome ajouta :

— *Mais les byesses qu'on wèt dissus les bôrds sont co pus drôles*[2].

— Quoi que tu veux dire, vieux cousin ? fit d'un air innocent le Pierrot de France.

Le vieux cousin n'eut pas le temps de répondre. Exaspéré, le Joseph les plantait là tous sur cette grosse injure :

— Bande de sales types ! Je ne vous connais plus !

Et il bouda pendant au moins vingt-quatre heures. Au bout de quoi, T. Déome offrit une limonade à toute la bande, Joseph y compris, dans « l'auberge des voyageurs ». L'inspecteur s'y trouvait avec sa jeune femme. L'aubergiste invita Molonzef a raconter sa pêche au hareng saur. Le gros, de qui la rancune avait fondu, mais que la présence de l'inspecteur intimidait, ne se décidait pas à la narration. Alors, le Pierrot commença :

— Nous autres, on a eu une idée en devinant de loin qu'au lieu de surveiller son asticot, il s'envoyait un roupillon de première dans les herbages du bord. Ah, on peut dire qu'il en écrasait. La fanfare du 14 juillet, quoi ! Là-dessus, on a propulsé le Riquet au village sur son bourrin de course et il a mis le grand braquet. Et l'hareng saur, c'était un costaud, bien dodu, une vraie nourrice, vu que c'était un avec du lait plein le bide...

Le reste était à l'avenant. Tout le monde avait beaucoup de plaisir et, pour finir, celui qui riait le plus et le mieux, c'était le bon tonton Joseph.

Et ces vacances-là comptèrent parmi les meilleures de sa vie. Il était tout ému lorsque, quinze jours plus tard, son neveu Pierrot fit ses adieux à la famille.

Il reprit sa canne à pêche sans grand enthousiasme. Chaque fois, il s'endormait sur la berge de la rivière. Réveillé, il commençait à inspecter les parages et, cela fait, relevait sa ligne avec circonspection. Il était couramment déçu. Parfois, une ablette étourdie le consolait.

Mais une fois, sur les indications de son flotteur pris d'une frénésie insolite, il ferra vigoureusement et rencontra une résistance telle qu'il en vint à se demander si quelque farceur n'avait pas trouvé le moyen d'accrocher à sa ligne une demi-douzaine de sorets. Mais non, ce qu'il tenait là sans le voir encore, c'était bien vivant et ça

---

2. Mais les bêtes que l'on voit sur les bords sont encore plus drôles.

se débattait, au point que le scion de son bambou faisait un arc parfait. Et le gros, luttant et transpirant d'émoi, vit apparaître au ras de l'eau le dos d'un chevesne magnifique. Ce fut tout ce qu'il vit, car sa ligne cassa net. Il avoua plus tard qu'il en aurait pleuré. Si la grand-maman Phanie avait vécu encore, elle n'eût pas manqué de dire : « *Maria Dei, comme il est sensipe !* »

Et son papa Toine, lui, tristement, reprit sa vieille antienne :

— *Joseph est comme mi, y n'aura jamais pos d'tchance.*

XIII

MOLONZEF FOUDROYÉ

> Depuis que le monde est monde, il n'y a jamais eu d'homme étranglé par une femme pour lui avoir dit qu'il l'aimait.
>
> FLORIAN.

Et fuyaient les années...

Toine et sa femme n'étaient pas loin, à présent, de leurs noces d'or, et ils les voyaient approcher avec une mélancolie, discrète et même courageusement souriante chez Hilda, mais de plus en plus geignarde chez Toine qui n'en revenait pas de se voir à ce point. « *On est râde au d'bout !* [1] » faisait-il comme s'il agonisait déjà.

Il est vrai que l'on n'avait pas manqué de lui rappeler la fuite du temps par des manifestations diverses. La commune avait fêté ses vingt-cinq ans de magistrature et il avait été, à cette occasion, décoré devant tout le village. Même ses adversaires politiques lui avaient rendu hommage et son dévouement à la chose publique avait été reconnu en des discours nombreux dont certains l'avaient fait pleurer abondamment. Sa réponse, rédigée par T. Déome, avait été courte et bien sentie. Ainsi, le jubilaire s'était fort bien tiré de l'épreuve, tellement bien même que, le soir venu, un peu grisé par les vins d'honneur et les acclamations, il demandait à T. Déome ce qu'il pensait de « son » discours, à lui, Toine, et qu'il était prêt à jurer en toute bonne foi qu'il en était l'auteur.

Il y avait eu aussi dans sa famille des baptêmes si nombreux qu'il s'embrouillait un peu lorsqu'il les évoquait. Après, ç'avait été des premières communions, des confirmations, des anniversaires. Encore quelques années — *si on vique co !* ne manquait jamais de souligner sombrement le Toine —, et l'on parlerait sans doute encore de mariages.

Il y avait deux autres grands événements en perspective et c'était

1. On est vite au bout.

tout d'abord les noces d'or du couple Toine-Hilda. Voilà encore une affaire dont la seule évocation suffisait pour lui composer une tête de martyr. Il ne manquait pas chaque fois de jurer :

— *En tout cas, à ç'momint-là, dji n's'rai pus maïeur, pasqui ça, gn'a longtins qui dji n'nai assè !* [2]

Belle occasion pour T. Déome de lui sortir sa complainte du pauvre maïeur Titisse et l'on devine bien qu'il ne la manquait pas.

Le second grand événement des prochaines années, sur lequel chacun comptait fermement, c'était le centenaire de T. Déome. Fallait voir comme il riait, lui, le bon vieux T. Déome lorsqu'on lui parlait de son centenaire ! Il ne protestait pas, bien au contraire. Il le tenait même pour assuré. Et il y allait de commentaires curieux :

— *Dji n'wès né bé di qué maladiye dji pôreus mori à ç't'heûre. Dj'ai in bô stomaque, in bô régime, ène prostate di vingt ans èt ène bonne conduite. Surtout, gn'a lontins qui dji n'choute pus les airs di requiem di ç't'innocint-là* (il désignait Toine), *ça fait qui dji m'ai spôrgni ène maladiye di cœur* [3].

Il ne manquait jamais non plus l'occasion d'envoyer une joyeuse estocade au docteur Ugène, gendre de Toine, devant qui il expliquait par exemple que s'il n'avait jamais été malade c'est qu'il s'était toujours tenu hors de portée des médecins. « *Quand on commince à l'z'eux fai signe, on est d'djà à mitan foutu. Y n'l'eux faut né lontins pou fai l'aut' mitan...* » [4]

Et là-dessus, il concluait :

— *À ç't'heûre, dji vas fréquentè in p'tit cô aveu Lalie. Après l'amour gn'a pus ré !* [5]

Il riait lui même de sa boutade. Et ce rire était énorme comme le tonnerre d'une artillerie, contagieux, revigorant. L'écho faisait vibrer le village entier. Vrai soleil de mars, il eût fait chanter les oiseaux.

Et ce bonhomme vous avait nonante-six ans bien tassés. Toine répétait :

— *Il a toudis stî ène miette fou, mais à ç't'heûre, ça d'vé grâve. Il*

---

2. En tout cas, à ce moment-là, je ne serai plus maïeur, parce que ça, il y a longtemps que j'en ai assez !

3. Je ne sais pas bien de quelle maladie je pourrais mourir à présent. J'ai un bon estomac, un bon régime, une prostate de vingt ans et une bonne conduite. Surtout, il y a longtemps que je n'écoute plus les airs de requiem de cet innocent-là, si bien que je me suis épargné une maladie de cœur.

4. Quand on commence à leur faire signe, on est déjà à moitié fichu. Il ne leur faut pas longtemps pour faire l'autre moitié.

5. Maintenant, je vais « fréquenter » un peu avec Lalie. Après l'amour, il n'y a plus rien !

est bé capâpe di s'rimariè. Dire qu'on wèt mori des si brâvès djins èt qui des vaurés pareils, li Bô Djeu les laisse viquè. Dji n'y comprins ré[6].

— *Li djou qui tu comprindras ène sakwè, on sonnera les clotches*[7], *Mossieu l'bourmesse,* lui envoyait T. Déome avant d'aller retrouver sa Lalie.

*
* *

Ce fut à ce moment-là que le petit Camille réussit avec distinction son premier examen universitaire et que Molonzef, avec une année de retard sur lui et traînant comme un boulet un programme qu'il trouvait de plus en plus lourd, se voyait tout de même, lui aussi, proclamé bachelier. Il savait bien qu'il n'éblouissait personne, n'empêche, il se sentait allégé d'un fameux fardeau. L'oncle et le neveu avaient à ce moment dix-huit ans tous deux. Le Riquet en avait à peine seize.

Les vacances, cette année-là, prirent une tournure bien inattendue, dramatique par certains côtés.

Non, Molonzef ne chut pas de son vélo. Il n'attrapa non plus ni pleurésie, ni méningite. Il ne se brisa aucun membre. Il ne fit pas de la dépression nerveuse. On ne dut pas l'opérer de l'appendicite. Jamais, sa santé ne fut aussi florissante et les quarante-huit premières heures de vacances qu'il passa allongé devant la rivière avec sa canne à pêche suffirent pour le reposer de ce qu'il appelait « les fatigues terribles des concours de fin d'année. »

Un tantet amaigri par ces fameux concours et surtout par les chaleurs de juillet, il regagna tout de suite et même dépassa son poids normal qui était impressionnant et dont son papa se montrait assez fier, particulièrement lorsqu'il le comparait à ceux de ses petits-fils Camille, Riquet et Pierrot, lesquels évoquaient tous, à son estime, le chat écorché.

Alors, le drame ?

Eh bien, Molonzef tomba amoureux, tout simplement.

Comment il en vint là et comment son mal atteignit tout de suite une virulence affolante, lui-même se déclare aujourd'hui incapable de l'expliquer. À quoi bon, d'ailleurs ? Son histoire fut celle de tant

6. Il a toujours été un peu fou, mais maintenant, cela devient grave. Il est bien capable de se remarier. Dire que l'on voit mourir de si braves gens et que des vauriens pareils, le Bon Dieu les laisse vivre. Je n'y comprends rien.

7. Le jour où tu comprendras quelque chose, on sonnera les cloches.

d'autres qui, eux non plus, ne se rappellent pas très bien quel genre de folie s'abattit sur eux.

Pour toute simplification, on peut ramener l'affaire à ceci :

Lorsque le bon gros Joseph, vers ses dix ou onze ans, fréquentait le catéchisme préparatoire à sa première communion, il avait pris en grippe, du côté filles, une petite noiraude très éveillée qu'il trouvait, lui, effrontée, parce qu'elle le regardait toujours d'un air moqueur et pouffait même de ses bévues lorsqu'il répondait mal aux questions du curé. Une fois au collège, il ne lui avait plus jamais accordé un regard, la tenant pour insignifiante. D'ailleurs, très sage et peu pressé de s'embarquer en des aventures compromettantes pour sa tranquillité, il se désintéressait de toutes les autres filles aussi. « Quand on fait des études, on ne fait que ça », lui répétait volontiers le papa Toine avec l'air du monsieur qui sait de quoi il parle. Et le tonton Joseph, estimant que le mot était vrai, tenait pour insensés ceux qui ne s'y conformaient pas.

Que devenait pendant tout ce temps la petite Augusta du catéchisme ? C'est assez simple. Elle grandissait un peu, embellissait d'autant, et suivait les cours ménagers d'une école professionnelle où ses parents, de bien bonnes gens, avaient eu l'heureuse inspiration de l'inscrire comme pensionnaire. Une fois, on avait fait allusion à ses études devant Molonzef et il avait grogné, très dédaigneux : « Tiens, elle apprend la cuisine, cette petite garce ! » Et il avait pensé tout de suite à autre chose.

Or, un dimanche qu'il assistait à la grand-messe et qu'il venait de tourner sa chaise dans la direction de la chaire pour écouter le prêche, voilà que son regard rencontra celui de la petite garce et il lui sembla y lire comme un grain d'attendrissement un peu moqueur encore, mais qui ne ressemblait plus du tout à la raillerie irritante des années déjà lointaines du catéchisme. Non, il y avait dans les yeux de la jeune fille comme la gentillesse mutine des souvenirs communs, de l'espièglerie sûrement encore, mais tempérée par la sagesse que les jours, l'un après l'autre, avaient gagnée à la petite, en parallèle à un épanouissement qui déjà faisait d'elle bien mieux qu'une adolescente.

Il crut lire, dans ce regard : « Mon vieux copain Joseph, te souviens-tu des séances du catéchisme ? Tu m'y as souvent amusée et je m'y montrai parfois un peu cruelle pour toi. Mais va, ce n'était là qu'enfantillage et, tout compte fait, je t'aimais bien, parce que tu n'étais pas méchant. Et moi, je le reconnais, j'étais une petite

« arsouille »[8], toujours à l'affût de la drôlerie et de l'éclat de rire. Comme tout cela est déjà loin, n'est-ce pas, mon gros ! Et combien nous voilà vieux et posés ! »

Du coup, Molonzef rougit très fort et n'entendit plus un mot du prêche. Une ou deux fois, il osa relever les yeux, feignit de regarder du côté du jubé. Mais il revint à elle comme par hasard et la trouva ravissante avec son uniforme bleu de pensionnaire et son col blanc orné d'un nœud papillon et son petit béret basque posé un peu de guingois sur l'oreille gauche.

Il tressaillit lorsqu'il s'aperçut, au mouvement d'ensemble des fidèles, que le curé quittait la chaire. Il en était si loin, le pauvre Molonzef, de l'éloquence sacrée de son curé, si loin même qu'il lui eût été impossible de dire de quoi il avait parlé ! Et durant toute la messe, il fut si distrait que vers la fin, se ressaisissant de son mieux, il se demanda s'il n'avait pas commis un gros péché, une sorte de profanation involontaire sans doute, mais dont il devrait quand même s'accuser à la première occasion.

À la collecte, que l'on faisait ce dimanche-là pour une œuvre dont il n'avait pas entendu la rubrique, il attrapa la première pièce qu'il trouva dans sa poche et, parfaitement indifférent, la laissa tomber sur le plateau. C'était une pièce de cent sous. Le père Toine, qui était à ses côtés, s'en aperçut et ouvrit de grands yeux. C'est qu'il y était allé, lui, de la pièce d'un franc. Il ne put se tenir de bougonner :

— *Y m'chone qu'on est lôtche.*

— *Commint, pa ?*

— *Dji dis qu'y faut y r'wèti d'pus près. Si au moins vos les gangnez vous-mînme. Ayu ç'qui v's'avouz vos n'esprit, hon, m'fi ?*[9]

Molonzef ne dit plus rien et se demanda quel geste somptueux il avait bien pu faire. Il se sentit soudain l'âme d'un décavé qui aurait ruiné ses parents.

La messe finie, il se posta, avec quelques lurons de son âge, sur la placette qui précédait l'église. Ses compagnons lui parlaient. Il ne répondait que très distraitement. C'est qu'il voulait, une fois encore, revoir Augusta.

Elle sortit avec sa mère et une jeune amie. Son regard vif fit le tour du tableau qu'elle avait sous les yeux et — allez voir s'il n'est

---

8. Chez nous, le terme est beaucoup plus badin que péjoratif.

9. Il me semble que l'on est large. — Comment, papa ? — Je dis qu'il faut y regarder de plus près. Si au moins vous les gagniez vous-même. Où avez-vous donc l'esprit, mon fils ?

pas en telle conjoncture une sorte de magnétisme — elle découvrit tout de suite le gros qui la contemplait. Et cela ne dura qu'un instant, mais il lui sembla, au gros, qu'elle lui adressait comme un léger salut un peu rougissant, un battement de cils qui esquissait un sourire pudique et, en tout cas, si adorable à son sens qu'il en resta comme hébété, la bouche ouverte et sa main droite tripotant nerveusement une boîte d'allumettes dans sa poche. Si, à ce moment-là, Augusta éprouvait de son côté un sentiment quelconque à l'endroit du gros, ce ne pouvait vraiment être que de la pitié, car il n'avait pas l'air malin du tout.

Et durant tout le reste de la journée, il ne fit que d'incohérentes sottises. Camille et Riquet lui proposèrent un tour à vélo. Il refusa l'invite, prétextant un mal de tête. Les deux autres étaient à peine partis qu'il attrapait son vélo et s'en allait aussi. Sa maman Hilda s'en étonna. Il marmonna une vague explication : « Y roulent trop vite... »

Mais elle devina bien que son gros Joseph était préoccupé et que le motif n'était qu'un faux-fuyant. Elle le regarda avec une soudaine inquiétude. Et la fine mouche qu'elle avait toujours été pensa : « Je saurai. »

* * *

Désœuvré, il sortit, seul encore, le lendemain.

Il roulait comme au hasard, un peu somnambulique. Deux autos le rappelèrent à l'ordre d'un coup de klaxon rageur, et l'un des deux chauffeurs, qu'il ne connaissait pas, lui lança au passage une injure grossière. Il lui cria : « T'es pas réveillé, ballot ? »

Du coup, vraiment furieux, mon Joseph se lança ridiculement à la poursuite de l'autre pour lui crier, prêt au massacre :

— Arrête si t'as du cœur, abruti !

Et il brandissait son poing, ce qui faisait bien rire l'autre qui voyait son geste dans le rétroviseur.

— Je te raurai ! lui promit le gros qui avait bien peur de voir son offenseur stopper et venir à lui.

Mais il s'était ressaisi et, cette fois, surveillait sa conduite. C'est qu'il n'était pas loin, à présent, de la demeure d'Augusta, une jolie fermette bâtie à l'orée du village. Longue et basse, les pierres en étaient blanchies à la chaux. Un millésime de fer fixé sur la façade la révélait plus que centenaire. Mais elle était soigneusement entretenue et même modernisée en certains détails qui en agrémentaient l'aspect. C'est ainsi qu'un jardinet la précédait qui n'était qu'un parterre de fleurs diverses où dominaient d'énormes bégonias aux teintes merveilleuses. Le père d'Augusta, garde des eaux et forêts, mais adroit bricoleur à ses heures, avait maçonné une margelle de puits postiche et des capucines s'enroulaient sur la ferronnerie qu'il y avait fixée. Un sentier couvert de gravier rose conduisait à la porte de la demeure.

Et derrière, un grand verger très soigné, où alternaient pommiers et pruniers, formait comme un bocage à la fois charmant et riche.

Approchant, Molonzef sentit se précipiter les battements de son cœur. Et soudain, il dut se raidir pour ne pas tomber de son vélo... Augusta venait d'apparaître avec un arrosoir, se courbait sur les fleurs du jardinet. Son émotion, au pauvre gros, fut telle qu'il freina et fut sur le point de faire demi-tour. Mais il savait à l'occasion prouver du courage, du moins à sa façon. Alors, ralentissant, il continua sa route, se demandant ce qu'il allait improviser une fois devant la belle enfant. Il était devant elle, pied à terre, qu'il n'en savait rien encore. Pour commencer, il dit :

— ... jour, Gusta !

— Tiens, Joseph ! Bonjour ! On se promène ?

— Un petit tour, oui.

Mais elle n'ajoutait rien et, comme absorbée, continuait d'arroser ses fleurs. Cela inspira le gros :

— Sont belles, vos fleurs... C'est des quoi ?

— Comment, fit-elle tout de suite moqueuse, vous, fils d'horticulteur, vous ne connaissez pas les bégonias ?

Du coup, voilà le gros désarçonné et bafouillant.

— Si... si... bien sûr, mais je ne me rappelais pas le nom.

La finaude souligna :

— Vous n'en êtes pourtant pas encore à l'âge où l'on perd la mémoire.

Éperdu, cette fois, ne sachant plus à quelle branche se raccrocher, il rit assez niaisement, trouva encore :

— Ça serait malheureux !

Elle, mine de rien, s'amusait au jeu. Sans transition, elle s'enquit d'un air innocent :

— Vos études, ça avance ?

— Se rengorgeant cette fois, il proclama :

— C'est fini, j'ai mon diplôme !

— Et après ça ?

Alors, sur un ton qui se voulait viril :

— Service militaire.

— Vous ne continuez pas à l'université, comme votre neveu Camille ?

— Moi ? Bien sûr que non !

Et passant à ce qu'il tenait pour un aveu héroïque, il fit, très grave :

— Je ne tiens pas à ne me marier qu'à trente-cinq ans, moi !

Le mot parut si drôle à la joyeuse Augusta qu'elle se prit à rire de tout son cœur et dut déposer son arrosoir. Elle se tenait les côtes et, les yeux clos, montrait toutes ses dents, qui étaient régulières et comme nacrées. Le gros la trouva spécialement belle à ce moment, mais il était partagé entre la fierté de son succès d'homme spirituel et le ridicule de l'ironie qu'il croyait percevoir dans la gaieté de sa partenaire. Il répétait :

— Faut pas rire. C'est comme je vous le dis.

... À ce moment, parut la maman d'Augusta, un peu étonnée par le tableau. C'était, cette Élise, une petite commère très avenante et qui riait volontiers aussi. Molonzef la salua, soulevant, pour montrer qu'il était bien élevé, sa petite toque d'étudiant qu'il avait garnie des six étoiles du rhétoricien. Élise répondit :

— Bonjour, mon gros !

Ce qui ne plut guère au Joseph. Mais déjà, elle enchaînait :

— Il me semble que l'on a bien du plaisir, vous deux...

Sans se faire prier, Augusta expliqua :

— Joseph parle de se marier !

— Hein ? Se marier ! Quand ?

— Oh, je n'ai pas dit que c'était pour tout de suite, précisa le gros. Et il recommença son explication.

— Ah, bon, fit la maman Élise. Je respire.

Tournée vers son Augusta, elle ajouta, très amusée :

— J'ai cru, ma parole, qu'il était venu te faire des propositions.

C'était là, justement, le tour de conversation que le pauvre gros cherchait vainement à attraper depuis le début. Encouragé, il ne le lâcha plus et, soudain inspiré, trouva les mots qu'il fallait pour déclarer sa flamme tout en ayant l'air de batifoler. Pour dire vrai, il se découvrait fin diplomate et ne se reconnaissait guère.

— Des propositions, que vous dites ? Non, je les ferai plus tard, quand j'aurai une situation.

— Ah ? On a des projets d'avenir ? On peut les connaître ?

— Ce qui me plairait, ce serait une bonne petite place qui me permettrait de ne pas quitter le village. La ville, moi, ça ne me dit rien. Le « vicage » n'y est pas tranquille. Non, j'aimerais bien de rester ici, au milieu de ma « parentée » et des gens que je connais.

Jusqu'alors taquine, la maman Élise se mit à regarder le gros avec une attention nuancée d'attendrissement. C'est que, parlant ainsi, le gros Molonzef se livrait vraiment tel qu'il était : à la fois enfantin et bon, attaché aux humilités qui composaient son modeste bonheur.

Poussant un peu l'interrogatoire qui l'intéressait au moins autant qu'il l'amusait, Élise risqua :

— Toi, Joseph, je te vois fort bien, un peu plus tard, maïeur de Trignolles.

— Oh, là vous vous trompez, Élise ! s'exclama le gros. Maïeur, ça n'est pas un métier. On n'y gagne rien, sauf un tas d'ennuis. Mon père dit toujours que si c'était à refaire, on ne l'aurait jamais vu maïeur. Mais secrétaire communal, par exemple, ça me plairait bien.

Élise réfléchit durant quelques secondes.

— J'y songe, fit-elle... Ton idée ne me paraît pas mauvaise. Le secrétaire, il approche de la retraite...

— Dans deux ans, précisa la gros.

— Toi, remarqua Élise, tu as déjà fait tes petits calculs, ou tu ne serais pas si bien renseigné. En tout cas, ton idée me paraît bonne.

— Vous trouvez ? s'exclama le gros tout ému.

Et le voilà qui, lyrique, s'emballe dans la description de son rêve d'avenir :

— On est mieux ici que n'importe où. Je travaillerai au bureau tous les matins, et l'après-midi, je m'occuperai de toutes sortes de petits travaux avantageux. T. Déome m'a promis de me repasser son portefeuille d'assurances après m'avoir mis au courant et ça vaut la peine. J'aurai peut-être une vache ou deux et un grand jardin, avec un pâchi comme le vôtre.

— Mais pour cela, Joseph, il te faudra trouver une femme qui ait tes goûts, objecta la malicieuse Élise qui en revenait ainsi au nœud de l'affaire.

Il allait répondre « Je ne chercherai pas loin », mais il se troubla soudain, parce qu'il découvrait qu'Augusta, sans doute troublée aussi, baissait le nez et n'en finissait pas d'arroser le même bégonia.

Pour dire quelque chose, il fit, tourné vers le pâchi dont il découvrait de là toute une rangée de pruniers :

— Vous aurez une belle récolte de prunes cette année, Élise.

— Oui, ça promet... Ça promet même si bien qu'il nous faudra de l'aide pour les cueillir.

— Est-ce qu'on est bien payé ?

— On est nourri et la fille de la maison a des égards pour vous.

— *Ça va, dji veus bé signi l'contrat tout t'chûte* [10], exulta le gros rattrapant son wallon.

Il ajouta :

— *Et l'belle-mére mi plaît bé ossi, nom di djo !*

*
* *

Ce jour-là, on ne poussa guère la farce plus loin, d'autant qu'Augusta, le gros une fois parti, se mit à tancer sa propre mère qui riait éperdument.

— Ça n'est pas bien ! Non, ça n'est pas bien ! répétait-elle, mi-fâchée, mi-rieuse. Que va-t-il s'imaginer, à présent ?

Plus sa fille la chapitrait, et plus cette luronne d'Élise avait de plaisir.

Son mari rentra qu'elle en était encore à pleurer de joie. Lui, Hubert, c'était un solide bonhomme à tête de cosaque moustachu, plutôt taiseux et à première vue terrifiant. En fait de rire, il ne connaissait vraiment que celui du trappeur, silencieux et tout entier dans ses yeux clairs qui se plissaient. Un moment, il contempla sa femme et puis sa fille. Habitué depuis plus de vingt ans aux scènes de ce genre, il fit simplement :

— *Qwè ç'qu'il y a co pris, à ç't'innocîn-ne-là ?*

Ce qui redoubla la joie de l'innocente.

Augusta cria, indignée :

— *Elle n'os'reut jamais vos l'dire, pa !*

Alors, la joyeuse Élise fit un gros effort et articula comme elle put :

— *Nos fiye... nos fiye fréquente... oyi... aveu... aveu...*

Pâmée qu'elle était, elle ne parvenait pas à achever. Enfin, elle gloussa :

— *... aveu l'fi dou maïeur !*

Le papa Hubert regarda sa fille d'un œil qui se voulait étonné, mais qui n'arrivait qu'à exprimer un peu de moquerie. Et il fit simplement :

— *Ah ?*

---

10. Ça va, je veux bien signer le contrat tout de suite.

— *C'est ça,* explosa Augusta, *v's'allouz vos y mette ossi, vous?*

— *Ah?* répéta le bonhomme. Et toujours placide, il ajouta:

— *In fi d'maïeûr, bé, on n'tchwèsit né co trop mau*[11].

Et il y alla encore de son rire silencieux.

Augusta sortit, criant:

— *C'est tout de mînme malheureux d'awè des parints qui sont au pus fous tous les deux!*

Et elle bouda durant toute une grande heure. Après quoi, sans doute pour compléter la trilogie de folie, elle partit d'un rire convulsif qui lui faisait mordre son mouchoir jusqu'à le déchirer.

Le pauvre Molonzef était à cent lieues d'imaginer la scène. Il tenait tout simplement la partie pour gagnée et voguait dans un océan de félicité.

Naturellement aussi, il trahit tout de suite ce qu'il croyait être son impénétrable secret. Ce fut ainsi que le jour même, comme sa maman, d'un air qui se voulait détaché, lui demandait où l'avait conduit sa promenade, il répondit, se croyant malin:

— Un petit tour jusqu'au bout du village et j'ai bavardé avec Élise du garde.

— Que raconte-t-elle?

— On a surtout parlé du « pâchi ».

Et se tournant vers son papa Toine, qu'il croyait ainsi intéresser:

— Ça, c'est un beau pâchi!

— Je le connais, fit Toine assez supérieur. C'est moi qui ai fourni à peu près tous les jeunes arbres il y a quinze ans.

Recourant une fois de plus à son wallon, Molonzef reprit:

— *Dji n'ai jamais vu des bioques*[12] *pareilles.*

Toine ne répondit plus, occupé qu'il était à manger et à cent lieues des pâchis et des « bioques ».

Mais il en était deux au moins que le pâchi et les bioques intéressaient beaucoup. Et c'était Hilda tout d'abord et T. Déome au moins autant. Silencieux jusqu'alors, celui-ci ne perdait pas un mot du dialogue et, parfois, lançait à Molonzef un regard rapide sous la broussaille de ses gros sourcils. Et il souriait imperceptiblement. Molonzef n'en voyait rien.

Et voilà que le dialogue tournait au monologue:

— *Dj'ai promis à Élise qui dj'ireus donnè in cô d'mwain pou les*

11. Un fils de maïeur, eh bien, on ne choisit pas encore trop mal.
12. Des prunes.

cwète quand ça s'ra l'momint, disait le Molonzef d'un air très détaché, *èt elle m'a promis qui dji n'aureus in pagnî pou mes pwîn-nes...* [13]

— *Hein? In pagnî d'qwè?* questionna Toine qui ne savait déjà plus de quoi on venait de parler.

— *Bé, in pagnî d'bioques, hein pa!*

— *Ah!* bougonna Toine avec l'air important d'un homme accablé de lourds soucis, *dj'asteus d'jà lon des bioques* [14].

Visiblement, il ne soupçonnait encore rien.

Alors, T. Déome, qui attendait son tour d'entrer en scène, insinua :

— *Leu gamine, à Hubert èt Élise, est d'vènuwe bé belle.*

Molonzef devint écarlate et piqua du nez dans son assiette.

— *Oyi, in bya p'tit boquet, bé n'avenante et spitante. Ça vique! Si dj'aveus seul'mint septante ans d'mwin-se, c'est mi qu'on wéreut dins l'pâchi pou cwète les bioques èt dji l'freus pou ré, mi!* [15]

Enfin, Toine, relevant le nez, sembla soupçonner quelque chose. C'était vague encore, à peine une lueur, mais la vérité l'approchait. Il regarda T. Déome, puis Molonzef, puis sa femme et, après avoir bien réfléchi, s'adressant à son fils, mi-sérieux, mi-plaisant :

— Attention, hein, Joseph, pasque l'garde, il a un fusil à deux coups et le celui qui tournerait autour de sa fille, il pourrait peut-être bien attraper des plombs dans ses fesses.

— Est-ce que je tourne autour de sa fille, moi? s'indigna soudain le gros. Vous allez vite, vous autres. Nous avons fait nos pâques ensemble, on est camarades et c'est tout.

— *Ça f'reut quand mînme in bya mariatche*, appuya T. Déome.

— *Gn'a né moyé* [16] *d'causè sérieusemint aveu vous, vî cousin,* conclut Molonzef qui était, comme on dit, assis sur des braises.

On n'insista pas ce jour-là. Sa dernière bouchée avalée, Molonzef sortit, l'air pas content, et fila vers la rivière sur son vélo avec son attirail de pêcheur à la ligne. Il en voulait à T. Déome et pensait : « Ce patapouf, à son âge, ne devrait plus se mêler des affaires de jeunesse. Ça n'est pas beau. Y ferait mieux de dire ses prières. »

---

13. J'ai promis à Élise que j'irais donner un coup de main pour les cueillir quand ce sera le moment et elle m'a promis que j'en recevrais un panier pour mes peines.

14. J'étais déjà loin des prunes.

15. Oui, un beau petit morceau, bien avenant et frétillant. Ça vit. Si j'avais seulement septante ans de moins, c'est moi que l'on verrait dans le pâchi pour cueillir les prunes, et je le ferais pour rien, moi!

16. Il n'y a pas moyen.

XIV

LA PÊCHE MIRACULEUSE

Jette l'homme chanceux dans le Nil, et il remontera avec un poisson dans la bouche.

Proverbe égyptien.

Somme toute, ce jour-là comme en tant d'autres, Molonzef allait à la pêche pour se donner une contenance, offrir au public le tableau d'un semblant d'occupation, car il était tout le contraire d'un fervent chevalier de la gaule et ses captures avaient toujours été rares. T. Déome le brocardait souvent sur ce point-là et lui disait entre autres méchancetés que celui qui eût compté sur ses poissons pour se nourrir n'eût pas fait de vieux os.

Or, cet après-midi-là, sans que rien eût permis de le prévoir, mon Molonzef vous fit quelque chose comme une pêche miraculeuse. Il avait plu un peu au petit matin. Le vent était nul, le soleil brillait modérément et le poisson paraissait si vorace qu'il happait sans arrêt les moucherons et insectes innombrables qui venaient s'aventurer à la surface de l'eau. Molonzef décida donc de pêcher à la mouche artificielle et, du premier coup, vous attrapa un chevesne magnifique. Il crut en deviner tout un banc qui flânait entre deux eaux. Un autre suivit presque aussitôt, puis un troisième, long comme son avant-bras, un vrai patriarche de chevesne, avec lequel il dut se battre et travailler de l'épuisette pour l'amener sur la rive.

Et cela continua si bien que son filet, bientôt, fut à demi rempli.

Il y eut comme une pause. Peut-être, au fond de l'eau, un conciliabule inquiet des chevesnes décimés les avait-il décidés à quitter momentanément les parages.

Alors, le gros se dit qu'il ferait bien de s'essayer à la pêche de fond là où se complaisent d'ordinaire les gardons et quelques autres poissons ombrageux, comme les brèmes et les perches.

En conséquence de quoi il adapta à sa gaule une ligne munie de plombs et d'un flotteur. À tout hasard, il fixa sur l'hameçon une boulette de pâte.

Mais quelle fringale travaillait donc la poissonnaille ce jour-là ? Elle était comme endiablée et se serait battue pour gober la boulette. Stupéfait, Molonzef se mit à transpirer d'émoi et il riait seul, même soliloquait. Il disait : « *Qwè c'qui l'z'eux prind? Mais y sont s't'aradgis ! Qué binde di goulafes* [1]. » C'était si rapide, si surabondant qu'il en vint à trouver le jeu monotone.

Pour varier, il fixa un ver à l'hameçon et, l'instant d'après, son flotteur fila sous l'eau, y zigzagua, remonta, replongea. Le gros ferra sèchement. Cette fois, c'était une perche qu'il tenait, et pas une débutante, ah, fichtre non ! La preuve, c'est qu'une fois la bête sur l'herbe, il découvrit qu'elle avait la lèvre supérieure ornée déjà de deux hameçons de beau calibre dont l'un avait gardé un morceau de crin de Florence brisé au cours d'une explication précédente avec un pêcheur qui avait dû lâcher de beaux jurons devant l'échec.

Une heure plus tard, fatigué par la facilité même de ses réussites, Molonzef jugea que ça pouvait suffire pour ce jour-là. Il était d'ailleurs subitement pressé de rentrer. Il avait prouvé ce qu'il savait faire, lui, Joseph Culot, quand il le voulait et il en savait quelques-uns que son exploit allait éblouir.

Son filet, lorsqu'il le tira de l'eau, scintillait d'écailles de toutes couleurs et dimensions. Les poissons, tous bien vivants encore, béaient de détresse et, parfois, y allaient d'un vain sursaut pour se libérer, si bien que le filet en était tout secoué au poing du gros. Il ricanait :

— *Pos d'avance, mes p'tits, falleut né yesse si byesses !* [2]

Le problème fut d'attacher cette friture miraculeuse au guidon de son vélo. Il aurait pu, d'ailleurs malaisément, l'attacher sur son porte-bagages, mais il tenait à ce que chacun la vît bien, et le guidon, c'était encore ce qu'il trouvait de mieux approprié pour son exposition ambulante.

Un carrefour s'offrait à lui. Son chemin normal, c'était celui de droite. Il prit sans hésiter celui de gauche. Pour avoir l'occasion de traverser tout le village, pensez-vous, et de provoquer l'admiration des foules ? Bah, ouiche ! Molonzef voulait tout bonnement passer devant la demeure de sa dulcinée et faire ce qu'il faudrait pour qu'elle l'aperçût, l'admirât, le trouvât incomparable et lui offrît un regard d'adoration.

1. Qu'est-ce qui leur prend ? Mais ils sont enragés ! Quelle bande de goinfres !
2. Il ne fallait pas être si bêtes !

La chance, décidément ne le quitterait pas ce jour-là. Comme il passait devant la maison de sa belle, ce fut le papa Hubert qui, cette fois, surgit sur le seuil de l'étable. Aussitôt, sur un joyeux bonjour, Molonzef mit pied à terre et faillit choir. Pince-sans-rire, le forestier prétend aujourd'hui que ce fut d'émotion. Joseph, lui, jure que ce fut le poids énorme de sa pêche qui, attachée au guidon, l'emporta vers la gauche et l'explication est vraisemblable. Il est vrai que les deux versions sont cumulatives.

Ce qui est sûr, c'est que, l'instant d'après, Élise et sa fille, accourues à l'appel du papa Hubert, ouvraient des yeux ronds devant la richesse du butin de Joseph, et qu'elles poussaient des exclamations variées, toutes admiratives. Et que le garde, lui, disait : « On devrait interdire la pêche à des gaillards comme toi, Joseph. J'ai l'intention de faire un rapport là-dessus. Ça n'est plus ça pêcher, c'est ravager. Y a pour croire que tu as un secret... »

Le gros riait et il en venait tout de suite à poser à la maman Élise une question prometteuse :

— Le poisson, vous l'aimez bien, Élise ?

Elle répondait avec une politesse un peu entortillée : « Du poisson pareil, qui ne l'aimerait pas ? Mais il ne s'agissait pas de cela... »

Sans écouter ses protestations, le gros, déjà, l'invitait à aller prendre un grand plat et faisait, supérieur et drôle :

— Faites vot'choix, Mesdames et Messieurs ! C'est gratuit pour les amis.

Élise se récriait encore pour la forme. C'était trop gentil, disait-elle.

— Gentil ? Je le suis de naissance, gouaillait le gros. Alors, rien à faire, faut m'obéir.

Ce qu'elle fit. Elle revint même avec une bassine.

— Avec trois ou quatre petits, ce sera bien suffisant, minaudait-elle encore comme prise de scrupules.

— Quoi ? fit Joseph. Je vais m'en mêler moi-même.

Et attrapant le filet, il en déversa une grosse partie dans la bassine, malgré les protestations un peu criardes de la mère et de la fille et même du garde qui faisait : « Howe, Joseph, howe ! ».

— Nous en avons pour trois jours au moins, assura Augusta.

Pour toute réponse, Joseph, qui venait de découvrir que la jeune fille portait un tablier muni de deux pochettes, attrapa un petit gardon et, facétieux, le plongea dans l'une des deux pochettes avec ce mot :

— *V'là co ène rawette*[3].

Et comme on riait encore, il lança, très galant :

— Hommage à la jeunesse et à la beauté !

Il lut dans leurs yeux à tous trois que l'on commençait à l'admirer. Pas à dire, les études, ça vous apprend à bien parler. Et l'amour aussi, ça vous rend spirituel.

* * *

Une telle générosité valait mieux qu'un merci, même chaleureux. Le bon garde invita :

— Après un exploit pareil, tu dois avoir soif, Joseph. Viens donc prendre un verre.

Vaurien de papa Hubert ! Avec ses airs benoîts, il avait son idée. D'abord, Joseph but deux grands verres d'une bière assez forte. Un peu compassé au début, il se montra bientôt détendu et ensuite prolixe.

— Faut que tu nous dises ton avis sur ma goutte aux « pernelles », proposa le garde sur un ton innocent, mais avec un clin d'œil à sa femme que le gros ne soupçonna pas.

L'effet de la goutte aux pernelles mariée à la bière forte fut infaillible. Et le pauvre gros se mit à raconter sa pêche avec une mimique si exubérante et de si lyriques hyperboles qu'il en vint tout de suite à la tartarinade et à l'attitude héroïque. À l'en croire, il avait été à deux doigts de laisser sa vie dans l'aventure. Mais il était malin, lui, Joseph Culot, et il savait sur les mœurs et la capture des poissons des choses que bien peu d'initiés savaient. Et la pêche, d'ailleurs, il l'avait dans le sang. C'était un don, une précellence innée, comme la musique ou la bosse des mathématiques.

Et brusquement, il en revint à parler de ses projets d'avenir.

Il est vrai de dire aussi que le garde l'y avait amené par une remarque assez insidieuse :

— Tu pourrais gagner ta vie à pêcher, toi, Joseph...

— Des blagues ! s'exclama le gros. Des pêches pareilles, ça n'arrive tout de même que rarement. Ce qu'il faut, c'est un emploi stable.

Oubliant qu'il se répétait avec la belle inconscience de l'homme éméché, il précisa :

— Oui, secrétaire communal, par exemple. Je réunis les conditions. J'ai un diplôme d'humanités. Seulement, je dois passer un exa-

3. Un petit supplément.

men sur le droit administratif. Je vas me mettre tout de suite à l'étude en attendant mon service militaire. Et je continuerai au régiment. Et aussitôt que je serai nommé, je me marie.

— T'as déjà fait ton choix ?

Augusta, qui ne perdait pas un mot du dialogue malgré son apparente indifférence, s'enfuit à ce moment dans la pièce voisine.

— J'ai mon idée, dit le gros d'un air malin. Nous en reparlerons.

Et comme il voyait rire la joyeuse Élise et se sentait en veine d'esprit, il la contempla un moment et, tourné vers le garde, lui servit en wallon cette galéjade inattendue :

— *Commint ç'qui vos v's'y avouz pris pou vos mariè aveu ène belle petite dgins comme ça, hon, vous ? Pasqui, nom di djo, quand elle aveut vingt ans, elle diveut yesse bramin pus belle qui vous* [4].

S'adressant à Élise :

— *Vos n'avouz né stî sbaréye pa s'grosse moustatche ?* [5]

Elle riait de bon cœur. Et mine de rien, les yeux noyés de plaisir aussi, le garde remplissait encore le verre de Joseph de sa fameuse goutte aux pernelles.

Augusta rentra encore tout juste au moment où le gros y allait d'un nouveau madrigal, cette fois d'une limpidité telle que l'on ne pouvait plus douter de ses intentions :

— À vot' santé, Élise ! À la vôtre, Hubert ! *Dji n'veux né d'aut's byas-parints qui vous-aut's !* [6]

Le garde et sa femme n'en pouvaient plus. Augusta les regardait d'un air scandalisé. Visiblement, Molonzef avait trop bu et ils abusaient de sa simplicité.

Et pourtant, sa maman, à elle, ne pouvait s'empêcher de s'attendrir un peu en contemplant le gros. Elle lui trouvait de plus en plus un air bon enfant et des yeux clairs de petit garçon. Et avec ça, un teint d'une fraîcheur rosée et un amusant toupillon blond sur le sommet de son crâne rond, des oreilles un peu décollées, des dents saines qu'il montrait toutes lorsqu'il riait. Oui, elle le trouvait vraiment gentil à ce moment, la maman Élise. « Appétissant » aussi, c'était le mot qu'elle avoua plus tard. Et il avait sûrement bon cœur. À preuve la générosité qu'il venait de témoigner par son beau cadeau.

Elle le découvrit même si touchant qu'il lui vint un remords sou-

---

4. Comment vous y êtes-vous pris pour épouser une belle petite personne comme ça, donc, vous ? Parce que, nom di djo, quand elle avait vingt ans, elle devait être beaucoup plus belle que vous !

5. Vous n'avez pas été épouvantée par sa grosse moustache ?

6. Je ne veux pas d'autres beaux-parents que vous.

dain de l'avoir mis, de connivence avec son homme, en l'état où elle le voyait, si bien que, s'adressant à sa fille, elle l'invita :

— Fais-nous donc une tasse de café, une bonne. Ça vaudra mieux pour la santé de tout le monde que la goutte aux pernelles de ton père.

Augusta comprit. Il s'agissait de renvoyer au maïeur et à Hilda un Molonzef régulier.

Il s'en moquait bien, du café, le gros Molonzef, mais il se garda quand même de le refuser. Le prétexte était trop beau pour rester un moment encore dans la maison qui abritait son aimée.

Et dès les premières gorgées de ce sacré café brûlant et fort, *« à fai raviquè in cadâfe »* — c'était sa propre expression et un compliment encore — il redescendit à peu près au niveau de la calme raison. Même, conscient peut-être de ce qu'il avait dit d'un peu fou l'instant d'avant, il s'efforça d'atteindre la compensation parfaite par de graves propos. Il dit par exemple :

— À l'armée, paraît qu'on fait du sport. Je vas en profiter, parce que j'ai une tendance à grossir. Je tiens ça de mon père. Belle occasion de me faire du muscle au lieu de graisse.

... Depuis un petit moment, Lisa semblait réfléchir. Elle trouva le moyen d'attirer Augusta dans la pièce voisine. Un conciliabule chuchoté s'ensuivit. Elle revint avec une invitation :

— Demain, c'est vendredi. Menu du jour : poisson à volonté et à toutes les sauces. Joseph, c'est à vous que nous le devons. Voulez-vous nous faire le plaisir de dîner avec nous ?

Ébloui, cramoisi de bonheur, il bafouilla des remerciements qui n'étaient, on s'en doute, que formalistes... Veux pas vous déranger, disait-il... C'est trop gentil... Mes poissons, vous comprenez, c'est de bon cœur...

Mais on ne dut guère insister. Et comme l'heure de traire les deux vaches de l'étable était arrivée, il prit congé. « Merci et à demain ! », promit-il en remontant sur son vélo.

* * *

Même réduite de moitié par le cadeau qu'il venait de faire, sa pêche gardait son air miraculeux. Chez le maïeur, on fit donc fête au pêcheur, non pas que l'on y raffolât du poisson, sauf Hilda, qui n'eût pas été sans cela une vraie fille des Flandres. Mais on se montra très fier de l'exploit. Et T. Déome qui, tant de fois, s'était gaussé des pauvres aptitudes du pêcheur Molonzef, resta béant durant une longue minute. Il tournait et retournait les poissons de son gros index et n'en revenait pas, cependant que le Joseph se rengorgait. À la fin, le vieux — c'était plus fort que lui — y alla d'une question perfide :

— *Dins qué magasin qu'on z'achète ça ?*

Joseph s'attendait à une noirceur de ce genre. Il répondit, assez acerbe :

— *Ça n'est sûremint né dans l'magasin qu'on vos a achètè, pasqui mes pêchons, y n'sont né comme vous : c'est dè l'bonne martchandige.*

T. Déome le prit fort bien. Il aimait le Molonzef plutôt un peu hargneux que passif.

Il ne soupçonnait pas encore à ce moment, le vieux T. Déome, l'embarras qu'éprouvait le garçon pour annoncer à ses parents qu'il était invité à dîner chez le garde Hubert le lendemain vendredi. À aucun prix, il ne voulait le révéler devant le vieux malin, qui n'allait pas manquer la belle occasion de le retourner sur le gril.

Alors, il suivit sa mère au jardin et, assez gauchement, commença :

— Vous savez, maman, mes poissons, j'en ai donné quelques-uns à... au... au chose... au garde Hubert.

— Ah ! fit Hilda tout tranquillement en fixant un essuie-main de sa lessive sur une corde à linge, vous l'avez rencontré encore, le garde ?

— Non... oui... enfin, il sortait comme je passais devant sa maison. Alors, on a causé. Et il m'a fait entrer pour montrer ma pêche à Élise et à sa fille.

— Il me semble que l'on a encore fait le grand tour pour rentrer à la maison, mon petit Joseph.

— Une idée comme ça. Il faisait beau. J'en ai profité pour me promener.

Hilda fixa une nouvelle pièce de linge sur la corde. Elle ne dit rien.

— Alors, continua le gros attrapant son courage à deux mains, ils ont voulu me remercier de mon petit cadeau et ils m'ont invité à dîner avec eux demain. C'est justement vendredi et...

Mais Hilda, qui venait d'achever son travail, se tourna lentement vers son garçon, le regarda dans les yeux. Il y avait dans son regard non pas de la sévérité, mais beaucoup de gravité et un peu de tristesse aussi. Lui, gêné, ne parvenait plus qu'à répéter : « c'est vendredi... »

— Joseph, dit-elle à la fin, les parents d'Augusta sont de braves gens, et elle, c'est une gentille fille. Ton père et moi, nous les aimons bien. Seulement, toi, tu aimes avant tout Augusta. Je te comprends. Mais il faudrait savoir si elle t'aime vraiment aussi et si elle n'est pas occupée à rire un peu à tes dépens... C'est que, vois-tu, vous êtes bien jeunes tous les deux. Et tu n'as pas de situation, et tu dois faire ton service militaire.

— Bien sûr, reconnut le gros. Mais ce n'est pas parce que l'on m'invite à dîner qu'il faut s'imaginer...

Hilda réfléchit un moment encore, soupira. Et sa conclusion fut nette :

— Tu as accepté, je le devine. Eh bien, vas-y ! Mais je mettrai ton père au courant.

— Pas devant T. Déome, s'il vous plaît, maman !

— C'est promis. Mais il faut que nous causions de cela sérieusement, ton père et moi.

Le gros ne dit plus rien. Il rentra songeur, soulagé par son aveu et plein de gratitude envers sa mère qui comprenait si bien les choses et à qui il accordait toute confiance pour l'explication avec le papa Toine. Il recommanda encore :

— Surtout, pas un mot devant T. Déome. Il aurait bien trop de plaisir, ce gros « chinard » !

* * *

Lorsqu'il recueillit la confidence, Toine, on s'en doute, resta un moment estomaqué et, pour tout dire, ne comprit pas tout de suite. Il se demandait si l'on n'était pas occupé, chez ce garde Hubert, qu'il avait toujours tenu pour pince-sans-rire, à dindonner son gamin ou si, au contraire, ce n'était pas lui qui, trop malin, forçait les barrières pour pénétrer dans la place.

En attendant la solution du problème, il dit exactement ce que Hilda était sûre d'entendre :

— Gn'a longtemps que je vois clair dans cette affaire-là !

Et il se gratta la nuque, poussa un profond soupir. Curieusement, lui aussi recommanda à son épouse :

— Pas un mot devant T. Déome, n'est-ce pas ! Il en ferait core une risée...

* * *

Molonzef se leva le lendemain de grand matin et procéda à sa toilette minutieusement. Il mit un temps infini à se raser, à se bichonner, à se brosser les dents. Il hésita longtemps entre deux chemises de nylon, l'une d'un blanc uni et l'autre à fines rayures bleues. Il choisit la bleue sur laquelle il noua une régate vert bouteille. L'effet, très discutable, lui parut heureux. C'était l'essentiel. Que nous resterait-il sans nos illusions? Nos certitudes, elles, sont presque toujours cruelles.

Que faire jusqu'à l'heure du dîner? Il n'allait tout de même pas imposer sa présence à ses hôtes durant toute la matinée. Sa maman lui avait recommandé la discrétion. À onze heures et demie, ce sera parfait, avait-elle précisé.

Oui, mais le problème était d'échapper aux brocards de T. Déome qui n'allait pas tarder, lui, à surgir dans la maison de Toine.

Alors, la nécessité inspira à Molonzef une assez grosse malice. Il fixa sur son vélo un vague attirail de pêche, se tailla un bout de tartine qu'il fourra dans ses fontes et recommanda:

— S'il demande où je suis et pourquoi il ne me voit pas à table, c'est simple, je suis à la pêche et j'ai emporté mon dîner avec moi. Ainsi, vous ne mentirez vraiment « qu'un tout petit peu ».

La maman sourit, affectueusement complice et ne put s'empêcher d'admirer la subtile casuistique de son fils.

Mais il faut croire que le ciel, lui, se refusa à prêter la même complicité à cette trop fine imposture, car, sortant de sa maison, Molonzef se trouva nez à nez avec T. Déome et le vieux brusqua l'attaque:

— *Tins, on met ses pus bellès loques pou z'allè à l'pêche, à ç't'heûre!*

— *C'est l'nouvelle mode,* laissa tomber Molonzef très détaché.

— *Bah?* fit T. Déome, moqueur. Et reniflant, il ajouta:

— *Et qué parfum! Dji n'saveus né qui ça attireut l'pèchon...*

— *V's'avouz co bramin*[7] *des affaires à apprinde. Au revoir, cousin!* lança le Joseph enfourchant son vélo.

T. Déome le regarda filer avec un sourire de vieux Méphisto. Et tout de go, il servit à Toine et Hilda:

— *Ç'gaillard-là, ça y est!*

— *Ça y est?* fit Toine jouant l'étonnement. *Qwè qu'y est?*

— *Il è-st-amoureux.*

— *Amoureux? Amoureux de qui?*

— *D'ène pètite pouyette qu'on peut trouvè né bé lon di d'ci*[8].

Hilda en avait déjà assez de la petite comédie. Elle la tenait d'ailleurs pour vaine devant ce vieux finaud de T. Déome. Alors, elle dit:

— Asseyons-nous.

7. Beaucoup.
8. D'une petite poulette que l'on peut trouver pas bien loin d'ici.

Et aussitôt, elle confia au bonhomme tous les détails qu'il souhaitait.

Elle fut étonnée de le découvrir songeur, presque ému. Visiblement, cette idylle, qu'il eût pu prendre pour passade et même enfantillage, ne lui déplaisait pas du tout. Il tirait de sa pipe d'énormes bouffées et continuait de réfléchir en silence. Ce qu'il dit pour finir revenait à ceci :

— C'est à encourager. Il aurait tort de chercher plus loin. C'est des braves gens, et la petite, elle est éveillée et vaillante. Notre gros, lui, ça va peut-être lui donner de l'allant. Il fera un effort sérieux pour étudier le programme de son examen et gagner le poste de secrétaire communal. Et son service militaire ne lui paraîtra pas trop déplaisant. Il s'arrangera pour ne pas s'exposer aux punitions qui le priveraient du plaisir de rentrer régulièrement chez lui en congé ou en permission. Durant ses heures libres, au lieu de tourner en rond et de suivre peut-être de mauvais conseillers, il écrira, vous devinez quoi et à qui. Pour une courte lettre que vous recevrez, il en écrira six à une autre destinataire. Il ne faudra pas vous en plaindre. Ce sera très bien ainsi.

— Mais rien n'est encore décidé. Ils ne sont nulle part, objecta le papa Toine pour le principe.

— Pouh ! Rien décidé ? Alors, pourquoi l'invitation ? Si la petite Augusta ne l'aimait pas, il ne serait pas chez elle aujourd'hui. Toutefois, faut mettre l'affaire au clair. Et c'est encore vous, Hilda, qui êtes toute désignée pour en parler avec Élise, qu'il ne vous sera pas difficile de rencontrer.

Il paraissait tout guilleret, le bon gros T. Déome, avec son éternelle jeunesse de cœur, devant la perspective de ce qu'il appelait déjà « la belle alliance ». Et son Molonzef, il le voyait fort bien promu secrétaire communal de son Trignolles natal. Et il se voyait tout aussi bien lui-même l'épaulant et le guidant de ses conseils de vieux praticien du métier, car il était entendu qu'il n'était pas près de mourir, lui, T. Déome. Cette idée macabre ne l'effleurait même pas. Qui lui en eût parlé eût été reçu fraîchement.

Pendant qu'il en était à construire un commode et riant avenir au Molonzef, il ajoutait, vraiment en veine d'invention ce jour-là :

— Je lui passerai mon portefeuille d'assurances. Ça lui fera un bel appoint. Madame Molonzef, de son côté, rien ne l'empêchera de tenir un petit magasin de quelque chose.

Pour la forme, Toine dit :

— Et mon horticulture, qu'est-ce qu'elle devient ?

— Ça ne lui dit sûrement rien après tout ce que tu as dit et fait pour l'en dégoûter, remarqua froidement T. Déome.

Toine courba la tête. Ce que disait T. Déome n'était que trop vrai. Le gros fit un geste las qui pouvait signifier :

— On verra.

Mais on sentait malgré tout chez lui plus de joie intime que de résignation.

* * *

Tout se passa fort bien chez le garde Hubert. Rien qu'à la façon dont la petite Augusta avait préparé la friture, le bon Joseph devina la bienveillance de ses sentiments. Sa cuisine, c'était un aveu dûment et artistiquement signé. Et la grâce rougissante avec laquelle elle le servit acheva de le convaincre. Intimidée encore, elle parlait peu, mais ses yeux brillaient. Et elle pensait : « Oui, il a l'air d'un brave garçon, il a de bons yeux et ses projets d'avenir semblent raisonnables. Alors, pourquoi en attendre un autre ? »

Hilda avait recommandé à son garçon de ne pas s'éterniser ce jour-là chez ses hôtes. Vers trois heures, très poliment, il leur demanda s'il ne les encombrait pas. On se récria. Pour une fois que l'on pouvait s'offrir une détente, on n'allait pas la rater. Et ce fut ainsi qu'il ne quitta la maison du garde que vers cinq heures. Il serra la main à chacun avec un merci très chaleureux. Celle d'Augusta tremblait un peu dans la sienne. Et elle murmura :

— C'est nous qui vous remercions encore, Joseph.

Il lui sembla, à lui, qu'il n'avait jamais entendu prononcer son nom avec une telle douceur.

* * *

On s'en doute, les explications entre les deux mamans, qui étaient d'ailleurs de bonnes amies, aboutirent bien vite à un accord. Et Molonzef obtint tacitement des parents d'Augusta ce que, dans le pays, on appelle « l'entrée de la maison ». Autrement dit, il lui fut permis de « fréquenter » moyennant un protocole de discrétion qui ne trompa personne. Toine disait : « Ils sont camarades, et c'est tout. » Le garde, lui, toujours taiseux, souriait dans sa grosse moustache, faisait parfois : *« C'est des èfants... »* Et les deux mamans concédaient : « Peut-être... Mais que voulez-vous, ils se connaissent depuis l'école gardienne. Après le service militaire, on verra... »

Ce service militaire, Molonzef ne le commencerait que dans quelques mois. Belle occasion pour préparer son examen de droit administratif. Il s'y mit avec la ferme volonté de le réussir et ne travailla plus jamais autant qu'à ce moment. Il s'inscrivit même à un cours par correspondance qui lui fut d'un précieux appoint.

La caserne, sans l'avouer, il la redoutait un peu et s'en faisait une image pessimiste. Il la voyait pleine d'ennuis et d'embûches. D'autre part, on lui avait dit que son diplôme lui donnerait sans doute accès à l'école des sous-officiers et il en éprouvait quelque gloriole.

De fait, il y fut admis après un examen que, selon son habitude, il réussit de justesse. Ce qui le sauva, ce furent ses apparences physiques. Les médecins militaires le trouvèrent bien bâti, avec, cependant, une tendance à l'obésité que le régime, ils en étaient sûrs, aurait tôt fait de corriger, d'autant que le candidat était désigné pour l'infanterie.

Ils ne se trompaient pas. Molonzef se voulait soldat modèle et n'avait qu'un désir : profiter de l'occasion pour acquérir une sveltesse athlétique qui, jusqu'alors, lui avait manqué. Il en avait assez de s'entendre toujours appeler « le gros ». Ça l'avait toujours vexé. Il ne le tolérait vraiment que dans la bouche d'Augusta parce qu'elle le nuançait d'un accent de tendresse qui l'émouvait profondément.

Une fois militaire, il ne mit pas six semaines à se dégraisser et à passer aux yeux, sinon des adjudants, du moins de ses proches et surtout d'Augusta, pour le plus beau fantassin de l'armée belge. Martial d'allure et le teint avivé par les exercices de plein air, il en vint à porter la tenue avec un air d'aisance et même d'élégance si crâne que cela faisait plaisir à voir. Il eût volontiers joué au dur. Mais ses yeux d'enfant rendaient un peu risibles les efforts qu'il s'imposait pour y parvenir.

Et il était stupéfait, le Molonzef, de découvrir combien ses journées étaient chargées et combien les semaines passaient vite. Il n'éprouvait guère la tentation de profiter de ses soirées de liberté pour aller flâner dans la ville où s'égaillaient presque tous ses compagnons. Il étudiait sérieusement ses cours d'aspirant sous-officier et, chaque mercredi, écrivait à Augusta une longue lettre dont il ne s'apercevait pas qu'elle répétait jusque dans la forme l'épître précédente. N'empêche, Augusta trouvait chaque fois à les lire un plaisir nouveau et y répondait fidèlement. Ce qu'elle lui écrivait revenait à lui donner de bons conseils. Et il était fort ému, le soldat Molonzef, par le caractère quasi maternel de ces lettres-là. Pieux aussi, il était touché profondément par cette petite phrase qui revenait souvent : « Je prie pour toi, pour nous deux. Reste bon, pour être tout à moi comme je veux être toute à toi. »

Ainsi, l'amour de la petite Augusta maintenait le gros à une belle altitude morale en un milieu où les défaillances sont faciles et où, même, on ne passe pour vraiment viril que sur certificat de dépravation. Et son exemple, qui se gardait loin d'une déplaisante agressivité, fit du bien à quelques-uns. Il en était peut-être inconscient, mais il partageait avec Augusta le mérite d'un noble rayonnement.

À chaque retour de son soldat au village, la jeune fille s'attachait un peu plus à lui, parce qu'il embellissait et qu'il parlait avec une gravité nouvelle. Il se montrait soucieux de son avenir et, dans ce souci, elle découvrait la volonté de la rendre heureuse.

Il gagna bientôt ses galons de sergent. Mais il n'eut guère le temps de s'en réjouir. Cette promotion l'envoya en Allemagne. Au préalable, il bénéficia d'un congé assez long qu'il partagea à parts presque égales entre sa famille et sa fiancée.

* * *

Elle pleura un peu lorsqu'il partit et préleva sur ses économies de quoi faire célébrer une messe par son curé pour placer son exilé sous une foule de protections célestes qui allaient de la Vierge à saint Joseph, sans oublier saint Antoine et même sainte Augusta, de qui elle ne savait vraiment rien, mais qu'elle imaginait fort bien protectrice des Molonzef militaires et amoureux.

Ce qui est sûr, c'est que là-bas non plus, le brave Joseph ne perdit pas son temps à baguenauder parmi les curiosités vite lassantes que lui offrait l'Allemagne. Il s'était remis à bûcher tenacement les matières de son examen de secrétaire communal et, vers la fin de son service, obtint un congé spécial pour venir l'affronter.

Et pour la première fois de sa vie, il excella. Sa cote fut si remarquable qu'il mit quelque temps à l'admettre. Si bien que la fin de son service fut l'occasion d'une fête qui ressemblait fort à des fiançailles. Elle fut d'autant plus joyeuse que le vieux secrétaire communal, qui y était invité en même temps que T. Déome, annonça à la fin du repas sa ferme décision de solliciter le lendemain même sa mise à la retraite.

Et tout marcha comme sur des roulettes. Le garde Hubert, futur beau-père de Molonzef, vous avait, avec ses airs tranquilles, de fort belles relations qu'il devait à ses contacts fréquents avec des messieurs qui venaient chasser dans les bois communaux durant l'automne et l'hiver. Chaque fois, ils s'en retournaient fort contents du tableau de chasse et tenaient Hubert en haute estime. L'un d'eux, spécialement influent dans les sphères ministérielles, lui promit de s'occuper de la nomination de Molonzef et tint si bien parole que, moins d'un mois plus tard, Trignolles avait un nouveau secrétaire communal de vingt et un ans et quelques mois.

* * *

Ce fut le moment que choisit Toine pour déclarer énergiquement que, pendant qu'on y était, la commune ferait bien de se pourvoir aussi d'un nouveau maïeur, car lui en avait assez depuis longtemps. Il se faisait vieux, geignait-il continuellement, et ne se retrouvait plus dans les innombrables lois, décrets, instructions et arrêtés qui pullulaient d'un jour à l'autre comme autant de chardons auxquels, pour finir, il n'accordait plus d'attention. Au surplus, il y avait belle lurette que sa majorité d'élus sans lutte, présentés sur une liste unique d'intérêts communaux, n'était plus qu'un souvenir. Une liste adverse s'était formée qui lui avait envoyé dans les jambes deux ou trois gaillards plus agités qu'efficients, il est vrai, mais qui, toujours à l'affût de l'objection, de la critique et de la hargne, lui rendaient le pouvoir déplaisant. Et des folliculaires s'acharnaient à le ridiculiser chaque semaine dans des petits journaux que le gros prenait au tragique, cependant que T. Déome, lui, s'en amusait de bon cœur et trouvait que ces jean-foutre, comme il les appelait, manquaient d'imagination. Il y avait à dire à propos de Toine, selon lui, bien d'autres choses autrement juteuses que les pâles élucubrations qu'ils rabâchaient inlassablement.

— *Faura pou fini qui dji l'zeux die mi-mînme tout ç'qui dji sais su t'compte*[9], lançait-il à Toine pour ne pas perdre l'habitude de le picoter.

Et le maïeur, lui, pour ne pas perdre l'habitude de se fâcher, criait :

— *V's'astouz tellemint mînteûr qui mînme ces vaurés-là n'vos croiront né*[10].

En tout cas, ce jour-là, Toine jura qu'il ne figurerait sûrement plus sur la liste des candidats aux prochaines élections. Et comme on se récriait, il sortit sa raison majeure. Il ne voulait pas, disait-il, offrir à ses adversaires l'occasion de clamer que la famille Culot monopolisait les fonctions administratives de la commune. Il y avait là une ques-

9. Il faudra pour finir que je leur dise moi-même tout ce que je sais sur ton compte.

10. Vous êtes tellement menteur que même ces vauriens-là ne vous croiront pas.

tion de discrétion et même de décence. Et pour tout dire, lui, Toine, après la vie de bagnard qu'avait toujours été la sienne, il avait besoin de repos, ne fût-ce que pour rédiger le testament qu'il n'avait jamais trouvé le temps de mettre au point.

* * *

On le vit revenir à la charge le lendemain après le passage du facteur, avec le dernier numéro, tout frais paru, de « La lanterne rouge ». Et cette fois, son indignation fut si profonde que l'on craignit pour lui la congestion. Tout cela parce qu'un correspondant local, qui usait volontiers de ce genre mineur d'esprit, y était allé d'un calembour dont le nom prestigieux de Culot faisait les frais. Il écrivait textuellement :

Non contente d'avoir infligé à la commune un maïeur drôlatique en la personne de l'ineffable Toine, voici que la famille Culot réussit à renforcer son influence en la gestion des affaires publiques par la nomination au poste de secrétaire communal du propre fils du maïeur susdit. Ce garçon, à peine majeur et frotté d'un vague humanisme laborieusement conquis dans un institut clérical, a visiblement hérité de l'opulence physique et de l'âme farfelue de son papa. Il ne comprend jamais qu'avec un certain retard et transpire d'angoisse devant la moindre taupinière qu'il prend couramment pour l'Himalaya. On lui prête par contre beaucoup de sentiment, un excellent appétit et l'amour des sports violents comme la pêche à la ligne et le jeu de couyon. C'est toujours ça. Reste à voir si des attributs tellement remarquables peuvent faire de lui le secrétaire communal dévoué et débrouillard qu'exigent les temps que nous vivons. De toute façon, Toine nous aurait suffi comme échantillon du pittoresque de sa dynastie dans la gestion des intérêts de Trignolles. Une pudeur élémentaire aurait dû le lui faire comprendre. Nous sommes à peu près sûrs qu'aux prochaines élections communales, les électeurs de l'endroit feront de leur mieux pour, enfin, « déCulotter » leur administration.

Oui, la lecture de ce morceau-là valut à la famille de Toine une grosse inquiétude. La colère l'étouffait, la honte l'accablait, et il passait de l'éclat de fureur à la prostration. Il fut incapable du moindre travail durant toute une matinée alors que son horticulture, cette année-là, souffrait déjà d'un sérieux retard dû aux intempéries. Avec son penchant à dramatiser, il s'estimait à la fois insulté et déshonoré. Il parlait de vengeance et les plus grosses injures de son répertoire y passaient. Hilda avait beau lui dire que tout cela n'était que ramages de méchants jaloux et qu'en politique les outrances sont monnaie courante, il n'en démordait pas. Et plus il relisait le morceau, plus il le trouvait odieux. Certains termes le mettaient hors de lui. Et dans la qualification de « farfelu » dont il chercha vainement le sens dans le petit Larousse de son école primaire, il sentit comme physiquement un abîme de noirceur. Il le rapprocha de nombreux termes de même sonorité péjorative, comme « bossu, tordu, biscornu, têtu, pansu » et même, pour finir, « cocu », très vilain mot dont, le jugeant indécent et absolvable seulement après confession, il s'était toujours interdit d'user devant ses enfants.

Il se promit un moment de ne demander le sens de « farfelu » qu'à son curé. Mais il en rougit d'avance, parce que c'était gênant. Alors, il pensa à son gendre, le docteur. Les médecins, estimait-il, ils ont tout vu et entendu, et leur optique de la pudeur est spéciale, pour ainsi dire hors moralité courante.

Mais ce qui lui retournait vraiment les sangs, au pauvre Toine, c'était le trait final de l'épigramme : « DéCulotter l'administration ! » Il n'en avait pas saisi tout de suite l'âcre perfidie. Le C majuscule, il l'avait pris pour une coquille de typographe et il se butait sur le sens brutal et inconvenant du verbe. Mais lorsqu'il comprit — une heure ou deux plus tard — en quelle poivrade indigne on offrait son nom vénéré à la dérision des foules, il conclut :

— *Ça n'peut né s'passè comme ça, on s'expliquera devant les tribunals !*

Mais il se rappela presque aussitôt que, gagné ou perdu, un procès est toujours coûteux et parfois interminable en ses rebondissements. Alors, éliminant la procédure, il prit l'une des décisions les plus héroïques de sa vie, déjà si riche de beaux traits de courage. Oui, il décida tout simplement que, pendant qu'il en était à perdre du temps, il allait consacrer son après-midi à répondre lui-même — et de quelle encre ! — à l'infâme individu qui le vilipendait dans sa feuille méprisable.

En immédiate conséquence de quoi il s'enferma avec sa gazette dans une petite pièce de l'étage qu'il appelait son bureau et attrapa une grande feuille de papier blanc et un crayon qu'il posa devant lui. Après quoi, la tête dans les mains, il relut encore une fois, lentement, la prose de son diffamateur et réfléchit longtemps.

... Soudain, il sursauta et tendit la main vers une collection de journaux empilés sur une étagère. C'était « Le courrier des chaumières », la feuille bien pensante à laquelle il était abonné. Il en compulsa quelques exemplaires avant d'y découvrir ce qu'il cherchait. Il lut :

Réponse à un illuminé.
Suivait ce texte mâle :

Monsieur le Rédacteur en chef,

Usant de mon droit de réponse à l'article paru dans le dernier numéro de votre hebdomadaire sous le titre : « Un personnage peu scrupuleux », je vous somme et au besoin vous requiers...

Toine s'arrêta là, pensif, replia la feuille et murmura :
— *Non, ça, c'est des phrases d'avocat. Si dji fais l'mînme, on n'croira jamais qui c'est mi qui l'a scrît.*

Et il se replongea dans sa méditation. C'était décidément plus laborieux que prévu.

Si laborieux même, qu'une heure plus tard, il descendait la tête en feu, l'œil fixe, le front barré de trois rides profondes et qu'avec un grand soupir, il réclamait à sa Hilda un verre d'eau et deux aspirines.

Là-haut, dans son bureau, sur la grande feuille blanche qu'il avait posée devant lui, il y avait six ou sept lignes d'une écriture appuyée et trois au moins étaient biffées. Restait cette introduction :

Monsieur le Rédacteur en chef,

Comme vous avez pu le lire dans le torchon de l'adversité, j'ai été attaqué dans mon honneur de bourgmestre et de père de famille par un lâche individu qui n'a même pas le courage de signer ses écritures anonymes en des termes vraiment mal élevés. Si ce monsieur aurait un peu d'éducation...

* * *

Comme Toine, sous l'œil inquiet de sa femme, avalait sa seconde aspirine, T. Déome, invisible depuis le matin, entra. Il avait fait ses visites habituelles, « courtisé » avec des jeunesses de septante ans et plus et avait même déjeuné chez l'une d'entre elles. Après quoi, il était passé par l'Auberge des voyageurs, y avait bu deux pèkets, s'y était offert une sieste et reparaissait avec un sachet de bonbons pour Hilda et un beau cigare pour Toine.

Il ne savait rien encore du drame qui bouleversait le gros, mais, au premier coup d'œil, il devina que ça n'allait pas.

Sans un mot, Toine lui tendit « La lanterne rouge », lui indiqua le morceau du « lâche individu ».

T. Déome s'installa dans son fauteuil et commença la lecture.

Il lisait sans hâte, comme s'il dégustait chaque mot, cependant que Toine l'observait, impatient et, à son grand étonnement, pour ne pas dire son indignation, le découvrait serein, même souriant. Oui, ça paraissait vraiment l'amuser, ce vieux chinard, toute cette prose qui n'était au sens de Toine que fange et opprobre sur le nom immaculé de sa tribu. Et lorsque, arrivé au trait final, le gros T. Déome éclata de son rire homérique, il resta bouche bée et se demanda si l'autre ne devenait pas brusquement fou.

— *Elle est bonne ! Oyi, elle est bonne !* gloussait le gros en s'essuyant les yeux.

— *Ça fait qui ça vos fait rire, vous !* éclata le maïeur.

— *Tu n'vaureus tout de mînme né qui dji braiye*[11]*, hein, innocint !*

— *Pou ça, vous n'avouz né assè d'cœur, gros sins-soucis !*

Mais T. Déome riait de plus belle. Et il hoquetait : *« déculotter le conseil communal », l'cia qu'a trouvè ça e-st-in comique. Si dji l'rencontre, dji li pa-y-erai ène bonne chope. C'est trop bé trouvè.*

— *Mais mi, en rattindant,* bêla Toine, *dji vas li pa-y-i ène rèponse qui va l'rimette à place, canaille qu'il est ! Si vos aviez in frére, dji direus qui ça n'peut yesse qui li qu'a scrit ça*[12].

— *Dji creus qui dji s'reus fier di li,* avoua T. Déome. *Il a l'manière pou s'siervi d'in porte-plume.*

— *P'tète bé qui dji m'è siéfe ossi bé qu'li*[13], ricana Toine, avantageux.

— *Ah !* dit T. Déome étonné. *C'est l'aspirine qui t'fait ç't'effet-là ? Tu divreus è prinde pus souvint...*

Sans répondre à cette dernière boutade, Toine regrimpait dans son bureau, en redescendait avec sa feuille vengeresse, la fourrait sous le nez de T. Déome avec ce mot :

— *V'là toudis l'commincemint. Le resse chura*[14].

Et cette fois, la crise de fou rire qui secoua la bedaine et la tête et les membres du vieux fut telle que Hilda s'en inquiéta. Il toussait, râlait, agonisait de plaisir. Entre deux spasmes, il bégayait : « torchon... adversité... mal élevé, hou ! »

Il se leva précipitamment et sortit dans le jardin. C'est qu'à son

---

11. Tu ne voudrais tout de même pas que je pleure !
12. Si vous aviez un frère, je dirais que ce ne peut être que lui qui a écrit cela.
13. Peut-être que je m'en sers aussi bien que lui.
14. Le reste suivra.

âge, quand on rit si bien, c'est comme les bébés, une culotte est vite mouillée...

* * *

Il paraissait apaisé, même grave lorsqu'il rentra. Son premier mot fut pour enjoindre :

— Mossieu le bourgmestre, installez-vous là et écrivez sous ma dictée !

— À qui ? fit Toine subjugué, mais méfiant encore.

— Au « Courrier des chaumières », fit tranquillement T. Déome. Et il dicta lentement, mais sans trébucher une seule fois :

Monsieur le Rédacteur en chef,

Vous n'aurez pas manqué de lire dans le dernier numéro de « La lanterne rouge » le conseil donné à mes électeurs de « déculotter » le conseil communal de Trignolles. Au trop spirituel mais peu courageux auteur de cette curieuse idée, je ne puis que répondre : Commencez par le faire pour votre propre compte et nous découvrirons sûrement alors votre vrai visage.

Lorsqu'il eut bien lu et relu cette brève réplique, Toine comprit et daigna trouver, d'un air assez bougon, que ce n'était pas mal, mais un peu court, et qu'au surplus, il avait, lui, Toine, beaucoup d'autres choses cinglantes à expédier à la tête du « lâche individu ». T. Déome le traitait, remarquait-il, avec beaucoup trop de générosité.

Et puis encore, quelque chose le chiffonnait qu'il ne parvenait que difficilement à exprimer. Il commença :

— *Est-ce qui, dins ène gazette catholique, on peut causè di « disculotâtche ? »*

— *On y cause bé d'twè* [15], riposta T. Déome. *Après ça on peut tout s'permette.*

Toine ne dit plus rien. Mais après un coup d'œil à l'horloge, il se leva brusquement.

— *Assè d'tins pierdu !* grogna-t-il.

Et il courut vers son jardin, attrapa sa bêche. T. Déome le suivit du regard par la fenêtre. Rien qu'à la façon vigoureuse dont le gros

15. On y parle bien de toi.

travaillait, il devina qu'il était soulagé et vraiment heureux. Il soupçonna même qu'il riait.

*
* *

Il s'ajoutait de la sorte, inconsciemment, à tous les autres rieurs que la réponse mit de son côté, le samedi suivant. Tous ceux qu'il rencontrait lui en parlaient, le félicitaient. Au début, il se demanda s'il ne devait pas rendre à César — un certain T. Déome en l'occurrence — ce qui revenait à César et il prenait un air assez détaché. Même, pour mettre à l'aise sa conscience délicate, il y allait d'un commentaire un peu machiavélique comme : *« Dji n'aureus bé dit bramin d'pus* [16]*, mais ça s'ra pou in aute cô si on a l'toupet d'y r'vèni. »* Mais au bout d'un petit temps, il prit carrément pour lui seul les compliments et en vint même à se pavaner en auteur exclusif de la réponse. T. Déome suivait l'évolution d'un œil pas du tout étonné. Il connaissait son Toine aussi bien que le Pater.

Un jour, revenant sur l'affaire, le gros lui dit :

— *Elle asteut quand mînme tapée, hein, m'response à l'animal dè l'gazette routche !*

— *Oyi,* répondit T. Déome, *mînme qui ç'djoû-là d'jai cru in momint qui tu n'asteus né si lourd qu'on l'prétind.*

— *Hein ?* fit Toine, tout de suite la garde haute.

— *Mais ça n'a né durè lontins,* conclut l'autre.

Toine haussa les épaules et grogna :

— *Y n'candg'ra jamais* [17].

16. J'en aurais bien dit beaucoup plus.
17. Il ne changera jamais.

XV

L'ART DE VIVRE

> Un cœur joyeux fait fleurir l'été, un esprit abattu dessèche les os.
>
> *Livre des Proverbes,* XVII.

De fait, il ne changeait pas du tout, ce merveilleux phénomène de T. Déome. Une à une, les saisons et les années passaient sur lui comme sur un granit et, déjà, on parlait de fêter son centenaire. Né en 1860, il marchait d'un pas égal vers son siècle d'existence. Seule, dans un petit village de l'arrondissement, une vieille femme le suivait d'un an ou deux, mais il ne la connaissait pas et ne tenait pas du tout à la rencontrer parce qu'on la lui avait dépeinte comme impotente, très sourde et radoteuse. Les filles de cet âge-là, confiait-il à son curé, il ne les aimait que « spitantes »[1], avec œil vif et bon bec. Et celle-là, franchement, ne se découvrant aucune aptitude d'infirmier, il la biffait de ce qu'il appelait son « carnet des partis intéressants ».

Car son sujet de plaisanterie le plus courant portait sur son prochain remariage, toujours différé sous le prétexte qu'il était à la recherche d'une situation lui permettant d'élever une famille nombreuse. Il disait : *« Gn'a ène djône fiye di septante-huit ans qui m'aime bé, mais nos allons co rèflèchi in an ou deux, li tins di studiyi pou passè mes examens. »*

On lui demandait : « Quels examens ? » Et il répondait avec le clin d'œil de la fine confidence :

— *Dji vaureus bé mouchi dins l'gendarmerie, mais dins l'cêne à moto*[2] *pasqui c'est pus r'posant.*

Des infirmités ? Non, on ne pouvait vraiment tenir pour telles une marche progressivement alentie qui n'avait rien de béquillard et une

1. Pétulantes.
2. Je voudrais bien entrer dans la gendarmerie, mais dans la motorisée.

légère surdité qui n'atteignait que l'oreille gauche. Pour toute denture, il ne lui restait plus que quelques chicots noircis par le tabac, mais ils accrochaient fort bien encore la grosse pipe du personnage et faisaient fort bravement leur travail de mastication devant le bifteck. Toutefois, le gros préférait la saucisse ou les « vitoulets »[3] dont il raffolait. « Du travail tout fait », disait-il. D'ailleurs, son appétit, s'il restait bon, n'était plus guère exigeant sur la quantité et il se serait fort bien accommodé d'un régime à la fois lacté et végétarien. Il se permettait parfois aussi, à titre de friandise, un morceau de boudin, mais il l'arrosait, par prudence, d'un demi-verre de Vichy.

Ce qui est sûr encore, c'est que, si la mémoire faiblissait parfois, l'esprit restait d'une lucidité et d'une promptitude éblouissantes. T. Déome trouvait le moyen d'être très vieux sans jamais sombrer dans le sénile. Toine en savait quelque chose, lui qui, parfois, se hasardait à brocarder son gros cousin par des facéties faciles comme : *« Vos d'vénouz vî, èt vos n'savouz pus trop qwè. »*[4]

Chaque fois, la réponse lui arrivait très froide :

— *Dj'in conneus bé yinque qu'est comme ça d'naissance, mais y n's'è doute né. In innocint n'si wèt jamais comme il est*[5].

Hilda, qui ne rajeunissait guère, mais gardait toute son alerte et vaillante bonne humeur, riait de bon cœur. Toine, alors, s'en prenait à elle :

— *C'est drôle, on direut qui pus il est mêchant aveu mi, pus ça vos fait plaigi.*

Il finissait par concéder que, devant elle, les coups de boutoir de T. Déome étaient sans importance, puisqu'elle connaissait « l'apothicaire » mais, précisait-il sévèrement, il ne les admettrait jamais en présence de ses enfants, ni surtout devant des étrangers, car il tenait, lui, grand-père Toine, aux égards de ses descendants. Si bien que, pour toute sécurité, une fois devant eux et ceux qu'il tenait pour forains, il en était venu à flatter son T. Déome par des attentions qui faisaient pouffer silencieusement le vieux malin.

*
* *

3. Boulettes.
4. Vous devenez vieux et vous ne savez plus trop quoi.
5. J'en connais bien un qui est ainside naissance, mais il ne s'en doute pas. Un innocent ne se voit jamais comme il est.

La vie du vieux brave se déroulait donc selon des rites qui semblaient bien définitifs. Toutefois, depuis quelque temps, il s'intéressait à la télévision que Toine s'était offerte après pas mal de tergiversations et il affichait une nette préférence pour certains programmes. Les films dramatiques ou policiers l'ennuyaient jusqu'à l'endormir. Mais les belles bagarres des cow-boys ou des chercheurs d'or avaient le don de l'amuser royalement. Pour un peu, ce pacifique eût applaudi devant le tableau du saloon américain ravagé par la pagaille et des grands diables bottés et éperonnés que les swings et les uppercuts de l'adversaire et les lourds tabourets assénés sur les crânes allongeaient pour le compte dans les débris de la verrerie fracassée. De même, lui qui était foncièrement l'homme de la non-violence, il béait de joyeux étonnement devant les parties de catch où des colosses à mufles taurins projetaient par-dessus les cordes les deux cent cinquante livres et plus de chair et d'os de l'adversaire qui allait choir sur les genoux des premiers rangs de spectateurs. Ce qui l'éberluait le plus, c'était le coup de la strangulation au cours duquel l'un des deux abrutis parvenait à emprisonner la tête de l'autre entre deux cordes dont il faisait un garrot que l'arbitre avait bien du mal à desserrer. Devant de telles scènes, le bon T. Déome, ahuri, retrouvait son âme de troufion devant l'hercule de foire. Et le jour où quelqu'un d'averti lui expliqua que tout cela n'était que farce et truquage, il parut déçu. N'empêche, il continua de pointer sur les programmes les séances de pugilat et n'en manqua pas une.

Cela ne faisait guère le compte de Toine, qui exprimait, lui, une franche dilection pour le mélodrame et, de façon générale, pour tout ce qu'il jugeait artistique, comme la chanson sentimentale ou le concert d'accordéon.

Les deux gros se retrouvaient d'accord devant la comédie légère ou l'opérette. Mais là encore, il y avait un décalage assez sensible dans leurs réactions, et le rire de Toine, presque chaque fois, suivait d'assez loin celui de l'autre. On avait même parfois l'impression qu'il riait gratuitement, pour donner le change sur ses retards.

Régulièrement, les politiciens bonimenteurs et les bateleurs verbeux avaient le don d'exaspérer T. Déome, cependant que Toine les admirait. Il avait sa conception personnelle de l'éloquence et elle paraissait bien incurable. T. Déome, lui, eût volontiers envoyé son sabot dans la figure de ces guignols. Heureusement, il s'endormait le plus souvent avant la fin. On l'éveillait pour lui annoncer le bulletin de la météo. Il disait :

— *C'est bé dginti*[6], *mais dji m'en fous. Pou connaiche li tins qu'y f'ra, gn'a lontins qui dji n'mi fiye pus qu'à mes agaces*[7].

Était-ce bien une boutade ?

* * *

Bon chrétien, il ne se souvenait pas d'avoir manqué une seule fois la messe du dimanche, sauf, précisait-il, lors de l'exode de 1940, dont il gardait d'ailleurs un souvenir aigrement rancunier, parce qu'il avait dû y subir le droguiste Pestiaux durant de longues journées de cauchemar. Toutefois, il évitait de l'évoquer, parce qu'il jugeait que ce n'eût été ni courageux, ni charitable, l'autre ayant eu la bonne idée de rendre à Dieu, depuis lors, son âme géniale et incomprise. Lorsque son souvenir venait à l'esprit de T. Déome, il restait silencieux durant quelques secondes. Personne, en ces cas-là, ne pouvait soupçonner qu'il y allait d'une brève oraison mentale pour le repos éternel de celui dont il éprouvait la tentation de secouer encore l'ombre falote, et il parvenait méritoirement à n'en rien faire.

Sa messe dominicale, on l'a vu, il y avait beau temps qu'il n'y assistait plus du haut du jubé. L'escalier qui y conduisait le décourageait. Et pour tout dire, à présent, chanter le fatiguait assez vite. Alors, il avait installé le prie-Dieu de sa défunte femme tout juste au pied de l'escalier de la chaire de vérité. De là, il voyait bien l'autel et, surtout, ne perdait pas un mot des prêches de son curé, qu'il trouvait fort intéressants les jours où le bonhomme ne les faisait pas un peu longuets. T. Déome ne se gênait guère pour lui servir son opinion à ce sujet. Et, bien souvent, c'était l'occasion d'une scène rapide et savoureuse à laquelle le brave abbé se prêtait de bonne grâce.

Passant devant son T. Déome pour monter en chaire, il voyait le vieux tirer de son gousset sa grosse montre d'argent avec des airs de chronométreur officiel. Et il lui arrivait d'entendre cette recommandation lancée à mi-voix :

— *Court et bon ! Y fait freu...*[8]

Le sermon fini, même manège. Une fois encore, T. Déome consultait sa montre et l'appréciation variait selon les circonstances ou l'inspiration — toujours malicieuse — du moment. Parfois, c'était :

— *Y a progrès !*

---

6. Gentil.

7. Cors au pied.

8. Il fait froid.

Mais si le morceau lui avait paru abusif, il servait à son curé une rosserie du genre :

— *D'jai cru qu'vos freins asté foutus*[9].

Une fois que, emporté sans doute par l'enthousiasme sacré, le bon abbé y était allé d'une envolée lyrique et un peu ténorisante, le vieux lui avait décoché :

— *Vos avez mau vos dints, qui vos bwèlez*[10] *comme ça ?*

Chaque fois, le bon abbé acceptait le trait et même, souvent, remontait à l'autel avec des yeux rieurs. Il se refusait à voir dans les rêches facéties de son paroissien autre chose qu'un témoignage d'affectueuse familiarité et, à l'occasion, il s'amusait à les répéter à ses confrères qui s'en montraient friands.

Mais il arrivait aussi, par temps lourd, que le vieux s'endormît tout simplement avant la fin du sermon. Et c'était au tour du curé de taquiner son homme. Repassant devant lui, il lui tapotait doucement l'épaule. Et T. Déome, alors, s'éveillait avec une expression d'ahurissement vraiment drôle, parcourait du regard, pour se situer, ceux qui l'entouraient et, rattrapant aussitôt ses esprits, y compris celui de la répartie, bougonnait :

— *Faut né d'mandè si ç'asteut passionnant !*

Un dimanche encore, le gros s'était endormi avant d'entendre son curé annoncer une quête au profit d'une œuvre missionnaire, si bien qu'il avait été pris de court lorsque, quelques instants plus tard, il avait découvert l'aumônière sous son nez. Et c'était le curé lui-même qui, avec une malicieuse insistance, la lui présentait.

Alors, le vieux, assez affairé, avait tiré de sa poche la première pièce qui lui était tombée sous la patte. C'était une dérisoire piécette de vingt centimes devant laquelle le brave curé estima que c'était bien à son tour de lutiner son homme. Avec une suave ironie, il lui souffla donc :

— *Faut né vos rinde li mano-y-e ?*[11]

— *Non,* répliqua aussitôt l'impayable T. Déome, *c'est pou deux côs !*[12]

* * *

9. J'ai cru que vos freins étaient fichus.
10. Vous aviez mal aux dents, que vous bêliez comme ça ?
11. Ne faut-il pas vous rendre la monnaie ?
12. Non, c'est pour deux fois !

L'hiver de 1956 fut très méchant. Comme le vieux drôle, en février, se préparait à fêter ses nonante-six ans, un refroidissement lui infligea un rhume si accablant que, malgré qu'il en eût, il dut bien se résoudre à laisser faire appel au gendre de Toine, le docteur, qu'il avait à portée de main et qui l'envoya aussitôt au lit, avec pas mal de prescriptions fort simples, d'ailleurs, qui se ramenaient à chaleur, diète, repos et, si possible, suppression du tabac.

Point ne fut besoin d'insister sur aucun de ces points. Le gros ne se sentait de goût pour rien et, pour une fois taciturne et même prostré, se prit à réfléchir à ses fins dernières. Jour et nuit il était soigné alternativement par une fille d'Aloys et une fille du docteur qui, après de récentes études d'infirmières, se trouvaient tout heureuses de l'occasion de prouver leurs aptitudes et leur affection aussi.

Le pauvre toussait beaucoup et le docteur redoutait une pneumonie.

Très tôt alerté, le curé était accouru au chevet de son vieil ami. Et celui-ci, ouvrant un œil, trouva encore la force de l'accueillir par une petite drôlerie voltairienne :

— V'là l'oiseau de malheur ! souffla-t-il en lui tendant la main.

Puis il ajouta, un peu inquiet quand même :

— *Est-ce qui dji sûs si mau qu'ça ?* [13]

Le bon curé protesta et sortit les arguments que l'on devine. « L'extrême-onction n'est pas le sacrement des morts... Le prétendre est une absurdité, presque une hérésie... »

T. Déome l'interrompit :

— *Dji conneus l'tchanson. Paraît mînme qui, souvint, ça vos fait raviquè. Nos allons bé veye* [14].

Et l'abbé lui proposa de ne pas différer. Si T. Déome le voulait bien, il le confesserait le jour même et lui apporterait le Bon Dieu. Après quoi, l'on passerait à l'extrême-onction.

— *« Extrême », c'est quand mînme in laid mot !* bougonna le gros. *Mais enfin, c'est vos mesti et su l'tins qui vos f'rouz ça, vos n'f'rouz ré d'pus mau* [15].

*
* *

13. Suis-je si mal que ça ?

14. Je connais la chanson. Paraît même que, souvent, ça vous fait revivre. Nous allons bien voir.

15. C'est votre métier et sur le temps que vous ferez ça, vous ne ferez rien de plus mal.

Quelques heures plus tard, T. Déome était paré pour ce qu'il appelait « *li grand distèlâtge* » [16]. Ça n'avait d'ailleurs pas été bien long, encore moins funèbre. Même, le curé ne pouvait s'empêcher de sourire en descendant l'escalier de la chambre. Il paraît que le gros, au moment des onctions sur ses pieds, lui avait recommandé :

— *Attention à mes agaces.*

Et presque aussitôt, il avait encore ajouté :

— *Faut wéti di n'né m'chopiyi. Ça m'freut r'muwè èt m'viye ni té pus qu'à in fil* [17].

Et comme son ami le quittait, il lui avait recommandé :

— *Vènouz m'riveye dimwain pou vèye si ça a fait s'n'effet* [18].

* * *

Eh bien, effet sacramentel ou diététique, ou les deux à la fois, le fait est que le lendemain de ce jour-là, alors que la toujours prévoyante Hilda passait déjà en revue l'équipement de deuil de sa garde-robe, on vint lui dire que la nuit du gros avait été très bonne, qu'il se déclarait affamé, parlait beaucoup de sa pipe et — la meilleure de toutes ! — réclamait Lalie à son chevet.

Elle y vint sans se faire beaucoup prier et le curé la rejoignit l'instant d'après.

Encore un peu haletant, mais l'œil ma foi brillant d'une flammette égrillarde, le vieux expliqua au curé :

— *C'est bé vrai c'qui vos m'avouz dit : dji ravique !* [19]

Alors, il raconta le plus bravement du monde que, durant la nuit, il avait fait un rêve étonnant et qu'il avait même eu une vision puisque saint Caboulet lui était apparu.

— *Dji l'ai vu comme dji vos wès,* expliquait-il à son curé, *oyi, aveu l'rondelle en ôr des bienheureux dissus s'tyesse, èt ses pigeons dissus ses spales, èt s'grand baston d'pèlerin aveu ène gourde à pèket. Et y m'a causè* [20].

— Tchophile, qu'y m'a dit en français, vous avez eu beaucoup de

16. Dételage.

17. Il faut veiller à ne pas me chatouiller. Cela me ferait remuer et ma vie ne tient plus qu'à un fil.

18. Venez me revoir demain pour voir si cela a fait son effet.

19. Je revis.

20. Je l'ai vu comme je vous vois, avec l'auréole des bienheureux sur sa tête et ses pigeons sur ses épaules et son grand bâton de pèlerin avec une gourde à pèket. Et il m'a parlé.

patience avec tous les curés que vous avez connus au cours de votre longue existence, surtout avec le dernier. Vous pourriez donc entrer dès maintenant en paradis, car vos mérites sont nombreux. Mais un délai vous est encore laissé pour vous permettre de régulariser votre situation.

— Quelle situation, saint Caboulet ? que j'ai demandé.

— Lalie ! qu'il m'a répondu.

T. Déome allait continuer, mais le hîî ! inimitable de Lalie, soudain effondrée sur une chaise, montait en chandelle dans la chambre du gros et, aussitôt, tous les autres partageaient sa joie. On accourait du rez-de-chaussée et de la maison du docteur. Des passants s'arrêtaient. On leur avait dit que T. Déome agonisait et que ce n'était plus qu'une question d'heures. Interdits, ils entraient. Des commères plus hardies s'approchaient du pied de l'escalier et, bientôt, montaient. Le rire de Lalie ne s'apaisait que pour reprendre de plus belle l'instant d'après. Et Toine, que la scène déconcertait, ronchonnait :

— *Ça n'est né malade qu'il est, c'est fou !*

Il y avait pour le croire. L'amoncellement des couvertures et des édredons sous lequel le gros était enseveli tressautait comme sous l'impulsion d'une batteuse et il en sortait comme un sourd grondement : c'était le rire de T. Déome, ressuscité.

Le docteur, accouru lui aussi, crut de son devoir de mettre fin à la scène qui risquait tout de même de fatiguer son client. Mais comme il sortait, T. Déome lui envoya encore un joyeux lardon. Désignant le curé, il dit :

— *V'là l'pus dangereux d'vos concurrents, Ugène... Y fait aveu ses oremus ç'qui vos n'savouz né fait aveu toutes vos droques èt les osteyes*[21] *di vos trousse.*

Et le lendemain, au même docteur, il demanda « si... enfin... une pipe de tabac... une petite pipe... même une demie... Vous ne trouvez pas que pour mon moral, Ugène... Rien qu'une ! »

— Fumez plutôt ce cigarillo, proposa le docteur sortant son étui.

— Pouh ! fit le vieux. *Cigarillo ! C'est des machins d'curè èt d'médecin, ça. C'est bon pou les dgins distinguès.*

— *L'est tins d'vos y mette, d'abord,* constata le Toine qui se trouvait encore dans la pièce.

— *Ç'ti-là,* dit T. Déome, *y n'avale né qui dji vique co. Mais dji sus co r'lanci pou in momint, y peut z'è yesse sûr.*

21. Les outils.

Le maïeur ne put que rééditer sa plaisanterie un peu éculée :

— *Si vos astez in brave homme, gn'a lontins qu'on n'causereut pus d'vous, mais les chenapans, comme c'est coriace ! L'est bé capâpe di m'atèrè, nom di djo !*

*
* *

Le fait est que le gros Toine, si l'on voulait bien l'en croire, était accablé de maladies variées et nombreuses et qu'il se voyait ou se disait très proche de sa fin. Des précisions ? Il n'en donnait guère. Ou plutôt, il ramenait tout à un mot qu'il répétait chaque fois : « *Dji sûs usè !* »

— Pa qwè ? gouaillait T. Déome.

Et aussitôt, c'était l'infaillible querelle. Toine se fâchait tout rouge, énumérait les labeurs, effrayants d'après lui, qu'il avait dû s'imposer pour élever sa famille. Et toujours sans une plainte, avait-il le toupet de souligner. Il ne manquait jamais non plus de rappeler qu'on l'avait mis au travail à peine terminée son école primaire. Et sans rire, il déclarait que si, au lieu de faire de lui un « pauvre ouvrier », on lui avait permis de poursuivre ses études, il se serait élevé très haut dans la hiérarchie sociale. Et il passait en revue — pour la quantième fois ! — ceux de ses compagnons d'école qui, selon lui, avaient réussi. Tous, criaillait le gros, étaient à présent retraités et vivaient comme des pachas, cependant que lui, Toine, non content de souquer comme un galérien, se laissait encore, par pure bonté d'âme et dévouement au bien public, embobiner dans la politique où il ne trouvait que charges supplémentaires, soucis, ingratitude et avanies de tout genre.

— *C'est terripe,* reconnaissait T. Déome. *Dj'ai connu in baudet qu'a crèvè ré qui pou z'awè supportè l'mitan d'tout ça !*

Et il décidait :

— *Dji m'è vas. L'tableau d'tes souffrances, ça m'fait trop mau.*

*
* *

Une fois T. Déome sorti, Hilda, toujours conciliante et fine diplomate, remettait les choses au point. Comment s'y prenait-elle ? C'était simple et joli. Elle faisait tout bonnement défiler sous les yeux de son gros les félicités familiales dont il était comblé et lui démontrait somme toute qu'il était le plus heureux des maris, des pères et des grands-pères. De ce côté, tout avait merveilleusement réussi. Et elle énumérait :

Chez le docteur : L'aîné, Camille, allait sortir de l'université dans quelques mois avec son diplôme de médecin. Sa puînée était infirmière. La suivante allait sortir de rhétorique. Et le cadet, un tout gentil marmot de dix ans, parlait d'entrer au séminaire, ce qui émouvait beaucoup son aïeul Toine.

Chez Aloys Verluisant : Le Rik, après trois ans de collège, suivis de bonnes études dans un institut technique, achevait son service militaire dans les blindés et attendait son étoile de sous-lieutenant de réserve. Et ses deux sœurs, brevetées infirmières, « fréquentaient » avec des garçons très bien, l'un fonctionnaire et l'autre bijoutier.

Chez les Français, comme disait Toine, c'était la prospérité. Son gendre de France, il le tenait décidément pour un grand monsieur. Sa petite-fille adoptive ? Mariée avec un dentiste. Le Pierrot, garçon très actif et malin, reprendrait les affaires paternelles, c'était chose entendue. La cadette étudiait les langues.

Chez le gendre boucher : Alors qu'on ne les attendait pas du tout, deux jumelles étaient venues porter à cinq le chiffre des descendants. Elles inquiétaient un peu le père Toine parce que, grassouillettes — et comment ne pas en venir là lorsqu'on est dans la boucherie ? — elles marchaient sur des jambes un peu arquées, et leurs joues étaient tellement pommées, tellement rouges aussi que leur petit bout de nez, au milieu de ça, ressemblait à une groseille verte entre deux tomates mûres. Des vieux, qui avaient connu Toine dans son enfance, lui juraient que ces deux boulottes, c'était tout son portrait vers les cinq ans. Il souriait, vaguement flatté, ergotait quand même un peu, prétendait qu'il n'avait jamais eu des « *crombès djambes* »[22] pour la bonne raison que, contrairement à ses deux petites charcutières de descendantes, il n'avait jamais « *mougni dè l'tyesse pressée et du boudin, ni bu dè l'bière à tous les repas* »[23]. À croire qu'en ses tendres années, le pauvre homme n'avait vraiment jamais vu que des canadas dans son assiette et de l'eau pure dans son verre.

Chez Molonzef : Parlez-moi d'une réussite ! C'était en lui que Toine se reconnaissait le mieux. Et il en éprouvait une fierté inexprimable. Son Joseph était le plus beau, le plus serviable, le plus sympathique, le plus compétent, le plus actif, le plus vaillant, bref, le meilleur des secrétaires communaux et le représentant le plus antoinesque

22. Des jambes torses.
23. Mangé du fromage de tête et du boudin, ni bu de la bière.

de la dynastie des Culot. Et sa femme, la frétillante Augusta, ah, on peut dire qu'il avait eu du flair, le subtil Molonzef, en lui proposant l'honneur de l'épouser. Une perle, que cette fille ! Des mains prestes et adroites, un goût sûr, une cervelle éveillée, de l'initiative, de la gaieté à revendre ! Le couple idéal. Et, mine de rien, Molonzef devenait le « monsieur » du village.

Car, lors de son mariage, T. Déome lui avait cédé en modeste location presque tout l'ensemble de sa grande maison, en même temps que, pour cadeau de noces, il lui passait son portefeuille d'assurances. Pour lui, le vieux gardait tout simplement deux petites pièces de l'étage, dont l'une lui servait de chambre à coucher. Il dormait là ou bien chez Toine selon les inspirations de sa fantaisie, si bien qu'il racontait à tout venant qu'il était un malheureux sans domicile fixe, un sans-logis, une sorte de clochard qui, interrogé par les gendarmes, risquait fort de se voir confié au dépôt, en attendant l'asile.

Et cette vieille maison du gros, la petite Augusta en avait fait un magasin où l'on vendait pratiquement de tout, de l'épicerie essentiellement, mais aussi de la quincaillerie et même des aunages. Et ça marchait le tonnerre !

Un bébé jusqu'alors. Oui, un seul, mais un mâle, un Culot qui sauvait le nom menacé de tomber en quenouille. Et pour affirmer de façon éclatante le royal privilège, on l'avait de surcroît prénommé Antoine. C'était un petit brugnon à l'œil malin comme celui de sa mère, nerveux à lui seul comme toute une nichée d'écureuils et qui appelait son grand-père Toine « pa malheur » — il voulait dire : maïeur — et le Toine y voyait une fine trouvaille d'enfant prodige.

* * *

Quand elle avait fini de brosser le tableau des bénédictions qui pleuvaient sur sa tribu, Hilda concluait presque chaque fois :

— Et vous osez vous plaindre, mon Toineke ! Attention, le Bon Dieu pourrait finir par se fâcher.

Tête basse, il ne savait plus trop que répondre et, à peu près invariablement, y allait pour finir d'une curieuse diversion sans le moindre lien apparent avec le discours de sa femme :

— En tout cas, la politique, c'est fini. J'en ai assez !

— Mais qui vous retient ? disait doucement la bonne Hilda.

Il faisait un geste vague d'homme prisonnier du destin et soufflait :

— Une fois qu'on est dans « l'engrenâche », ça ne vous lâche plus.

La vérité, c'est qu'il ne concevait pas l'écharpe maïorale sur une autre bedaine que la sienne et que l'idée de la perdre lui était intolérable surtout depuis le jour où la croix de l'Ordre de la Couronne lui avait été décernée par arrêté royal pour récompenser ses trente-cinq ans de magistrature. Elle s'ajoutait à celle de prisonnier politique, à la croix civique encore qui avait honoré autrefois ses vingt-cinq ans de fonctions et enfin à la médaille que lui avait décernée le Ministère de l'Agriculture au titre de vétéran de l'horticulture. Il était aussi fier de toutes ces distinctions-là qu'un général ou un ambassadeur peuvent l'être de leurs grand-croix. Et il les arborait en toute occasion plus ou moins solennelle, comme les distributions de prix, le Te Deum du 21 juillet et les baptêmes de ses petits-enfants.

XVI

LA GRANDE PRESSE

> Si l'on ôtait leurs chimères aux hommes, quel plaisir leur resterait-il ?
>
> FONTENELLE.

Et quatre ans encore avaient passé qui avaient fait de Toine un toujours geignard — un vrai « pa malheur » ! — mais robuste septuagénaire et...

... Et de T. Déome, dans quelques jours, un centenaire !

Ce qu'il riait, le vieux, à cette perspective, n'était pas à dire. Il en parlait comme d'une bonne farce, la meilleure de sa vie, et suivait d'un œil apparemment moqueur — pour cacher son attendrissement sans doute — les vastes préparatifs de la fête qu'on lui réservait. Déjà, sa photo avec casquette, pipe et foulard, avait paru dans l'hebdomadaire des bien-pensants, sur la même page où figuraient aussi un repris de justice, une carotte phénomène, un veau à deux têtes et un bœuf gras primé à la foire du canton. Il en pleurait de joie et trouvait que la grande presse était le plus beau fleuron de la civilisation contemporaine. « *Y n'manque plus qui l'Toine aveu s'tchapia-buse pou qui ça fuche vraimint comique* », remarquait-il.

Et à son curé, qu'il taquinait encore et toujours, il disait d'un air malheureux :

— *Ç'qui m'fait l'pus d'pwîn-ne dins tout ça, c'est qui v's'astouz sûr di mori d'vant mi et qui dj'aurai co ostant d'ruses*[1] *pou m'fai aux manières dou curè qui chûra*[2] *qui dji n'n'ai yeu aveu vous.*

Toine, qui assistait à la conversation, hochait la tête et expliquait à son curé :

— Faut pas rire avec ça. Gn'a qu'un moyen de s'en faire quitte : faudra l'empoisonner.

— *M'apwèsonnè ?* gouaillait T. Déome. *V'là pus d'septante ans qui*

---

1. Difficultés.
2. Suivra.

tu n'fais qu'ça èt dji vique toudis. Tu n'm'auras qu'à l'dynamite. Mais attention, malin comme t'es, tu risques di t'tuwè twè-mînme !

* * *

Tous les habitants du village firent de leur mieux pour que le centenaire de leur T. Déome passât pour une fête vraiment historique. Elle fut fixée au premier dimanche de mai. Mais dès les semaines qui précédèrent Pâques, on rajeunit les façades à grands coups de chaux et de peinture. On remplaça des rideaux jaunis et l'on sortit ses drapeaux grands et petits des armoires dûment naphtalinées. Le cantonnier fut prié de veiller spécialement à la propreté des routes et Toine, lui, terriblement absorbé et d'avance fatigué à l'idée qu'il devait composer un discours de circonstance, prit toutes les allures et attitudes du savant pour qui rien n'existe plus que le problème dont la solution doit secouer l'univers. Déjà, il avait fait et défait au moins trois brouillons qui ne dépassaient guère l'introduction et qui se ressemblaient tous. C'était à peu près ceci :

Mes chers concitoyens,

Le jour que nous avons attendu durant un siècle est enfin arrivé et je suis profondément ému par l'honneur que vous me faites en me désignant comme « interprète » des sentiments de...

Là, le crayon de Toine se bloquait. Il ne savait quels sentiments choisir. Il avait d'abord pensé à « respect ». Et puis, ç'avait été « vénération ». Avait suivi « orgueil ». Non, décidément, aucun de ces termes ne lui plaisait. Il aimait bien T. Déome, lui, Toine, mais il se refusait à le flatter. Le vieux ne manquerait pas d'en tirer parti pour le chiner encore et il était bien capable de le faire *coram populo*. Alors, un jour qu'il cherchait encore ses mots, et au prix de quelle migraine ! il avait trouvé :

... les sentiments de fierté de la commune de posséder dans ses murs un homme qui n'aurait certainement pas « vicu » aussi longtemps ailleurs qu'ici, parce que l'air, chez nous est pur, et...

Il allait écrire « touristique ». C'était le mot à la mode, mais il n'osa pas le risquer. Il y sentit comme une indélicatesse publicitaire. Et d'ailleurs, il découvrit aussi qu'il courait au déraillement.

Alors, un soir, pris d'une angoisse panique devant la fuite des jours et l'implacable approche de la grande journée, il se rendit chez le bon papa Dardenne, l'instituteur retraité mais alerte encore qui s'était retiré dans un coquet bungalow fraîchement construit à l'orée du village. Il lui fit la confidence bafouillante de son désarroi :

— Vous comprenez, Mossieur l'maît', ma situwâtion, elle est délicate. Je suis le maïeur, bien sûr, mais je suis t'aussi le cousin de T. Déome et je me sens tout gîn-né quand j'écris des affaires... comment que je dirai... oui, des affaires enfin qui sont des flatteries pour un membre de ma famille.

— Alors, maïeur ? fit le bon Dardenne qui avait entendu venir son Toine de fort loin avec ses gros sabots.

— Ben, v'là... Si ça ne serait pas abuser de vot' complaisance, je voudrerais bien vous demander de... de... me donner un petit coup de main pour écrire ce fameux discours...

— Mais, interrompit le vieux maître qui s'amusait, est-ce que votre fils Joseph...

— Pas question ! coupa Toine. L'est trop jeune. Ç'qu'y faut, ç't'un homme mûr comme nous deux.

Et il continua :

— Notez que je ne vous demande pas de le lire à ma place devant les gens. Non, cette corvée-là, c'est pour moi avec toutes les autres. Mais l'écrire vous-même, ça, je vous avoue que ça me soulagerait un fameux coup et que je m'en souviendrais toute ma vie. Je n'en dors plus, Mossieu l'maît' !

— Bon ! Vous aurez votre discours, maïeur.

— Que vous êtes gentil, Mossieu l'maît' ! s'exclama le gros brusquement rayonnant. Quand ç'que je peux repasser ? Je dis ça comme ça, vous savez, parce que faut pas vous presser, non, faut prendre tout vot'temps. Les discours, je sais ce que c'est. Gn'a des fois que ça va tout seul, mais gn'a aussi des fois qu'on est mal disposé et qu'on « suwe »...

— Repassez après-demain, maïeur.

Accablé en entrant chez le père Dardenne, Toine eût chanté et dansé lorsqu'il le quitta.

Et ce discours du vieil instituteur, ce fut un morceau très avenant. Sobre et par endroits finement spirituel, il fleurait bon la simplicité rurale, l'amour du terroir, une sincère affection pour le héros de la fête, l'immortel T. Déome.

Toine le lut et le relut et le trouva assez bon. Mais il fallait s'y attendre, il se dit *in petto* que, pendant qu'il y était, le père Dardenne aurait pu le faire un peu plus long. Et puis, cette simplicité chez un homme si instruit, ça le déconcertait. Quelques grands mots insolites chez les gens du commun n'eussent pas fait mauvais effet dans le tableau, estimait-il.

Et pour finir, il pensa :

— *Y n's'a né foulè, Mossieu Dardenne. Faut croire qu'y d'vé vî. Tout compte fait, dji n'n'aureus bé fait ostant si dj'aveus yeu l'tins*[3].

*
* *

Le plus drôle, c'est que, depuis plusieurs jours, T. Déome, de son côté, s'isolait durant des heures dans sa chambre et compulsait son vieux calepin qui avait toujours piqué la curiosité de Toine. Et le bonhomme réfléchissait beaucoup, écrivait parfois quelques lignes sur une feuille détachée d'un bloc de papier à lettres. Lorsqu'il jugea que l'affaire était au point, il la transcrivit au net et descendit, l'air un peu mystérieux, mais satisfait.

*
* *

Le lendemain matin — c'était le jeudi qui précédait la fête — il reçut la visite d'un jeune journaliste délégué par « Le courrier des chaumières ». Le garçon, assez timide et même emprunté, lui parut sympathique. C'était d'ailleurs un débutant. S'excusant avec force phrases rougissantes, il venait interroger et photographier le centenaire, qui décida de lui faire bonne mesure et répondit avec une objectivité parfaite à toutes les questions qu'il lui posa. Il évoqua même pour lui des souvenirs qui remontaient à ce qu'il appelait l'Ancien Testament et lui offrit la goutte, que le jeune homme, fort tempérant, avala avec une grimace héroïque. Avant de remonter sur sa Vespa, il remercia chaleureusement le centenaire et lui présenta tous ses vœux. Il partit très heureux et T. Déome l'était tout autant.

*
* *

Mais voilà-t-il pas que l'après-midi du même jour, une petite auto à la plaque française et portant sur son pare-brise la mention *Presse* vient stopper devant la porte de Toine et qu'il en jaillit un frétillon à lunettes fumées, assez débraillé et porteur, lui aussi, d'une caméra de gabarit impressionnant. Rien qu'à l'aplomb et même la suffisance

---

3. Faut croire qu'il devient vieux. J'en aurais bien fait autant si j'avais eu le temps.

qu'il afficha dans sa présentation, T. Déome flaira le faiseur, le baladin du reportage et, pour tout dire, le charlatan du journalisme. Aux yeux du personnage, la simple vérité ne devait guère avoir d'importance. Ce qu'il voulait, c'était la poudre aux yeux, l'esbrouffe, le sensationnel, même l'invraisemblable. Quelques mots de l'interview devaient lui suffire d'habitude pour en faire un monument d'inepties impressionnantes. Il les coiffait d'un titre énorme qui, à lui seul, était déjà une imposture de bateleur.

Lorsque le gaillard cita le nom du journal dont il était le correspondant départemental, T. Déome tiqua... Il se le fit répéter. Mais oui, c'était bien le même canard qui, plus de quarante ans en deçà, avait servi à ses lecteurs une version ahurissante de la découverte de saint Caboulet. T. Déome conservait dans ses archives personnelles deux ou trois exemplaires jaunis de la feuille. Il l'avait encore relue naguère et il y avait trouvé une délectation assez méprisante.

Alors, devant son homme, il ne chercha pas longtemps l'inspiration. Il commença :

— Il fait bon. Si nous allions au jardin. Il y a là une tonnelle où nous serions fort bien.

Et il conduisit le personnage dans la gloriette où jamais T. Déome ne s'installait sans évoquer le souvenir du Choumaque, et le haut-de-forme de Toine et feu Adhémar Pestiaux, le droguiste dévastateur.

Le journaliste, lui, avait tiré de sa poche un bloc-notes et un stylo à bille, et T. Déome n'était pas assis que l'interrogatoire commençait à feu roulant. Le monsieur prenait des notes brèves, lisibles pour lui seul sans doute, tout en fumant une gauloise.

* * *

— Alors, vous voilà centenaire... Quel effet cela vous fait-il ?

— Aucun ! Je m'y attends depuis ma naissance.

— Vous êtes né ici ?

— On ne sait pas. Je suis un enfant abandonné, probablement d'origine flamande, et adopté.

— Serait-ce de là que vous vient le nom de T. Déome ?

— Pas du tout. Je m'appelle officiellement Basile Van de Wittekool, comme mon père adoptif. T. Déome est un sobriquet qui m'est venu beaucoup plus tard.

— Très intéressant... Voulez-vous m'expliquer...

— Volontiers. Jusqu'à vingt ans, j'ai fait plusieurs métiers, comme garçon boucher, marchand d'oiseaux, représentant de commerce en pipes de terre. Elles faisaient fureur en ce temps-là. J'allais m'engager dans la marine, mais le tirage au sort a fait de moi un carabinier et l'on m'a expédié à Bruxelles.

— Comment êtes-vous arrivé ici ?

— J'allais vous expliquer. Là, à Bruxelles, au cours d'une revue, j'ai été remarqué par le roi Léopold II, qui cherchait un bon cocher, et me v'là attaché au service des écuries royales. La bonne vie ! Un tas de loisirs. J'en ai profité pour faire trois choses :

La première : j'ai appris la musique. J'en ai toujours été fou et ça m'a beaucoup servi dans la vie.

La seconde : j'avais pressenti l'avenir de l'automobile et j'ai appris à conduire.

— Cela aussi vous aura sûrement beaucoup servi ?

— Et comment ! Le jour où le roi m'a confié qu'il allait acheter une Dion-Bouton, je lui ai dit : « Sire, que votre Majesté ne cherche pas trop loin un chauffeur. Je suis à la disposition de votre Majesté... » Faut pas demander si je l'ai épaté, le roi ! Je suis devenu son homme de confiance. Il n'a jamais pris une décision importante sans me consulter.

— Vous devez connaître pas mal d'anecdotes touchant son règne.

— Oui, énormément, mais je les tiens secrètes jusqu'à nouvel ordre. J'écris mes mémoires, voyez-vous. Alors, faut pas s'exposer aux indiscrétions.

— Je comprends... Mais la troisième chose dont vous remplissiez vos loisirs à la cour ?

— Eh bien, je sortais avec Véronique.

— Véronique ?

— Hé oui ! Une femme de chambre de la reine. Elle était d'ici et avait la nostalgie de son village. Alors, on s'est mariés et on s'est installés ici. Le roi n'est jamais passé par Trignolles sans venir prendre le café avec nous. Il m'a toujours regretté, qu'il m'a dit.

— Vous êtes sûrement décoré ?

— Je ne compte plus mes croix et mes médailles. Et j'en ai reçu d'une foule de souverains étrangers comme le sultan de Turquie et le schah de Perse.

— Une fois installé, qu'avez-vous fait ?

— Nous deux Véronique, on avait quelques économies. On a loué une petite ferme, tout juste de quoi tenir deux vaches, un cochon, un baudet et deux douzaines de poules. Mais tout de suite, j'ai eu de la chance. Le secrétaire communal d'alors est venu à mourir. Je savais lire et écrire, ce qui était rare en ce temps-là. On m'a nommé. Et quelques mois plus tard, comme je connaissais la musique, j'ai remplacé aussi le clerc-chantre de l'église, qui était soûl tous les jours à neuf heures du matin et qui, lors des funérailles d'une vieille roulure de la paroisse, avait entonné « Viens poupoule ! » au lieu du De profundis.

C'est alors qu'on s'est mis à me surnommer T. Déome, parce que le Te Deum, c'était mon grand succès. Paraît que je le chantais comme personne lors des fêtes nationales. Faut pas oublier que je l'avais appris à la cour !

— Savoureux ! Laissez-moi noter. Elle est trop bonne... Mais dites-moi : vous avez eu des enfants ?

— Neuf du premier mariage.

— Ah ? Vous avez convolé plus d'une fois ?

— Je crois bien ! Quatre fois, que je me suis marié. J'ai été heureux avec toutes mes femmes, mais tout de même, la troisième, elle avait un assez vilain caractère. Elle était jalouse des deux précédentes et ne tolérait pas que je les évoque. Elle était même jalouse de l'inconnue dont elle me jurait chaque jour qu'elle lui succéderait bientôt, parce qu'elle se prétendait malade et elle m'appelait Barbebleue... J'ai pris patience durant dix-huit ans. Elle est morte d'une chute de vélo après m'avoir donné sept filles. La reine a été marraine de la dernière.

Pris d'un brusque scrupule, le reporter interrompit le gros :

— M'autorisez-vous à reproduire tous ces détails dans mon journal ?

— Pourquoi pas ? répondit aussitôt le vieux drôle avec un air de suprême désinvolture. Tout cela, c'est du passé, n'est-ce pas ? Vous pouvez même raconter à vos lecteurs que j'ai été condamné à quinze mois de prison pour récidive de braconnage.

— Pas possible ! Vous aimiez tellement le gibier ?

— Je n'ai jamais pu le souffrir. Mais j'aimais le sport, les émotions, les bons tours joués aux gardes-chasse et aux flics.

— Je vois. Vous aimez l'action et la drôlerie aussi.

— C'est bien ça. Et vous pouvez dire aussi dans votre feuille que je n'ai pas fait un seul jour de ma prison.

— Ah ? Une amnistie ?

Alors, avec un clin d'œil malin, le gros :

— J'ai écrit un mot à Léopold II. Sa Majesté a bien ri.

Il allait, il allait, le joyeux centenaire, et plus il voyait l'autre encaisser gravement ses bourdes, plus il se sentait heureux. Et déjà, il imaginait le beau morceau qu'il pourrait lire le surlendemain dans le canard de France.

— Mais nous en étions, si je compte bien, à votre quatrième mariage, reprit le monsieur.

— Hé oui ! Il fut heureux, mais pas bien long. Trois ans tout au plus. N'empêche, il m'a valu cinq enfants.

— Plaît-il ?

— Oui, cinq ! Mais il étaient tous mariés depuis longtemps. Ma femme était veuve, voyez-vous. Et elle avait septante-trois ans lorsque je l'ai épousée.

— Je suppose que vous en resterez là ?

— Ben, je suis indécis. J'ai le choix entre plusieurs partis intéressants. Je compare et je réfléchis. Rien ne presse, je prends mon temps. Quand on est jeune, on s'emballe souvent trop vite. À mon âge, on y regarde à deux fois.

Le monsieur écrivait toujours. Les feuillets de son bloc-notes se noircissaient à cadence vertigineuse. Et T. Déome, mine de rien, les comptait.

Il convenait de finir par une belle question.

— À quoi consacrez-vous vos loisirs ?

— Des loisirs ? fit le gros d'un air presque indigné. Mais chaque minute de ma vie est terriblement remplie, Mossieu ! Vous allez voir...

D'abord, comme je vous l'ai dit, j'écris mes mémoires. Un volume de quatre cents pages est déjà prêt. Je compte en écrire encore deux de même importance. J'y consacre cinq heures par jour.

— Ensuite ?

— Je compose de la musique. Et je réserve deux heures de ma journée à l'étude.

— L'étude ?

— Oui, l'étude de la Bible avant tout, et celle des grands philosophes comme Pascal, Dumas et... et chose... Karl Marx, et un tas d'autres.

— Vous êtes marxiste ?

— Je le fus, mais j'en suis revenu.

— Ensuite...

— Je suis président d'honneur de la fanfare locale et aussi du club de football. Et je dirige la dramatique du patronage.

— Vous êtes vraiment étonnant. Les journées doivent vous paraître bien courtes. À quoi attribuez-vous donc votre santé merveilleuse ?

Sans hésiter, le gros répondit :

— Au sport et à la tempérance... Oui, Mossieu, je fais encore chaque jour et par tous les temps une heure de vélo, le matin après mon petit déjeuner. Jusqu'à nonante-huit ans, je n'ai rien voulu utiliser d'autre que le vélo de course. Mais j'ai brisé le dernier lors d'une rencontre avec un bulldozer. Alors, j'en suis revenu au vélo de tourisme. C'est plus solide.

— Merveilleux ! Et la tempérance ?

— C'est simple... Tel que vous me voyez, dit le gros dans un éclat de rire cette fois incompressible que l'autre prit pour l'expression d'une légitime fierté, je n'ai jamais fumé et j'ignore quel goût peut avoir l'alcool, parce que je n'ai jamais bu une goutte de ma vie et m'en suis tenu exclusivement à l'eau pure, au lait écrémé et au café léger.

À ce moment, l'homme compta rapidement ses feuillets de notes, parut stupéfait. Il se leva...

— Je crains d'abuser. Avec votre permission, cependant, je vais prendre de vous une ou deux photos, à l'extérieur de cette charmille, si possible. Affaire de lumière, voyez-vous.

— Je vous en prie.

Et T. Déome, debout et sérieux comme un pape, prit une pose presque napoléonienne, le pouce entre deux boutons du gilet, et l'autre main, elle... non, il ne la cachait pas derrière lui, il l'avait fourrée dans la poche de son veston où elle caressait la pipe que, depuis près d'une heure, il avait une folle envie d'allumer.

Et son homme avait à peine démarré qu'il enjoignait à Toine :

— *Abie, gros, ène goutte, ène grande ! Dji l'ai bé gangnie. Dj'ai vîndgi saint Caboulet. Mais ç't'animal-là m'a foutu l'pèpie èt dji n'ai jamais d'meurè ossi lontins sins fumè*[4].

Désaltéré et enfumé, il raconta la scène. Toine ne savait pas bien s'il devait rire ou s'indigner. À la fin, il dit :

— *Ç'cô-ci, gn'a pas à dire, il est tins d'vos rassèrè. Pus fou qu'vous, ça n's'a jamais vu !*[5]

4. Vite, gros, une goutte, une grande ! Je l'ai bien gagnée. J'ai vengé saint Caboulet. Mais cet animal-là m'a fichu la pépie et je ne suis jamais resté aussi longtemps sans fumer.

5. Cette fois, il n'y a pas à dire, il est temps de vous enfermer. Plus fou que vous, cela ne s'est jamais vu !

* * *

Mais déjà, le vieux ne l'écoutait plus et se dirigeait vers la maison du docteur où il racontait une fois encore son interview. Et il invitait Godelieve à héler au téléphone le gendre français de Toine, installé à une trentaine de kilomètres de là dans les Ardennes françaises. Le message était simple. Il désirait tout bonnement, lui, T. Déome, que le garçon, invité pour la fête du dimanche, ne manquât pas de lui apporter trente ou quarante exemplaires du journal dans lequel paraîtrait l'effarant reportage. Chose entendue.

Et le samedi dans l'après-midi, le gendre français de Toine, accompagné de sa famille, accourut avec cinquante exemplaires du canard gaulois. Aussitôt, T. Déome lut ce qui l'intéressait et qui occupait presque une page entière. Il éclata d'un rire triomphal, admira sa photo et, sans désemparer, sépara du paquet dix exemplaires pour ses archives personnelles. Après quoi, il composa une liste des noms des principaux foyers du village et, hélant deux gamins, les chargea de la distribution à domicile des quarante exemplaires restants. Il leur promit une belle récompense si le travail était rapide et bien fait.

En tête de liste, il avait inscrit son curé.

Une petite heure plus tard, tout le village, secoué d'un rire aussi vaste qu'une tempête, était dehors. On s'interpellait d'une maison à l'autre. Ceux qui n'avaient pas reçu la feuille et que l'effervescence étonnait, on la leur mettait sous le nez, on la relisait tout haut et l'on pouffait à chaque réplique. Des motos et des autos filèrent vers des villages voisins. On téléphona aux quatre coins de l'arrondissement. Il ne manquait que le tocsin pour perfectionner le branle-bas. Et T. Déome passait et repassait à travers tout cela, hilare, heureux, aimé, avec son siècle de drôlerie et d'optimisme.

Un seul grognait devant cette énorme farce. Et l'on devine bien que c'était encore le gros Toine. Il répétait : *Qwè ç'qu'on va veye dimwain ?*[6] *Il est capâpe di fai l'fou jusqu'à d'dins l'èglige !*

Il n'osait plus, lui, sortir de sa maison. *L'famiye est déshonorée,* répétait-il. *Tout le monde rit d'nous-autes !*

Et soudain, il proféra ce beau serment :

— *Dire qui dji deus fai in discours à ç'vauré-là ! Eh bé, dji nè l'f'rai*

6. Que va-t-on voir demain ?

né, nom di djâle, li discours ! Et pus fôrt que ça, d'j'irai à messe au villâdge d'à costè èt on n'mi wéra né dè l'djournée.

Hilda sourit. Elle proposa :

— Voulez-vous que je vous remplace, Toineke ?

— *Ça n'est né ça in mesti d'coumére !* [7] cria le gros qui, dans son désarroi, prenait la proposition au sérieux.

7. Ce n'est pas là un métier de femme !

XVII

LE CREDO DU CENTENAIRE

In te Domine, speravi : non confundar in æternum.
Dernier verset du *Te Deum.*

Le fait est que ce soir-là, il fallut l'intervention conjuguée et insistante des filles et des gendres de Toine, celle aussi du ménage Molonzef pour l'amener à résipiscence. Il lutta longtemps et ne s'avoua vaincu qu'épuisé. Son argument capital, c'était qu'avec T. Déome on pouvait s'attendre à tout. « *Il est bé capâpe di m'tournè à bourrique divant toutes les dgins* », répétait-il. Et il ajoutait : « *D'ailleurs, pou fai ç'qu'il a fait à l'homme dè l'gazette, c'est qu'il est fou à loyi*[1]. *Et l'djournée ni s'passera né sins scandale.* »

Et pour finir, il jura, solennel :

— *Bon, dji lirai m'discours, mais si dji wès qu'il a seul'mint l'air di rire quand dji disploye*[2] *mi papî, dji l'rifous dins m'potche èt dji diskins*[3] *dè l'tribune.*

Il termina par cette belle imposture :

— *Pourtant, dji m'ai donnè bramin dou mau pou l'iscrire et il est rudemint bé tapè !*[4]

Le pauvre Toine dormit mal cette nuit-là, s'éveilla tôt et pas rassuré du tout.

* * *

Il avait tort. T. Déome qui, lui, avait fort bien dormi, était décidé à faire très bien les choses. Au fond, il éprouvait une sorte de douce émotion devant le programme qui l'attendait. À l'universelle gentillesse qui l'entourait, il voulait répondre par une égale et reconnais-

1. Fou à lier.
2. Quand je déplie.
3. Je descends.
4. Pourtant, je me suis donné beaucoup de mal pour l'écrire et il est rudement bien tapé.

sante affabilité. Il avait même pris, avec son curé et son ami Dardenne, certaines dispositions assez mystérieuses dont il était enchanté et qui ne manqueraient pas de grandeur. Toine pouvait donc se rassurer : T. Déome se tiendrait bien et, loin de se voir ridiculisée, la tribu tout entière serait fière de son patriarche.

Provisoirement, dans le village, fleurs, banderoles, drapeaux, arcs de triomphe partout. Et du soleil là-dessus comme pour la procession du quinze août. Et des oiseaux se répondant des jardins aux vergers et, sur tous les visages, du sourire et de la sympathie.

* * *

Grand-messe à dix heures. On vint chercher le gros à domicile, dans la voiture de son gendre français. Une fanfare précédait le cortège. Elle jouait un air guilleret, même un peu gambadeur. Tous ceux qui formaient la haie, il les saluait de la main, royalement, « comme il l'avait vu faire tant de fois lorsqu'il était chauffeur de Léopold II » racontait-il en crevant de rire au soir de la journée.

À l'église, on l'installa dans le chœur, comme un évêque. Il s'assit dans un beau fauteuil grenat, un prie-Dieu devant lui. Ce qui intrigua tout de suite les assistants, ce fut de découvrir un harmonium de petit format non loin de lui...

La famille de Toine au grand complet et le conseil communal, y compris l'opposition, occupaient les trois premiers rangs des chaises.

La messe commença, très recueillie, suivant la liturgie latine encore usuelle à ce moment-là. Après le Gloria, le curé s'avança jusqu'au banc de communion et dit exactement les quelques mots très simples qui convenaient à la circonstance. Une seule et grande idée : reconnaissance et charité. On lui sut gré de sa concision.

... Et c'est à ce moment qu'une émotion poignante figea toute l'assistance dans une sorte d'élévation surnaturelle.

Le vieil ami du centenaire, M. Dardenne, venait de s'installer devant le petit harmonium du chœur. Et le célébrant entonnait :

— *Credo in unum Deum.*

... Trois secondes s'écoulèrent que, seule, une hirondelle voletant sous les voûtes piqueta de son pépiement.

Et alors, une voix un peu tremblante, mais puissante encore et chaude d'une conviction bouleversante s'éleva qui répondait :

— ... *patrem omnipotentem, factorem cœli et terræ, visibilium omnium et invisibilium.*

C'était l'hommage du chrétien qu'avait toujours été cet homme de cent ans. Ce Credo il l'avait chanté depuis son enfance des milliers de fois, distraitement, mais celui-ci, il voulait qu'il fût la profession de foi la plus pathétique et l'action de grâces la plus fervente que, pour couronner son siècle, il pût élever vers le Ciel. Des assistants pâlirent. Des hommes rudes serrèrent les dents parce qu'ils sentirent un sanglot leur gonfler la gorge et des larmes roulèrent librement sur les joues des femmes jeunes ou vieilles. Les enfants eux-mêmes, dans leurs petits bancs, s'immobilisèrent, conscients qu'ils étaient vaguement d'assister à quelque chose de très grand.

Toine, soudain, eut la sensation que son cœur s'arrêtait de battre. Ses deux mains étreignirent à le briser l'accoudoir de son prie-Dieu. Ce vieux qui, debout, chantait son Credo et contre qui il pestait encore l'instant d'avant, il ne le découvrit vraiment tout entier qu'à ce moment-là, ou plutôt il découvrit sa vraie et riche nature, celle que la taquinerie, la gouaille et la farce lui avaient toujours — et combien pudiquement ! — cachée. Oui, il y avait deux T. Déome en un seul homme : celui qui s'amusait à faire endêver son monde, à lancer des quolibets, à brocarder et même dérisionner tout ce qui lui paraissait hors de raison ou de bon sens, le T. Déome qui se faisait même un jeu de dégonder son Toine et, en certains jours, de l'obliger de fuir pour ne plus entendre ce que lui, Toine, appelait ses « méchancetés ».

Mais il y avait l'autre T. Déome, tout en or pur, celui qui croyait, aimait, secourait, avait fait de sa vie exceptionnellement longue un bienfait et une édification pour tous ceux qui l'avaient pratiqué ou regardé agir. Et ce qu'il chantait à ce moment, c'était sans doute le plus beau testament spirituel et le plus haut témoignage de foi et de charité qu'il pouvait offrir à son Dieu et à tous ceux-là, parents et amis, qu'il tenait pour frères.

Et Toine, il l'avoua par la suite, se fit à ce moment cette réflexion dont il mit longtemps encore à découvrir le côté drôle :

— *Dire qu'y m'a fallu cent ans pou l'discouvru !*

... Cependant, un jeune séminariste, enfant de la paroisse, s'était dressé devant le banc de communion et, d'un signe, invitait l'assistance à alterner en chœur les versets du Credo en réponse à ceux que chantait le centenaire. Et l'on y alla de bon cœur. Pour beaucoup, ce fut une occasion de se libérer de leur émotion. Et jamais, peut-être, sous les voûtes de la vieille église n'explosa une telle unanimité.

Vers la fin, la voix du vieux faiblit légèrement. Peut-être avait-il présumé de ses forces. Mais un effort de sa volonté le maintint quand même jusqu'au bout. Et alors seulement, il s'assit ou plutôt se laissa tomber dans son fauteuil et, discrètement, feignit de se moucher et en profita pour s'essuyer les yeux.

Il y eut encore un moment émouvant vers la fin de l'office, et ce fut lorsque son curé s'approcha de lui le tout premier avec le ciboire et l'hostie. Toute la famille de Toine et la plupart des assistants communièrent aussi. Un vieil ami de T. Déome, presque nonagénaire, le carrier Mathot, qui ne pratiquait plus depuis un gros demi-siècle et qui était venu à l'église en témoignage d'attachement au bonhomme, avoua par la suite qu'il s'était mis, lui aussi, à réfléchir ce matin-là, à si bien réfléchir même, qu'il en était revenu converti et l'avait prouvé avec un zèle qui s'efforçait de regagner le temps perdu.

* * *

Cependant, la messe était dite que le programme religieux n'était pas épuisé encore.

Au pied de l'autel, le curé, jusqu'alors trop tendu peut-être lui aussi, entonnait en refoulant son rire... le Te Deum !

Et son plaisir fut contagieux. Ce Te Deum, c'était vraiment trop drôle en l'occurrence et l'on devait rire sûrement au paradis aussi. On le chanta presque gaiement. Le centenaire, lui, avait retrouvé son expression de rosserie.

Seul, Toine restait grave, l'esprit apparemment très loin de ce qui amusait l'assemblée. C'est qu'approchait pour lui le moment redoutable où il devrait, du haut d'une estrade et face à la foule, lire le fameux discours composé par M. Dardenne et qu'il maudissait encore le matin même.

* * *

La veille au soir, assez tard, il était allé trouver son gendre, le docteur, et, l'air malheureux, lui avait expliqué :

— Vous me connaissez, Ugène... Moi, les solennités et les affaires à tralalas, ça fait du tort à mon cœur et y bat tout de suite la berloque... Ce qui m'embête le plus, c'est que je dois prononcer un discours et tout ça, à mon âge, c'est mauvais.

— Mais T. Déome doit en prononcer un aussi, paraît-il, et ça n'a pas l'air de l'émouvoir beaucoup.

— Oh, celui-là, avait fait Toine, vous savez bien qu'y gn'aura jamais rien qui l'émouvoira ! Je le dis toujours, on ne l'aura qu'au fusil et y faudra core beaucoup de cartouches.

Le docteur riait. Mais Toine venait au fait :

— Disez un peu, Ugène, est-ce que vous n'aureriez pas, dedans toutes vos droques que vous recevez comme échantillons... des choses... des machins enfin qui pourraient me soutenir le cœur si quéquefois y venait à me manquer. C'est que je connais mon « émotionabilité », moi, et ma « suspectibilité » aussi.

Il voulait évidemment dire « susceptibilité » et avait toujours tenu ce mot pour expression d'une qualité. Il signifiait, selon lui, une particulière délicatesse d'âme.

— C'est bien le diable si je n'ai pas ce qui vous convient. Allons voir, dit le docteur.

Il savait bien depuis longtemps, ce malin docteur, que l'imagination des hommes leur joue des mauvais tours et qu'il est des remèdes très simples pour les gens chez qui elle est angoissée. À une hystérique en transe ou paralysée par l'inhibition, trois gorgées d'eau potable, pourvu qu'elle soit légèrement teintée ou sucrée et présentée dans un flacon d'aspect pharmaceutique, suffisent pour la guérir instantanément. Et elle ne vivra désormais tranquille que si elle possède dans son armoire ou dans son sac cette infaillible panacée que le docteur renouvellera lui-même avec des airs de magicien dépositaire d'un secret mystérieux.

Toine, bien sûr, n'était pas le moins du monde hystérique, mais, tout de même, la pente de son imagination le conduisait d'habitude au pessimisme. Heureusement pour lui et pour les autres, il avait la foi en les remèdes inventés par la science, surtout lorsque ces remèdes s'accompagnaient de notices rédigées en jargon savantasse et de formules de chimie qui étaient pour lui autant de signes cabalistiques.

Alors, le docteur Ugène, qui connaissait son gros beau-père, avait choisi dans une invraisemblable collection d'échantillons de pilules, de comprimés et de potions un minuscule flacon de petites pastilles roses dont il feignit d'examiner la notice. Il la déchira et en jeta les fragments au panier. Les pastilles roses, c'était tout bonnement ce que l'on appelle des « tranquillisants », et encore, celles-là étaient réservées spécialement aux bébés trop nerveux qui trouvaient difficilement le sommeil.

— Avec ça, vous êtes à l'abri de tout ennui, avait conclu le docteur, qui riait sous cape.

— Combien ç'que je peux en prendre, Ugène ? C'est que les médicaments, faut pas en abuser non plus...

À tout hasard, le docteur avait répondu :

— Prenez-en deux avant la messe et deux encore avant de prononcer votre discours. Ça ira tout seul.

Et Toine était parti rassuré. Son premier soin, une fois rentré, avait été de monter à l'étage et de munir des fameux comprimés la pochette droite du gilet de cérémonie qu'il porterait le lendemain. Il imaginait l'état d'âme terrifiant en lequel il risquait de se trouver s'il oubliait de les emporter sur lui.

* * *

Mais cette journée du lendemain n'était pas du tout celle qu'il s'était représentée. Non seulement, avant de partir vers l'église, il avait consciencieusement avalé six comprimés préliminaires, mais le Credo de T. Déome l'avait chaviré à un point tel qu'il avait jugé d'extrême nécessité de recourir encore à son flacon, et le calme revenait progressivement. Toutefois, il restait comme médusé par la tête du centenaire qui, toujours assis dans son fauteuil d'apparat à quelques pas de lui, attendait la fin de l'hymne paradoxalement rieuse que la foule chantait en chœur.

Et voici qu'elle chantait le dernier verset : *In te, Domine, speravi : non confundar in æternum...* En vous, Seigneur, j'ai espéré : que je ne sois point confondu à jamais !

... Alors, Toine, toujours rêveur, se souvint tout à coup que le grand moment — le sien ! — était proche et il attrapa son petit flacon de tranquillisants. Il apporta même une fébrilité si maladroite à l'ouvrir que le flacon s'échappa de ses mains, que plusieurs comprimés roulèrent sur son prie-Dieu et que les autres filèrent sur les dalles de l'église où ils sautillaient comme des puces. Des voisins en récupérèrent quelques-uns qu'ils tendirent au gros. Mais déjà, il en avait avalé quatre de ceux qu'avait retenus son siège. Chaude alerte !

Molonzef, à présent, se dirigeait vers le chœur et là, gentiment, il aidait T. Déome à se relever de son fauteuil. Il lui demandait : « Ça va ? » Et le vieux répondait : « *Ça va fin bé. Li pus fôrt est fait.* »

Et passant à la hauteur de Toine, il lui faisait un clin d'œil ironique et lui soufflait :

— *T'es strindu*[5], *hein, gros !*

Toine ne répondit pas. « Strindu », il l'était, malgré les pilules.

5. Serré, angoissé.

*
* *

Cependant, à l'extérieur, T. Déome, soutenu d'un côté par Molonzef et de l'autre par Riquet, gravissait lentement le court escalier qui conduisait à la tribune érigée pour la circonstance et se carrait aussitôt dans le somptueux fauteuil Voltaire qui lui était offert par ses concitoyens sur souscription unanime.

Toine, lui, s'improvisait chef de protocole et cérémoniaire et, voulant montrer à tous et chacun qu'il était bien né, invitait les notables à le précéder, cependant que la fanfare Saint-Caboulet y allait d'un martial pas redoublé.

Comme il posait le pied sur la première marche de la tribune, il y eut un mouvement dans la foule. Une grosse et luxueuse voiture à plaque militaire, conduite par un gendarme en uniforme, stoppa. Le chauffeur en descendit, ouvrit respectueusement la portière arrière, joignit les talons et fit un salut militaire devant un haut et magnifique officier de gendarmerie qui sortit de la voiture, tout scintillant de dorures, de croix et de médailles avec une fourragère de gala, des gants immaculés, un sabre sur le fourreau duquel le soleil allumait des éclairs aveuglants. Il portait même des éperons et ce fut bien là ce qui médusa le plus les gosses qui n'en avaient jamais vus. Sa main gauche serrait un petit paquet rectangulaire enrubanné des couleurs nationales.

Béante d'admiration, la foule s'écarta pour laisser le passage au bel officier. Tout de suite, il repéra le maïeur à son écharpe et se dirigea vers lui. Toine le regardait venir, interdit, et le cœur plus agité que jamais.

— Monsieur le bourgmestre, mes hommages et je me présente : Major Marchal, de la gendarmerie, chef du district.

— Enchanté, Mossieur le Maréchal, fit à tout hasard le gros, toujours éberlué.

Mais l'officier continuait :

— Le corps de gendarmerie me délègue pour présenter ses félicitations les plus vives au sympathique centenaire et à sa famille, dont vous êtes, me dit-on, ainsi qu'à tous vos administrés.

— Bien... bien... Mossieur le... le général, c'est très gentil. Oui, et c'est un grand honneur que vous faisez là à la commune.

— Je suis chargé aussi d'une mission autrement honorifique ajouta un peu mystérieusement le bel officier. Mais je vous en réserve la surprise pour bientôt.

— Ah ? Oui ? Y a core aut'chose ? C'est bien, c'est vraiment bien ! bafouilla Toine, qui eût voulu avaler douze pilules à la fois, tellement son cœur s'était remis à palpiter follement.

Et cependant que l'officier gagnait l'estrade, il porta la main à la pochette de son gilet, en tira sa dernière pilule qu'il avala avec une telle hâte qu'il « *s'astruqua* »[6] comme il l'expliqua par la suite, et qu'il toussa longuement. Il était congestionné. Le soleil tapait dur. Il dut s'éponger. Il gagna un peu de temps parce que la fanfare achevait un second morceau et que l'officier se penchait sur T. Déome. Il fallut aussi décaler la hiérarchie des chaises pour permettre au major de s'installer à la droite du centenaire.

Dans la foule, les commentaires allaient bon train. Et déjà, il était des gens perspicaces pour renseigner les autres. L'un assurait : « C'est un général ! » « Non », objectaient de plus avertis, « *c'est le grand maréchal de la cour, y l'a dit li-mînme èt dj'ai bé atindu l'maïeur qui l'nommeut Mossieu le maréchal.* » Les plus finauds allèrent interroger le gendarme-chauffeur qui souriait et ne répondait rien. Il se contentait de souffler : « Secret professionnel. » Ils y virent une preuve supplémentaire de la justesse de leurs déductions.

Pendant ce temps, T. Déome, épanoui comme un pacha dans son beau fauteuil, en caressait les accoudoirs de velours d'une main délicate et confiait à son voisin, le major :

— *Qué plaigi d'yesse centenaire, hein, Mossieu ! Si dj'aveus seu tout ç'qui m'rattindeut, dji l'aureus co stî pus râde*[7].

Et l'officier, bon Wallon du cru, riait de toutes ses dents.

*
* *

Le morceau exécuté par la fanfare annonça le point final par un coup de cymbales et de mailloche.

Toine confia son chapeau à un membre de l'opposition — la fraternité régnait ce jour-là — déplia son papier et s'avança devant le micro...

Mossieu le colonel, Cher cousin, Mesdames, Messieurs.

Une belle phrase introductive d'abord :

La joyeuse fête d'aujourd'hui, nous l'avons toujours attendue avec

6. Avaler de travers — s'engouer.

7. Quel plaisir d'être centenaire, n'est-ce pas, Monsieur ! Si j'avais su tout ce qui m'attendait, je l'aurais été plus vite encore.

une entière confiance. Il n'est pas un seul habitant du village qui ait jamais douté que notre cher Théophile Déome serait encore parmi nous le jour de son centième anniversaire. Il l'avait promis et, comme il le fit en chaque circonstance de sa longue vie, il a tenu parole. Notre premier devoir est donc de lui exprimer notre profonde, notre filiale reconnaissance.

Déjà, on applaudit. T. Déome, lui, souriait, un peu goguenard. Il se rappelait les colères comiques de son Toine et ce mot que le gros lui avait servi mille fois : « *Dire qu'on laisse viquè des chenapans pareils !* »

Et il se demandait aussi, l'incorrigible T. Déome : « *Dji m'dimande qui ç'qui c'est qui l'y a scrit ç'bya papî-là.* »[8]

Ce « *bya papî* », il le voyait trembler dans la main de Toine, terriblement ému, comme une feuille mourante dans le vent d'automne. Et il entendait défiler des mots qui étaient autant de compliments : *« Vie de dévouement à l'intérêt de ses concitoyens... serviabilité souriante... Amour de sa patrie... Fidélité à son terroir natal... Charité profonde sous des airs débonnaires et même désinvoltes... Oubli de soi dans son attachement à chaque membre de sa famille, celle-ci exceptionnellement nombreuse puisque chaque habitant du village y trouve place... Courage ferme et spirituel... Un grand cœur et un esprit avisé... Un chef-d'œuvre de bon sens... Un exemple pour tous.*

Il y en avait trois grandes pages de ce goût-là. On applaudissait souvent. La main en cornet, T. Déome souriait toujours.

Et vint la péroraison, à peine lyrique et d'autant plus appréciée :

Cher cousin T. Déome, il est deux façons pour un centenaire d'interpréter sa chance. S'il est porté à la mélancolie, il dira : « J'achève un siècle. » Mais la mélancolie et vous, cela ne s'est jamais bien entendu. Vous êtes tout le contraire d'un homme morose. Alors choisissant avec vous la seconde interprétation, nous disons : « Le bon, le cher, l'incomparable et inusable T. Déome commence un siècle nouveau. » Daigne la Providence vous y conduire fort loin encore ! Notre affection vous y aidera.

Et là-dessus, le gros Toine alla embrasser de bon cœur celui qu'il envoyait au diable la veille encore. T. Déome en profita pour lui souffler :

— *Dins qué lîfe qui t'as stî pêchi ç'bya discours-là ? Co ène miette,*

8. Je me demande qui lui a écrit ce beau papier-là.

dji brayeus. Heureusemint, quand dji r'wèteus l'çya qui l'ligeut, dji crèveus d'rire[9].

Toine était à ce moment bien trop fier de lui-même, trop soulagé aussi pour lui répondre. Il lança seulement :

— *À vos tour, à ç't'heûre !*

Malgré l'invite qu'on lui faisait de rester assis, T. Déome se leva. Il tira de sa poche, lui aussi, un petit papier plié en quatre. On installa le micro à sa hauteur.

* * *

À ce moment, douze photographes au moins, s'avançant au pied de la tribune, braquèrent leurs caméras sur le vieux bonhomme, ce qui lui inspira une réflexion bien drôle encore. Face au micro, il improvisa :

— Lorsque j'étais au service du roi Léopold II, Sa Majesté me répétait souvent : « Mon cher Basile, les rois, les assassins et les centenaires, il leur est bien difficile de passer inaperçus. »

Le rire qui accueillit la boutade fut énorme. Chacun y sentit l'allusion au pauvre jobard de journaliste français qui avait reproduit dans son canard les folâtres fantaisies du vieux et l'on se demanda même s'il n'était pas revenu sur les lieux pour faire un reportage sur la cérémonie.

Les rires apaisés, T. Déome improvisa encore :

— Mes amis, par la bouche de votre maïeur, vous avez parlé de reconnaissance. C'est gentil, mais il ne faut pas intervertir les rôles. C'est à moi d'éprouver de la gratitude et d'en offrir l'expression au Bon Dieu d'abord qui m'a permis de boucler mon siècle et à vous tous au milieu desquels j'ai vécu heureux. De tout mon cœur, merci, chers amis, petits et grands, présents et à venir.

Là-dessus, il déplia son papier, attrapa ses lunettes et lut :

— Je ne vivrai plus bien longtemps, parce que le Père Éternel, jaloux de son monopole, n'a jamais toléré beaucoup la concurrence sur ce point-là. Je n'ai donc pas le droit de retarder mon testament. Il est simple et se ramène à quelques conseils, fruits de ma longue existence. Si je vous les présente pêle-mêle, ça n'a pas d'importance. Ce qui compte, c'est le cas que vous en ferez.

Mon premier conseil : Ne quittez pas, si possible, votre village. On

---

9. Dans quel livre es-tu allé pêcher ce beau discours-là ? Encore un peu, je pleurais. Heureusement, quand je regardais celui qui le lisait, je crevais de rire.

y est bien. On y vit tranquille et, je vous le prouve, longtemps lorsqu'on sait s'y prendre. Chassez la tentation de chercher ailleurs un bonheur que vous avez à portée de main.

Numéro deux : Aimez tous ceux qui vous entourent. Plaignez les mauvais, car on ne vit pas heureux avec une mauvaise conscience.

Il y a aussi les niquedouilles, les nigauds, les benêts. Avec ceux-là, il faut distinguer. S'ils ne sont que sots sans être méchants, il faut prier pour eux. Mais il y a ceux qui ajoutent la prétention et la vanité à leur sottise. Devant ceux-là, je n'ose pas trop vous recommander la patience, mais appelez saint Caboulet à votre aide pour résister à la tentation de les étrangler. De façon générale, il intervient à temps.

Numéro trois : Ne choisissez vos amis ni chez ceux que vous seriez exposés à envier, ni chez ceux qui pourraient vous jalouser.

Numéro quatre : Ne vous indignez pas trop vite devant les petites ou grandes iniquités d'autrui. Souvent, afficher des airs scandalisés, c'est une façon de se réjouir hypocritement et de se délivrer à soi-même un diplôme de vertu et une absolution. Demandez plutôt au Ciel de vous inspirer pour le prochain un peu de l'immense indulgence que vous accordez à vous-mêmes.

Numéro cinq : Ne flattez personne et soyez vous-mêmes, en fière indépendance digne de vos privilèges d'être doués de raison. Ne bêlez donc pas avec le troupeau et ne dites pas « oui » quand vous pensez « non ».

Mais ne prenez pas en grippe ceux de qui les idées philosophiques ou politiques sont différentes des vôtres, parfois même opposées. Ils ont leur sincérité à eux et rien n'est plus intolérable que l'intolérance. Ces mêmes adversaires, vous pourrez d'ailleurs les rencontrer sur d'autres terrains, comme celui de l'honnêteté et de la fraternité et vous en viendrez vite à les aimer.

Numéro six : C'est pour les jeunes... Apprenez à bien vous connaître vous-même. Avant de choisir un métier, examinez vos aptitudes et surtout vos limites. Et ne dites jamais : « Il faut bien faire quelque chose pour gagner sa vie. » Dites plutôt : « Il faut gagner sa vie pour bien faire quelque chose. »

Numéro sept : Soyez sûr que la meilleure preuve d'intelligence que puisse donner un homme, c'est la modestie.

Numéro huit : La tristesse est stérile et desséchante. Il ne faut pas la cultiver. Le tableau qu'elle inflige à autrui est souvent celui de l'égoïsme. Soyons gais chaque fois que nous pouvons décemment l'être. Et si le malheur nous atteint, au lieu de murmurer, demandons-nous d'abord si nous n'avons rien à expier.

Un dernier conseil encore pour tous... Il est à la fois hygiénique et moral : Voyez les choses comme elles sont. Ramenez-les toujours à leurs vraies proportions. Des taupinières ne faites pas des montagnes. Ne vous croyez pas malades parce que vous éternuez. Ne vous croyez pas agonisants si votre curé parle de vous administrer les derniers sacrements.

Et pour tout résumer : Appréciez ce que vous avez au lieu de vous morfondre à propos de ce que vous n'avez pas. Si votre soupe vous plaît et vous rassasie, ne louchez pas vers l'assiette du voisin qui mange plus gras. C'est peut-être de ça qu'il mourra et bien avant vous. Ne vous plaignez pas trop vite, ne vous vantez jamais, parce que vous ferez peut-être mal à plus malheureux que vous.

Faites taire la rancune, le ressentiment, l'esprit de vengeance, parce que tout cela ronge son homme. Et si le Bon Dieu vous a mis un grain de folie dans la cervelle, dites-vous que c'est un bienfait précieux et qu'il faut en avoir soin.

Simplifiez tout, votre genre de vie, vos problèmes, vos désirs. L'homme qui n'a pas atteint cette simplicité à l'âge mûr n'est pas digne de vivre, encore moins de mourir, parce qu'il a raté les leçons de la vie.

Mes amis, vous ayant ainsi livré le fruit de mon expérience d'un siècle entier, je vous reconnais le droit de me dire :

« T. Déome, ne vous rengorgez pas. Cette fameuse expérience, vous ne l'avez gagnée qu'au prix de bien des erreurs, des gaffes et des mécomptes. Et vos bons conseils, il faut avoir vécu très vieux pour en venir à les donner aux autres. » Il est rare que l'on ait pu dire d'un homme mort jeune : « C'était un sage. » Je ne suis pas sûr du tout qu'on le dira de moi, parce que j'ai encore beaucoup à apprendre.

* * *

Ce curieux discours, on l'écouta dans un silence religieux. Même les plus jeunes eurent la sensation qu'ils partageaient une aubaine exceptionnelle. Un monument de raison, d'équilibre et de bon sens, édifié en cent ans, leur était offert. Ce discours-là, se disaient-ils, méritait que l'on en fît un code de sagesse éminemment utilitaire. Les applaudissements qui le saluèrent prouvèrent au gros qu'on lui savait gré d'avoir évité l'écueil de l'émotion facile et de la littérature conventionnelle. T. Déome se voulait utile et cette volonté leur prouvait la profondeur de son affection.

Il s'était rassis, le bon Déome, assez fatigué, mais heureux d'avoir surmonté vaillamment la petite épreuve qu'il redoutait un peu sans l'avouer.

Mais une autre chose l'attendait...

Voici que se levait à son tour le beau major de gendarmerie qu'il avait à sa droite. Et lui aussi, planté devant le micro, sortait de sa poche un petit papier et d'une voix martialement timbrée, lisait :

Mesdames, Messieurs,

J'ai l'honneur de vous donner connaissance d'un arrêté royal qui paraîtra au Moniteur dans les tout prochains jours.

Sur proposition de M. le ministre de l'Intérieur, sa Majesté le Roi, voulant reconnaître les mérites exceptionnels d'un bon serviteur du pays, décerne la croix de Chevalier de l'Ordre de Léopold au sieur Déome Théophile, qui fit une carrière exemplaire de secrétaire communal en son village natal de Trignolles et qui atteint aujourd'hui ses cent ans, entouré du respect affectueux de sa famille et de tous ses concitoyens.

Tourné vers le jubilaire, l'officier ajouta :

— Cher Monsieur Déome. Le roi m'a confié l'agréable mission de le représenter aujourd'hui auprès de vous et de vous remettre la haute distinction qui vous est décernée.

T. Déome se leva tout seul. Il avait un peu pâli et ses paupières cillaient. Le major lui fixa au revers du veston le bijou et le beau ruban amarante de sa décoration, lui donna l'accolade. Le vieux, pour une fois pris de court, ne savait que répéter : « Merci, Mossieu... Merci... Vous êtes bien gentil... »

Ce n'était pas le point final. L'officier revenait devant le micro, faisait taire d'un geste les applaudissements et, s'adressant encore au héros du jour :

— Notre roi Baudouin m'a confié aussi le plaisir de vous remettre un souvenir personnel en témoignage de la haute estime en laquelle il vous tient. Ce souvenir, le voici...

Et cette fois, l'officier déballa le mystérieux petit paquet qu'il tenait en réserve, ouvrit un luxueux écrin frappé de la couronne royale. L'écrin contenait une pipe d'écume à bout d'ambre, vraiment royale aussi et un fume-cigare de même matière tous deux bagués d'or. Avec précaution, le major sortit les deux objets de l'écrin et les éleva très haut pour que chacun les vît bien. Et là, T. Déome, se ressaisissant, trouva les mots tout simples qui convenaient :

— Merci encore, mon major. Vous direz bien au roi que je suis content, n'est-ce pas ? Oui, vous lui direz que je penserai à lui chaque fois que je fumerai dans sa pipe et que je prie souvent pour qu'il rencontre une belle et bonne princesse comme sa mère...

L'officier promit : « Votre message lui parviendra. Mais si vous lui écriviez vous-même tout simplement, je crois que ça lui ferait plaisir. »

— Ç't'une bonne idée, reconnut T. Déome.

La « Brabançonne » éclatait. T. Déome, ancien artilleur, joignit les talons. Et cette fois, on vit deux grosses larmes rouler sur ses joues et se perdre dans sa moustache.

* * *

La journée s'acheva par un banquet fastueux dans l'auberge des grands amis de T. Déome. Marie était accourue en renfort avec son Monsieur l'inspecteur de mari, de qui elle avait fait le plus heureux des hommes et le plus humain aussi. Leurs deux petits enfants, un garçonnet et une fillette, très bien élevés, les accompagnaient et prenaient beaucoup de plaisir à la fête.

Quelle tablée, mes amis ! Toute la famille de Toine était là, enfants, beaux-enfants et petits-enfants. Déjà aussi, il avait plusieurs arrière-petits-enfants, de qui l'âge ne se comptait encore que par mois. Trop jeunes pour être admis à la table, on les avait encagés dans la grande maison du docteur où une vieille servante s'occupait d'eux, ce qui veut dire qu'après gavage elle les endormait l'un après l'autre.

Figuraient aussi au banquet le curé du village et le conseil communal au complet. Un membre de l'opposition, le petit Bouboule, qui avoua qu'il avait toujours eu plus soif que faim, s'y soûla remarquablement. Il avait le vin à la fois drôle et sentimental. Si bien qu'arrivé à ce point, il y alla de curieuses déclarations de principe. Il répétait : « La politique, c'est de la couillonnade ! » Un peu après, il proclama : « Nous sommes tous frères. » Et pour le prouver, n'y tenant plus, il se leva comme il put et, titubant et bavant un peu, vint embrasser Toine en pleurant toutes les larmes de son corps. On l'applaudit. Pendant qu'il y était, il embrassa aussi Hilda et Lalie et leur décerna à toutes deux le brevet de « brâfes pètites dgins ». On crut qu'il s'en tiendrait là. Mais voilà que, débordant de fraternité, il y allait d'un circuit qui le portait à la hauteur de son curé. Et là, il lança cette belle proclamation : « À bas la calotte, mais vive not'curé ! » Et le curé, rieur, n'échappa point à l'embrassade vineuse du Bouboule. Revenu tant bien que mal à sa place, le drôle jura de « casser la gueule au premier qui lui dirait encore du mal de not'curé. » Après quoi, il se reprit à pleurer en racontant des souvenirs de son enfance, malheureuse selon lui. Et pour prouver qu'il avait le fond bon, il voulut chanter un « cantique de calotin » fort en vogue aux saluts du mois de mai au temps lointain où lui, Bouboule, était enfant de chœur et à cent lieues du marxisme. C'était :

J'irai la voir un jour
Au ciel dans ma patrie.
Au ciel, au ciel, au ciel,
J'irai la voir un jour !

Le bel officier de gendarmerie, qui avait accepté sans façons d'assister au banquet, avoua qu'il s'amusait « royalement », ce qui était à son programme du jour.

L'apercevant qui riait, le bon Bouboule estima qu'il lui devait bien aussi un compliment. Du coup, levant son verre pour la centième fois, il cria :

— Vivent les flics ! Sans eux, les idiots comme moi feraient trop de bêtises.

Et pendant ce temps, le Pierrot, polytechnicien et petit-fils français de Toine, qui n'avait jamais vu sa famille belge réunie au complet, faisait à sa maman Mathilde ce reproche amusé :

— Pourquoi que tu t'es pas arrangée pour que j'éclose en Belgique ? C'était pas difficile, pourtant ! En un quart d'heure, t'étais ici. Et je serais belge. Et la Belgique, c'est un pays où qu'on rigole. Et puis, tu parles d'un gueuleton ! Jusqu'au cousin T. Déome, vise-moi ce qu'y s'envoie dans le bide. Et le pépé Toine, t'as vu sa façon de z'yeuter la mémé Hilda, tout à fait comme si y z'avaient vingt ans tous les deux. Tu parles d'une nation de rigolards ! Ah, on peut dire qu'y z'ont le truc pour devenir centenaires !

Vers les six heures, T. Déome, vraiment fatigué, demanda la permission de se retirer. Le curé et l'officier en profitèrent pour en faire autant. Très civilement, Toine les remercia de leurs attentions et les accompagna jusqu'au seuil de l'auberge avec force courbettes. Il aurait bien voulu s'en aller aussi. Toutes les émotions de la journée l'avaient rompu. Il enviait un peu son brave Bouboule de l'opposition qui, vaincu, ronflait dans un transatlantique installé à son intention dans le jardin de l'auberge. Mais noblesse oblige ! Et Toine ne quitta pas la table avant les autres qui s'en allèrent comme la nuit bleue de mai enveloppait le village et ses pavoisements que, peut-être, on ne reverrait plus jamais pour fêter un autre centenaire.

Il en était arrivé, le gros Toine, au point d'attendrissement où l'homme éméché n'est plus capable que d'un suave radotage et il ne cessait guère d'évoquer son discours du matin devant le papa Dardenne. Il avait commencé par dire « notre » discours. Puis ç'avait été « le » discours. À présent, c'était déjà, et définitivement, « mon » discours.

* * *

Le lendemain, levé tôt, T. Déome, installé dans la gloriette de Toine, devant une feuille blanche et un crayon, allumait sa première pipe royale et écrivait le brouillon de la lettre la plus touchante, peut-être, que le roi recevrait en sa vie. Molonzef s'offrit à la transcrire au net sur une grande feuille « pro patria ». Mais le vieux s'y refusa. Il était encore capable de le faire lui-même, souligna-t-il avec une certaine autorité dans le ton. Il le prouva aussitôt, et sa grosse écriture un peu tremblée, c'était encore et profondément émouvant. Et il se livra tout entier, avec son humour souriant et sa tendresse pudique dans sa signature sans doute unique en son genre : T. Déome.

XVIII

LE MOT DE LA FIN

Le bossu ne se redressera que dans la tombe.
Proverbe russe.

Et deux printemps encore ont succédé depuis lors à deux hivers dont le dernier fut maléfique. Neige, bise, âpres gelées et vilains brouillards, gros rhumes, grippes, pneumonies, idées noires, gazettes pessimistes... Tout cela n'a pas empêché Toine, brusquement vieux si on l'en croit, de se voir trois fois de plus arrière-grand-père. Il ne se retrouve plus guère dans cette descendance et se trompe même assez couramment lorsqu'on l'interroge sur le chiffre de sa tribu. Il s'embrouille plus encore dans les prénoms. Il est toujours maïeur, mais jure que c'est son dernier terme. Pourtant, son secrétaire communal de Molonzef lui présente du travail tout fait qu'il n'a plus qu'à signer sans le lire le plus souvent.

Sanglé dans son écharpe tricolore, il a présidé au mariage de son petit-fils Riquet, ingénieur technicien qui, associé avec son papa Aloys, a si bien élargi le garage que celui-ci est devenu une sorte de petite usine en même temps qu'un magasin d'accessoires et même une agence touristique, puisqu'il est muni, à présent, d'un flamboyant autocar qui vaut son pesant d'or. Dûment sacré médecin, le Camille fait un stage de chirurgien dans la ville voisine. L'une de ses sœurs a épousé un jeune magistrat et sa puînée, un pharmacien. Le cadet de la famille achève ses humanités. Les deux filles du gendre boucher « fréquentent »...

Quant à son horticulture, Toine ne s'en occupe plus guère. Aux carrés de légumes ont succédé des arbres fruitiers et tout le jardin, ou à peu près, n'est plus qu'un très grand verger, ravissant au moment de la floraison, et profitable encore à la saison des fruits.

— Et T. Déome ?

— Eh bien, T. Déome... Mais c'est Toine lui-même qui vous répondra...

* * *

Par un très doux matin de juin, Toine prit la route pour se rendre aux funérailles de la femme d'un de ses amis, décédée au village voisin, à trois kilomètres à peine de Trignolles. Un mot lui eût suffi pour que l'un de ses gendres ou petit-fils et même de ses petites-filles l'y conduisît en voiture. Mais Hilda, bien inspirée, lui avait conseillé de faire la route à pied. Elle jugeait que la promenade distrairait son gros, trop morose à son gré depuis quelque temps.

Assez bougon, Toine avait quand même suivi le conseil.

Il venait de sortir du village et marchait pensif, le chapeau sur le nez, une main serrant son parapluie et l'autre sa grosse pipe.

Soudain, une rapide voiture de type sportif qui roulait en sens inverse s'arrêta à sa hauteur. Et aussitôt, le jeune homme qui la conduisait et qui portait des verres fumés se pencha, souriant, à la portière, comme pour solliciter un renseignement. Toine s'empressa, découvrit que le monsieur était accompagné d'un militaire très distingué, un officier, sûrement, et il pensa : « Du beau monde, ça se voit tout de suite ! »

— Monsieur, faisait le jeune homme d'une voix aimable, excusez-moi. Ce village d'où vous venez, n'est-ce pas celui où l'on a fêté il y a deux ans, je crois, le centenaire d'un habitant ?

— Oui, c'est ça, c'est ça tout jusse, Mossieur. Même que le centenaire, c'était mon prop' cousin.

La voix tout de suite mouillée, il ajouta :

— Il est mort à la sortie de l'hiver, y a quéques mois et je ne m'en remets pas.

— Je vois que vous l'aimiez, dit le jeune homme.

Et voilà mon Toine qui, pris de sympathie pour l'inconnu si bien élevé, passe aussitôt à la confidence et bavarde, bavarde jusqu'à l'incontinence.

— Faut comprendre, n'est-ce pas, Mossieur, mon cousin T. Déome, c'était pas un homme comme tout le monde. Malin, qu'il était, et gai, c'est pas à dire ! Moi, ça va vous sembler drôle, mais il a passé sa vie à me faire arager, mînme que quéquefois, je me fâchais. Mais depuis qu'il n'est plus là, j'ai compris qu'il me faisait endêver parce qu'il m'aimait bien, et maintenant ça me manque de ne plus l'entendre et de ne plus me mettre en colère.

Le jeune homme souriait, à la fois compatissant et amusé. Son compagnon aussi. Ils auraient pu en rester là. Mais le moyen ?

Toine, vraiment débridé, y allait à présent d'une révélation. Il était, lui, Toine, « le maïeur du villâche, oui, Mossieu, depuis bientôt quarante ans ! », et c'était lui qui avait dû organiser la fête du centenaire et prononcer les discours et s'occuper de tout. « À mon âche, ça n'était pas peu de chôsse, vous savez ! »

— Je vous comprends, il n'y a rien de tel que les grandes cérémonies pour fatiguer un homme, approuvait le voyageur inconnu, décidément « fort sâche pour son âche », constatait Toine.

Et il y revenait, sur cette fameuse cérémonie, expliquait :

— C'est pour vous dire qu'il était connu fort loin, le cousin T. Déome ! Savez-vous bien qu'à la fête de son centenaire, le roi a envoyé pour le représenter un w'haut gradé de la gendarmerie et qu'il lui a offru une belle pipe et un fume-cigare en vraie écume de mer véritable ! Deux pièces rares, vous savez ! C'est moi qu'en a hérité avec son chapelet. Mais je n'oserais jamais m'en servir. Pour moi, c'est des vraies reliques. Et le cousin T. Déome, il a envoyé une belle lettre de remerciement au roi.

— Je crois me rappeler que les journaux en ont parlé, dit le jeune homme.

— Oui, et pour une fois, les gazettes n'ont pas raconté des menteries, conclut de façon abrupte le gros Toine avec un accent de rancune.

Mais il dressa l'oreille... Du village voisin lui parvenait le son des cloches annonçant la messe des funérailles auxquelles il se rendait.

Il consulta sa montre, parut surpris...

— Scusez-moi, Mossieur. Je vas à l'enterrement. Pour bien faire, faut pas que je manque l'offrande. Bon voyâche, Mossieu ! V'n'êtes pas du pays, j'suppôse ?

— Nous venons du Brabant, dit le jeune homme après une hésitation.

Et il tendit la main à Toine sur ce mot :

— Au revoir, Monsieur le bourgmestre. Et merci pour vos renseignements. Si vos administrés sont aussi aimables que vous, votre commune doit être charmante.

— Ma foi, reconnut Toine, oui, c'est des braves gens. Y a bien les ceusses de l'opposition, mais y ne sont pas méchants non plus.

Un dernier sourire du jeune homme, un geste de la main. L'auto ronfla, démarra.

... ...

— *Y m'chone toudis qui dj'ai d'jà vu ç'djône homme-là,* ruminait Toine en poursuivant sa route. *Mais ayû ? Dji n'mè rappelle né*[1].

Soudain, il pensa :

— *Il a tout à fait des airs di nos rwè. En tout cas, ça n'peut né yesse li. Qwè ç'qu'y véreut fai par ci ?*[2]

Plus loin, il se dit encore :

— *Dji l'espère bé, qui ça n'asteut né li, pasqui mi, dj'aureus l'air rudemint byesse !*[3]

Mais cent pas plus loin, il pensa à autre chose. Et le soir même, il avait oublié la rencontre.

*
* *

Il l'oublia jusqu'au moment où le facteur, le lendemain matin, lui apporta le journal provincial et bien-pensant que T. Déome appelait « Li p'tit berdèlard » et dont lui, Toine, était l'un des plus vieux abonnés. Il l'était aussi à un autre journal, d'audience nationale, celui-là, que T. Déome appelait « L'grand gueulard ». Mais Toine commençait toujours sa lecture par le provincial, parce qu'il lui apportait les nouvelles de la région avec une abondante illustration et des commentaires très détaillés.

Ce matin-là, donc, ce fut ce journal qu'il ouvrit d'abord. Il y vit des grandes photos représentant des autos accidentées, l'une avec le flanc en capilotade et l'autre les quatre roues en l'air dans un fossé. Dont coût : trois blessés dont un grièvement, proclamait le journal en titres fort gras. Il y avait aussi le portrait d'une religieuse jubilaire et celui d'un garde-chasse exhibant avec orgueil une loutre énorme que son fusil avait foudroyée.

Toine lisait debout, les mains appuyées sur la table où s'étalait le journal.

... Et soudain, il attrapa une chaise, parce que ses jambes fléchissaient.

1. Il me semble toujours que j'ai déjà vu ce jeune homme-là. Mais où ? Je ne me le rappelle pas.

2. Il a tout à fait des airs de notre roi. Mais ce ne peut être lui. Que viendrait-il faire par ici ?

3. Je l'espère, bien, que ce n'était pas lui, parce que moi, j'aurais l'air rudement bête !

Un grand titre en lettres capitales :

LE ROI,
ACCOMPAGNÉ DE SON OFFICIER D'ORDONNANCE,
VISITE NOTRE RÉGION ET S'INTÉRESSE
AUX INSTALLATIONS D'UNE FERME MODÈLE.

Une photo, une seule, mais nette. Elle représentait le roi, en complet civil et lunettes solaires prenant congé des habitants de la ferme. Un peu en retrait, un officier.

Et Toine, le front brusquement en sueur, gémit :

— Abie, Hilda, abie, une goutte !

Il ajouta dans un souffle d'agonisant :

— ... et deux pilules pour le cœur... oui, deux !

Elle s'affaira, s'affola même, ne trouva pas les pilules, lui servit la goutte dans le premier verre qui lui tomba sous la main. C'était un verre à bière. Et en même temps, elle répétait :

— Mais qu'y a-t-il ? Est-ce que vous avez mal, Toineke ?

Il finit par gémir encore :

— J'en ai fait une belle !

Son regard exprimait un immense désarroi, cependant qu'il pointait l'index sur le titre du morceau.

Elle lut rapidement, mais, ne comprenant rien à la détresse de son Toine, elle répétait :

— Le roi... Le roi ? Et puis après ?

— J'ai causé avec lui et je ne l'ai pas reconnu, parvint enfin à expliquer le pauvre gros.

Et il était près des larmes, anéanti.

— La belle affaire ! s'exclama Hilda, vexée un peu de l'émotion gratuite que venait de lui infliger son homme. Que lui avez-vous dit, au roi ?

— Ben, je ne m'en souviens plus au juste, reconnut Toine, mais ce qu'y a de sûr, c'est que je lui ai causé comme s'il aurait été n'importe qui.

— Eh bien, ça lui aura sans doute fait plaisir, trouva Hilda, que son bon sens ne quittait jamais. Et ça l'aura même amusé de voir que vous ne le reconnaissiez pas. Paraît qu'il est gentil et tout simple. La preuve, c'est qu'il a visité une ferme.

Peu à peu, Toine reprenait ses esprits, se raffermissait, reconstituait le dialogue, et, quittant sa chaise, mimait la scène. Hilda riait, mais lui restait grave. Il répétait :

— Et je lui ai dit qui ç'que je suis... Oui, je lui ai dit que je suis le maïeur de Trignolles.

— Qu'a-t-il répondu ?

— Il m'a dit comme ça que si les ceux du villâche me ressemblaient, ça devait être des brâfes gens.

— Eh bien, c'est parfait !

— Vous trouvez, vous ? Moi, j'ai l'idée qu'il a bien dû rire et se fout' de moi quand il s'a retrouvé tout seul avec son officier d'ordonnance... Nom di djâle de nom di djâle, que je devais avoir l'air bête ! Pourtant, je me disais, en causant avec lui, que j'avais déjà vu sa tête quéque part. Je lui ai mînme demandé s'il n'était pas du pays. Mais ç't'un malin ! Y m'a répondu qu'il était du Brabant !

Hilda éclata de rire.

— Non, mais ç'que je devais avoir l'air bête ! recommença le gros.

— Si notre pauvre T. Déome était encore là, fit Hilda, fort malicieuse à l'occasion, il vous répondrait sûrement que vous n'aviez pas le choix.

Mais Toine, absorbé et pas encore remis de l'aventure, ne comprit pas. Il répétait :

— Nom di djâle de nom di djâle, comment ç'que j'ai fait mon compte ?

* * *

Il s'était promis, le gros Toine, de garder secrète sa mésaventure. La peur lui était subitement venue de voir l'opposition en tirer parti avec le ridicule qui s'ensuivrait. Il recommanda donc le silence à Hilda, qui se contenta de sourire.

Elle avait bien raison de sourire, cette brave et fine Hilda. Elle était sûre que le beau secret ne tarderait guère à devenir celui de Polichinelle et que la première fuite viendrait de son Toine.

De fait, à midi, tout le village, ou à peu près, connaissait l'affaire et de multiples versions en circulaient par la grâce de ce qui fait les légendes et les épopées. On prêta à Toine et à son royal interlocuteur des mots à mourir de rire :

— C'est dommâche que je dois t'aller à l'enterrement, là, Mossieu, je vous aurais t'invité à venir prendre une jatte de café chez nous et je vous aurais montré la belle pipe que le roi a offrue à mon cousin T. Déome.

Et la semaine suivante, dans l'hebdomadaire de l'opposition, en pleine page, s'étalait une caricature délicieuse. Elle représentait un

Toine très bien croqué en conversation sur la route avec un jeune automobiliste reconnaissable au premier coup d'œil. Et la légende du beau dessin reproduisait ce dialogue :

— Oui, Mossieur, v'là bientôt quarante ans que je suis maïeur de not' villâche et que je me fais crever à me dévouwer. Mais la fois prochaine, je ne serai plus si bête, vous savez, Mossieu ! Ah, non, que je ne serai plus si bête !

— On dit ça... On dit ça... Mais on meurt avec son caractère, Monsieur le bourgmestre.

Le gros ne mit que huit jours à bien comprendre. Mais il lui fallut plus de deux mois pour s'en remettre.

TABLE DES MATIÈRES

Achevé d'imprimer le 1er juin 1998